KB036761

나와
플립과 헬리
그리고
우정에
대해서

WHEN FRIENDSHIP FOLLOWED ME HOME by Paul Griffin

폴 그리핀 지음 | 김소연 옮김

도토리숲

나와 함께해 줘서 너무나 사랑하고 고마운 리사에게

그리고

나의 어린 남동생이자 슈퍼히어로 존에게

차례

일러두기

* 본문에 나오는 영화와 책 제목은 국내에서 번역된 제목으로 표기하였습니다.
* 본문의 각주는 옮긴이주입니다.

루크 스카이워커: 저 안에 뭐가 있죠?
요다: 네가 가져가야 할 것들이 있지.

〈스타워즈 에피소드 5: 제국의 역습〉

1

청키 몰드

마법사를 믿으려면 조금 별난 사람이 되어야 한다. 나는 이 교훈을 힘든 과정을 통해 배웠고 그 후에는 믿기 어렵겠지만, 정말로 마법사의 조수가 되었다. 그건 무지개 소녀 때문이었다. 하지만 그 밖의 다른 일들은 모두 플럽이라는 강아지 덕분이라 할 수 있다.

그 골치 아픈 일은 중학교 1학년이 되고 맞이한 두 번째 금요일에 시작되었다. 데이먼 레이번이 점심 배식 줄에서 나를 밀어내며 말했다.

"고마워, 벤."

"뭐가?" 내가 물었다.

"나에게 피자 한 조각을 사 줘서."

여러분은 내가 이런 위협을 받고도 얼간이 데이먼에게 피자를 사 줄 거라 생각한다면, 나를 꽤 잘 알아본 것이다. 데이먼은 내 뒤통수를 치고 점심 배식 줄 맨 앞으로 끼어들었다.

"벤, 네가 데이먼보다 발 길이의 반만큼 키가 더 크잖아."

데이먼보다 발 길이의 반만큼 작은 아이가 말했다. 이 아이 이름은 처키 멀이지만, 다들 청키 몰드라고 불렀다.

"너도 데이먼을 한 대 쳤어야 해. 이제 데이먼은 벤 너를 괴롭히기 좋은 상대로 여길 거야."

"영화 〈스타워즈 에피소드 5: 제국의 역습〉(1980)에 나오는 요다의 말을 빌리자면, 제다이*는 힘을 공격이 아닌 지식과 방어를 위해 사용한다고 했어." 내가 대꾸했다.

"네가 미트볼 피자를 먹는 건 누구도 빼앗을 수 없는 권리이고, 너는 그 권리를 지켰어야 해. 요다는 겁쟁이가 되지 말라는 말도 했어." 청키가 맞받아쳤다.

"요다는 '겁쟁이'라는 단어를 한 번도 쓰지 않았어."

"이봐, 친구. 〈스타워즈 에피소드 1: 보이지 않는 위험〉(1999)에서 '두려움은 어둠으로 가는 지름길'이라고 요다가 말했을 텐데."

청키와 이 주제에 대해 논쟁하는 건 의미가 없었다. 청키는 〈스타워즈〉 그림이 그려진 티셔츠들뿐만 아니라 이불도 있는 아이였다. 나는 멀리 후미진 구석에 있는, 우리 자리로 보이는 곳에 청키

* 〈스타워즈〉에 나오는 신비스러운 기사단의 기사.

를 데리고 가서 앉았다. 그곳의 쓰레기통은 구석에 가려져서 사용하는 사람이 없었다. 청키가 가져온 발 길이만 한 샌드위치는 종이 포일로 간신히 감싸져 있었고, 청키 엄마는 종이 포일 위에 "사랑해:)"라고 적은 쪽지를 붙여 두었다. 청키는 그 쪽지를 떼고는 샌드위치를 한입 가득 베어 물었다.

"청키, 샌드위치 나랑 나눠 먹지 않을래? 혼자 다 먹기에는 많아 보이는데."

"잠깐만. 이럴 수가, 교장 선생님이 이리로 오고 있어."

핀토 교장 선생님이 우리가 있는 곳으로 걸어왔다. 교장 선생님치고는, 설령 교장 선생님이 아니더라도 정말 아름다운 분이었다.

"안녕, 얘들아." 핀토 교장 선생님이 인사했다.

"네, 안녕하세요." 청키가 대답했다.

"도움이 필요할 때면 언제든지 교장실로 오렴. 알겠지?"

"교장 선생님도 제 도움이 필요하시면 알려주세요."

청키가 익살스럽게 말했다.

핀토 교장 선생님은 내 어깨를 가볍게 두드리고 지나갔다.

"벤, 교장 선생님이 방금 분명히 네 어깨에 손을 얹었어. 너 같은 얼간이에게 관심을 보인 거라고. 나는 거의 네 시간 전에 교장 선생님께 윙크 이모티콘을 보냈지만 아무 일도 일어나지 않았지. 왜 그렇게 쳐다보는 거야? 이모티콘 몰라? 아직도 옛날 사람인 거니?"

"나도 윙크가 뭔지 알아. 네가 교장 선생님께 그걸 보냈다는 사실이 믿기지 않을 뿐이야."

"뭐가 어때서?"

"교장 선생님은 우리보다 나이가 많잖아. 서른 살은 됐을걸."

"윙크는 네가 생각하는 그런 뜻이 아니야. 페이스북에서는 윙크가 엄청난 존경을 의미해서 나에게 용기를 준 사람들에게 윙크 이모티콘을 보내. 정말이야. 고대 그리스나 로마 시대부터 이어진 오래된 관습이라고. 네가 교장 선생님께 존경의 뜻으로 하는 인사와 비슷한 거야."

"그럼 그냥 인사를 하면 되잖아?"

"인사하는 이모티콘은 없잖아. 바보 같기는. 교장 선생님이 내 우상인 이유는 단지 궁둥이가 크기 때문이 아니야. 너도 알다시피 교장 선생님은 지혜를 비롯한 모든 부분에서 존경할 만하잖아."

"윙크를 보낸 이유가 교장 선생님의 지혜 때문이라는 거지?"

"그럼 뭐겠어? 너는 페이스북도 안 하잖아. 틀림없이 그럴 거야. 여러 문화에서 윙크를 보내지 않는 건 무례한 태도야."

청키는 입 주변에 앉은 파리를 날려 보냈다. 청키의 입술에는 땅콩버터가 끈적이는 눈곱처럼 묻어 있었다.

나는 청키의 말을 믿을 수밖에 없었다. 누군가 거짓말을 할지라도, 청키는 절대로 자신은 아니라고 생각했다. 무엇보다 내가 페이스북을 하지 않는다는 청키의 말은 사실이었다. 친구라는 아이들과 있으면 늘 그랬다. 가볍게 지나가는 일이 없었다. 심지어 청키는 다른 친구들보다 더 짓궂었다. 나는 이곳에 온 지 2년이 채 되지 않았고, 1년 뒤에 엄마가 일을 그만두면 곧바로 미국 동남쪽 끝에 있는 플로리다로 떠날 예정이었다. 엄마는 그곳에서 아주 저렴한 가격으로 집을 구할 수 있다고 했다. 이제 곧 떠나야 하는 마당에 친구를 사귀는 것이 무슨 소용일까?

"청키, 딱 한 입도 안 될까?"

"꿈 깨."

대충 그런 대답인 것 같았다. 청키의 치아 교정기에 샌드위치가 잔뜩 껴서 무슨 말인지 정확히 알아들을 수 없었다.

2

밤에 만난 꿈의 나라

마지막 종소리가 울리자, 배에서 꼬르륵 소리가 났다. 주말은 친구들에게서 자유로운 시간이었다. 나는 길을 따라서 도서관으로 걸음을 옮겼다. 접수대에는 로렌츠 아주머니가 놓아둔 칩스 아호이 쿠키 한 접시가 기다리고 있을 터였다.

나는 피잣값을 도둑맞은 이름 모를 사람의 이야기에 몹시 놀랐다. 산뜻한 9월의 코니아일랜드*는 행복 그 자체였다. 바닷물은 반짝거리고, 바람이 불면 짭조름하고 달콤한 향이 코끝을 스쳤다. 내가 듣던 오디오북 내용이 절정으로 치닫고 있었다. 물론 오디오북을 들으며 걷고 있는 내 모습을 다른 친구에게 들키지는 않았지만, 장난치기 좋은 행색이었다. 나는 헤드폰 소리를 높이고 티

* 미국 뉴욕시의 브루클린구 남쪽 해안에 있는 위락지구.

머시 잰 작가의 소설《제국의 후예》(1991)*를 들었다. 줄거리는 한 솔로**에게 불리한 방향으로 흘러갔다. 쓰론 대제독의 군대가 우주선 밀레니엄 팔콘을 차지한 순간, 누군가 내 뒤에서 헤드폰을 벗기는 바람에 소리가 끊어졌다.

"이 노란색 헤드폰은 뭐니?"

앤젤리나 카라멜로였다. 얼굴이 무척 귀여운 여자애로 데이먼의 친구이기도 했다.

"네 헤드폰은 마치 귀에서 자라는 레몬 같아." 앤젤리나가 말했다.

"그리고 네 벨트 고리도 풀어져 있어."

앤젤리나의 단짝 친구 론다 글롬스키도 거들었다. 론다는 내 벨트를 잡아당기며 덧붙였다.

"네가 1년 일찍 입학했다는 사실을 믿을 수 없어. 어쩜 아직도 이렇게 둔하면서 귀여울 수 있지?"

"우웩."

앤젤리나가 토하듯 소리 내며 나에게 헤드폰을 던졌다. 그러자 론다가 나를 세게 밀치는 바람에 내 입에서 껌이 튕겨져 나왔다.

이건 짚고 넘어가야겠다. 우리 학년에서 열한 번째로 예쁜 론

* 스타워즈 레전드 소설 시리즈 쓰론 3부작(Thrawn Trilogy) 중 첫 번째 작품.
** 〈스타워즈〉 속 등장인물.

다가 바로 나, 벤 커핀에게 귀엽다고 말한 것이다. 하지만 론다는 그렇게 말한 뒤에 나를 세게 밀쳤고 론다의 이름*이 조금 무섭게 느껴지긴 했다. 물론 나도 내 이름의 성이 좀비가 나오는 관(coffin)을 떠올리게 한다는 걸 알고 있다. 우리는 천생연분이었다. 론다에게서 정말 못된 성격만 빼면 말이다.

옆쪽으로 눈길을 돌리자 데이먼이 다가오는 모습이 보여서 서둘러 그곳을 벗어났다. 도서관에 도착했을 때는 숨을 헐떡이고 있었다. 그 정도로 빨리 뛰지는 않았지만, 나는 천식을 앓고 있다. 천식 흡입기**를 깜박한 줄 알았는데 다행히 로렌츠 아주머니에게 있었다.

"또 창틀에 두고 갔더구나."

로렌츠 아주머니가 말하며 나에게 책 한 권을 건넸다.

"이거 한번 읽어 보렴. 우리 딸은 온종일 그 책 이야기뿐이야. 책장 맨 위에 꽂아 두기 전에 다른 사람의 생각도 들어 보고 싶구나."

로렌츠 아주머니가 건넨 책은 재클린 우드슨 작가가 쓴《희망은 깃털처럼》이었다.

"공상과학소설 같지는 않네요." 내가 한마디 했다.

"네가 쉽게 흥분할 만한 이야기는 아니지. 그렇지만 분명히 좋

* 미국에서 유명한 여성 이종 격투기 선수의 이름이 론다 로우지이다.

* 약물을 공기와 함께 입 또는 콧구멍으로 흡입시키는 데 사용하는 기구.

아할 거야. 날 믿어 보렴."

"아직 안 읽어 보셨잖아요."

"지금 이럴 시간에 책부터 읽는 게 좋을 텐데."

"서술자가 여자애인데요."

"그래서?"

"아시겠지만, 제가 사내 녀석이거든요."

"거기 사내 녀석, 여기 쿠키 좀 가져가렴. 그리고 비상구 문 살짝 열어 놔도 돼."

나는 천식 증상이 있는 날이면 비상구 문을 조금 열어 두었다. 바람이 불어오자 상태가 조금 나아지는 듯했다. 하지만 불현듯 앤젤리나와 론다의 모습이 떠오르면서 좋았던 기분이 사라지고, 데이먼 생각에 사로잡혀 천식 증상이 이어졌다. 그래서 골목으로 연결된 비상구 문을 조금 더 열었다. 정신이 아득해질 즈음이었다.

더럽고 오래된 백과사전(입 냄새에 관한 엄청난 사실, 제10권)을 문이 닫히지 않도록 세워 두었다. 로렌츠 아주머니는 항상 누구에게든 귀찮을 정도로 그 책과 관련된 질문을 많이 했다. 나는 문 뒤쪽에 가려져 있는 내가 주로 이용하는 책상으로 갔다. 벽에는 실크스크린*으로 작업된 커다란 그림과 코니아일랜드가 미국에서 가

* 비단이나 나일론 따위의 고운 천에 판막을 놓고 그 위로 잉크를 정착시키는 인쇄법.

장 유명한 해변이었던 시절의 사진들이 걸려 있었다. 나는 〈밤에 만난 꿈의 나라〉라는 제목의 사진을 가장 좋아했는데, 다들 바닷가 근처에 자리 잡은 루나 파크*를 그렇게 부르곤 했다. 1905년에 찍힌 사진 속에서 높이 솟은 탑은 온화한 태양처럼 빛났다. 그 모습이 마치 천사가 가장 아름다운 것만 보여 주려고 만든 따뜻한 빛 같았다.

나는 천식 흡입기를 한 번 들이마시고《희망은 깃털처럼》책으로 눈길을 돌렸다. 아니나 다를까, 책의 표지 그림은 깃털이었다. 우주선이나 무적의 데스 스타**가 아니고, 끝내주게 멋진 광선검도 아니었다. 책의 줄거리는 대략 이러했다. 학교로 한 남자애가 전학을 오게 되고, 반 아이들 중 일부는 전학생을 '어린 예수'라고 불렀다. 그렇지 않은 아이들은 이 남자애를 별나다고 여기며 못살게 굴었다. 나는 남자애에게 공감이 갔다. 괴롭힘을 당해서가 아니라, 나도 항상 이방인 같기 때문이다. 내 모습조차 낯설게 느껴질 때도 있다. 내가 어디에 어울리는지, 뭘 하고 어떤 삶을 살아야 하는지 모르겠다. 마치 나란 존재가 실수처럼 느껴지곤 했다.

얼마 되지 않아 책의 마지막 장을 펼쳤다. 책을 빠른 속도로 읽어 가며 등장인물들이 어떤 고난을 만날지 두려워하고 걱정했다.

* 코니아일랜드에 있는 놀이공원.
** 〈스타워즈〉에 나오는 거대 전투용 인공위성.

이야기 속 인물들이 실제 친구처럼 느껴졌다. 물론 책 속 친구들이 실제 친구들처럼 나를 못살게 구는 일은 없겠지만 말이다. 책에서 서술자로 등장하는 프래니는 작가를 꿈꾸었다. 프래니의 선생님은 매일 저마다의 '특별한 순간들'이 있다고 했다. 프래니는 그러한 순간이 오면 마음에 간직했다가 시간이 흐른 뒤에 글로 옮겨 적었다. 나는 그 부분이 좋았다. 《제국의 후예》를 쓴 티머시 잰 작가도 책을 쓸 때 그렇게 했을 것이다. 하지만 나는 선생님이 '특별한 순간들'에 대해 그다음으로 이야기한 부분을 읽고 나서 잠시 생각을 멈출 수밖에 없었다.

"어떤 때는 빛과 희망, 기쁨으로 가득한 완벽한 순간이 찾아오기도 해. 우리가 함께하는 순간은 영원할 거야."

그건 거짓말이다. 영원한 것이 없다는 건 과학적으로 증명된 사실이다. 시작이 있으면 끝이 있고, 누구도 시간을 되돌릴 수 없다.

우주 비행사들이 인류가 미래로 갈 수 있다는 아인슈타인의 말을 증명했다. 우주 비행사들은 시계 스무 개의 시간을 똑같이 맞춘 뒤에 그중 열 개를 우주로 가져갔다. 우주에서 시간당 대략 28,000킬로미터 속도로 6개월 동안 비행했는데, 거의 1초에 8킬로미터를 움직인 셈이다. 우주 비행사들이 지구에 도착했을 때,

* 지상 우주 비행 관제 센터.

미션 컨트롤* 안에 있던 시계들은 모두 우주로 갔던 시계들보다 시간이 0.007초 빨랐다. 무슨 일이 일어난 걸까? 우주 비행사들은 1초도 안 되는 시간을 지나 미래로 온 것이다. 내 말이 믿기지 않는다면 검색을 해 보아도 좋다. 여러분이 우주에서 빛의 속도만큼 빠른 비행을 했다고 가정해 보자. 지구로 돌아왔을 때 시간은 이미 아주 많이 지나 있다. 여러분은 먼 미래로 날아온 것이다. 여기서 중요한 건 아인슈타인이 이와 같은 계산법을 통해 시간을 되돌릴 수 없다는 걸 증명했다는 사실이다.

나는 1905년도 루나 파크의 모습이 담긴 사진을 바라보았다. 내가 그 시절로 돌아갈 방법은 없다. 얼굴에 드리우는 루나 파크의 금은 빛 축제에서 행복감을 맛보거나 탑 꼭대기에서 세상을 바라볼 일도 없다. 마법이 정말로 존재한다는 말 따위 믿지 않는다.

골목으로 연결된 비상구 문 밖에서 고양이가 쉭쉭거리는 소리가 났다. 골목길에 무언가 있는 모양이었다. 고양이는 곧 화난 것처럼 섬뜩한 소리를 냈다. 마치 악마에게 조종당하는 듯한 소리였다.

3

악마와 강아지 그리고 디바

나는 골목으로 나가 보았다. 고양이가 연신 때리고 있던, 고양이보다 훨씬 작은 존재는 다름 아닌 강아지였다.

나는 얼른 고양이를 쫓아냈다. 떨고 있는 강아지는 수컷으로 지저분한 모습이었다. 털은 전부 끈끈한 검은 타르로 뒤덮여 있고 입 옆으로 혀가 삐죽 나왔으며, 오물로 끈적이는 눈은 옆쪽을 바라보고 있었다. 누군가 깨문 듯이 휘어진 꼬리가 다리 사이로 보였다. 강아지의 모습은 마치 새우 같았고, 몸무게는 4킬로그램 정도 되어 보였다. 코와 입 주변이 회색을 띠었는데 많이 어려 보이지는 않았다. 내가 쓰다듬으려 다가가자, 강아지는 머리를 수그리더니 골목 밖으로 달아났다. 찾아보려 했지만, 이미 사라지고 난 뒤였다.

나는《희망은 깃털처럼》책을 로렌츠 아주머니에게 돌려주었다.

"책은 어땠니?" 로렌츠 아주머니가 물었다.

"화가 나던걸요."

"아주 좋네."

"좋다고요?"

"왜 책을 읽고 화가 났니, 벤?"

"저도 잘 모르겠어요. 이 책 좀 맡아 주시겠어요?"

"집에 안 가져갈 거니?"

"오늘은 책가방을 두고 와서요."

"제목에서 느껴지듯 책의 무게는 128그램 정도일 거야. 가져가기 힘들까?"

나는 창밖을 바라보았다. 불량배들이 쓰레기통으로 쓰는 무료 신문 상자 근처에 모여 놀고 있었다. 저 아이들이《희망은 깃털처럼》을 가져가서 찢어 버리면 프래니와 어린 예수는 종잇조각이 되어 바람에 흩날릴지도 모를 일이었다.

"책 무게는 어떻게 아세요?" 내가 물었다.

"대충 짐작했어."

로렌츠 아주머니는 우편 저울에 책을 올렸다. 정확히 128그램이었다.

"초능력자셨네요."

로렌츠 아주머니는 고개를 젓더니 내 쪽으로 몸을 기울여 "나는 도서관 사서야"라고 말했다. 그러고는 포스트잇에 뭔가를 쓰고 책에 붙여 두었다. 그 순간 아주 이상한 일이 벌어졌다. 로렌츠 아주머니의 입술이 떨리더니 곧 울 것만 같았다.

"천식 흡입기 챙기는 거 잊지 말고."

로렌츠 아주머니는 책을 옆으로 치우며 다른 아이가 가져온 비디오 게임기들을 접수대에 놓게 했다. 나는 접수대에 기댄 채 로렌츠 아주머니가 적은 글을 읽었다. 포스트잇에는 이렇게 적혀 있었다.

내가 아끼는 벤이 가져갈 책.

내년에 엄마와 플로리다의 마이애미로 떠나고 나면 로렌츠 아주머니가 그리울 것이다. 페이스북을 하지 않으면 로렌츠 아주머니를 다시는 못 볼 거라고 생각하자, 페이스북에 가입하고 싶어졌다. 나는 로렌츠 아주머니에게 커다란 윙크를 보내어 지난 2년간 나에게 보여 주었던 놀라운 지식과 친절에 감사를 전할 거다. 로렌츠 아주머니에게 매일같이 윙크를 보내고 싶다.

내가 도서관 밖으로 나가려는데 어떤 여자애가 걸어오는 것이 보였다. 그래서 나는 문을 잡아 주며 서 있었다. 여자애는 노란빛이 도는 녹색 베레모와 아주 큰 선글라스를 쓰고, 반짝이는 스카프에 붉은 외투를 입고 있었다. 밖의 기온이 24도 정도로 느껴졌지만, 여자애는 외투의 금색 단추를 목이 있는 곳까지 꽉 잠근 상태였다. 손에는 손가락 부분이 잘린 보라색 장갑을 끼고, 발에는 목이 긴 분홍빛 신발을 신고 있었다. 거의 일곱 빛깔 무지개색으로 가득 찬 모습이었다. 그물 모양의 가방 안으로 책들이 훤히 보였고, 그 책들을 통해 여자애가 꽤 똑똑하다는 걸 알 수 있었다.

밖에 있던 덩치 큰 불량배들은 이 무지개 소녀에게 까불 엄두조차 내지 못하는 모습이었다. 무지개 소녀는 그런 느낌의 아이였다. 만일 누군가 이 여자애에게 책이나 장갑 따위로 트집을 잡는다면, 여자애는 그 말을 한 상대에게 스스로를 아주 바보처럼 느끼도록 되갚아 줄 것만 같았다. 상대가 친구들과 함께 있더라도 봐주지 않을 것이다. 가장 멍청한 불량배조차 '디바' 같은 느낌의 이 여자애에게 까불면 안 된다는 것쯤은 알 듯했다.

그리고 지금 나는 그 여자애와 마주쳤다. 여자애는 발걸음을 멈추고는 문자 메시지를 확인했다. 나는 여자애가 답장을 보내는 내내 계속 문을 잡고 서 있었다. 여자애는 고맙다는 어떠한 인사도 없이 내 옆을 스쳐 지나갔다.

"천만에." 내가 말했다.

사실은 나는 아무 대답도 하지 않은 채 그냥 도서관을 나왔다.

어느덧 오후 5시 30분이었다. 엄마는 저녁 식사를 함께 준비하기 위해 내가 6시까지 집에 들어오길 바랐다. 밀물이 들어올 시간이었다. 기침이 나올 정도로 소금 냄새가 심하고, 거리에는 전단지가 흩날렸다. 누군가가 나를 따라오는 느낌이 들었다.

나는 가던 방향을 바꿨다. 코니아일랜드의 머메이드 거리는 일터에서 집으로 돌아가는 사람들로 가득했고, 그중에 나를 신경 쓰는 사람은 아무도 없었다. 나는 여기보다 덜 붐비는 넵튠 거리로 걸음을 옮겼다. 누군가가 분명히 누군가가 뒤쫓아 오고 있었다.

몸을 휙 돌아보았다. 그 작은 녀석이었다.

4

스토커 강아지

골목에서 만났던 강아지는 15미터 정도 떨어져 앉아서 나를 바라보았다.

"이리 오렴."

하지만 강아지는 꿈쩍도 안 했고, 내가 다가가자 달아났다. 나는 어깨를 으쓱하고는 가던 길로 걸음을 옮겼다. 이따금 돌아보면 다시 내 뒤를 쫓는 강아지의 모습이 보였다.

나는 슈퍼마켓으로 들어갔다. 슈퍼마켓에는 언제나 머리에 망을 쓴 채로 치즈 샘플을 무료로 나누어 주는 점원 누나가 있었다.

"몇 개 가져가도 될까요?" 내가 물었다.

"당연히 되지." 누나가 말했다.

나는 치즈를 한 움큼씩 네 번 집어서 주머니에 넣었다.

"너희 엄마에게 이 치즈가 맛있다고 말해 주렴. 그러면 다음에 엄마가 몇 개 사 가시겠지?"

"네, 그렇게 할게요."

"좋아."

나는 누나가 안쓰러웠다. 그저 그런 슈퍼마켓에서 비싼 치즈를 판다는 건 힘든 일이었다.

내가 다시 밖으로 나왔을 때, 강아지가 나를 기다리고 있었다. 아까보다 가까이 다가왔고, 떨고 있었다. 나는 길바닥에 치즈 한 조각을 두고는 6미터 정도 물러났다. 강아지는 아주 천천히 다가와서 눈 깜짝할 사이에 치즈를 먹어 치웠다. 나는 또 치즈 한 개를 꺼내어 길바닥에 두고 3미터 뒤로 갔다. 강아지는 이번에도 똑같이 치즈를 먹었다. 둘 사이가 1.5미터 정도 되었을 때, 강아지는 나를 믿고 따르기 시작했다. 맹세컨대 강아지는 내가 지닌 체더치즈 4분의 1 정도의 양을 허겁지겁 해치웠다. 그리고 지금까지 들어 본 적 없는 아주 큰 소리로 트림을 했다. 원래 숨소리는 그다지 큰 것 같지 않았다. 내 다리에 몸을 기댄 강아지의 떨림이 전해졌다.

나는 강아지를 들어 올린 뒤 인적이 드문 옆길로 빠져나가 집으로 갔다. 이렇게 하면 내가 안고 있는 이 작디작은 강아지를 들킬 일이 없었다. 손에 책을 들고 있지 않아서 천만다행이었다.

5

엄마와 아들

"엄마는 찬성이야."

엄마는 내 팔에 안긴 작은 익살꾸러기를 보더니, 내가 물어보기도 전에 강아지 키우는 걸 허락했다.

"이제 강아지를 욕조에 넣자."

"고마워요, 엄마."

나는 오랫동안 강아지를 키우고 싶어 했다. 하지만 플로리다로 이사 가기 전까지는 기다릴 계획이었다. 다행히도 엄마는 상황이 흘러가는 대로 살고자 했다.

"이 강아지가 널 선택한 데는 이유가 있을 거야."

"맞아요. 제가 처음으로 강아지에게 음식을 준 사람이에요."

엄마는 내 머리카락을 마구 쓰다듬었다.

"너는 인생이란 여행을 하는 여행자야. 우린 한 팀이고. 여행에서 최고의 순간은 고난을 헤쳐 나갈 때라는 걸 명심하렴."

"엄마가 그 말씀을 하루에 두 번씩 하시는데 어떻게 잊을 수 있겠어요?"

엄마의 나이는 예순일곱 살이다. 염색이나 무스를 발라 머리를 야단스럽게 꾸미지 않았고, 짧은 길이를 유지하고 있다. 엄마의 나이에서 중학교 1학년인 내 나이를 뺄셈해 보면 알겠지만, 엄마가 나를 임신했을 때 나이가 50대 중반으로 나온다. 하지만 그런 일은 없었다. 엄마가 나를 위탁양육을 할 때, 내 나이는 열 살이었다.

"수건 좀 가져오렴."

우리는 강아지 몸을 말려 주었는데, 그때 이 작은 개가 얼마나 귀여웠는지 모른다. 털은 삐죽거렸고 오물로 가려진 눈은 금빛 갈색이었다. 나는 강아지의 혀를 입안으로 밀어 넣었지만, 다시 삐져나왔다.

"강아지 살 좀 찌워야겠구나." 엄마가 안쓰러워했다.

엄마가 강아지 키우는 걸 찬성한 그 순간 내 머릿속에 어떠한 생각이 빠르게 떠올랐다.

"엄마, 아동 보호 시설에는 아이들이 아주 많았고, 엄마는 다른 아이를 데려갈 수도 있었어요. 늘 물어보기 두려웠던 질문인데, 왜 저를 선택하셨어요?"

"왜 물어보기 두려웠니?"

엄마는 햄버거 고기를 구우며 물었다.

"가끔은 제가 그 말을 하면 여기 아파트에서의 생활이 모두 사라질 것만 같았어요. 제 방과 TV를 보며 먹는 저녁 식사, 그리고 엄마와 나 우리 전부요."

"여행자님? 우리는 절대로 헤어지지 않고 영원히 함께할 거야. 너도 알고 있잖니?"

"물론이죠."

"우리 아들, 대단한 거짓말쟁이구나."

"제가 거짓말하는 걸 어떻게 아셨어요?"

"그 작고 깜찍한 행동을 할 때 네가 두 눈으로 알려 주잖니. 넌 두 눈을 조금 크게 뜨고 오른쪽을 바라보았어. 벤? 내 대답은 이거야. 로라가 갑자기 세상을 떠났을 때, 난 선택의 갈림길 앞에 섰어. 우리는 항상 위탁 보호자가 되는 주제에 대해 이야기를 나누었고, 나는 내게 꼭 필요한 아이를 발견한다면, 그 아이를 선택하려고 했단다."

엄마는 요리를 멈추고 나를 똑바로 바라보았다.

"나는 네가 내 아들이 되리란 걸 바로 알았어."

"그걸 어떻게 아셨죠?"

"마법의 힘이지."

엄마는 말을 멈추고는 내 뒤의 식탁 위 벽에 걸린 사진을 바라보았다. 엄마의 친구인 로라 아주머니는 사진 속에서 매일 저녁 식사 시간마다 우리를 내려다보았다. 사진 찍는 걸 의식하지 않은 듯한 자연스러운 웃음을 지었다. 말이다. 로라 아주머니는 혈액에

침투하는 암을 앓았다.

"로라도 너를 좋아했을 거야."

엄마는 사진에서 눈길을 거두고 다시 요리를 했다.

"지금 먹을 게 별로 없어서 배고플 텐데. 네가 나가서 중국 요리를 사 오는 게 좋겠구나."

엄마는 거짓말을 했다. 집에는 햄버거가 많고, 심지어 그 곁에 강아지가 있었다. 하지만 나는 엄마가 잠시 혼자 있고 싶어 하는 걸 알아차렸다. 엄마는 내 앞에서 슬퍼하는 모습을 보이기 싫었던 것이다.

"엄마, 슈퍼마켓에 이 치즈가 새로 나왔더라고요. 정말 맛있어요."

"그거 잘됐구나. 그나저나 우리 집에 새로 온 친구 이름은 정했어?"

"아직 못 정했어요."

"곧 마음에 드는 이름을 찾을 거야."

나는 목욕 가운에 있는 허리끈으로 강아지 목줄을 만들었지만, 필요하지는 않았다. 중국 음식점 '마법의 궁전'으로 가는 동안 강아지는 단 한 순간도 나에게서 눈을 떼지 않았다. 집에 와서 강아지밥을 먹는 동안에도 줄곧 나만 쳐다보았다. 저녁 식사가 끝나고 다 함께 영화 〈스타트랙 2: 칸의 분노〉를 볼 때도 그랬다. 강아지에게는 말 못할 비밀이 있는 듯했다. 강아지의 눈빛에서 특별한 침묵 같은 것이 느껴졌다.

"왜 웃니?" 엄마가 물었다.

"저도 잘 모르겠어요."

하지만 나는 이유를 알고 있었다. 엄마와 나, 그리고 강아지가 그냥 평범하게 함께 보내는 이 시간이 너무 완벽하고 평온했다.

"강아지 이름은 우디가 좋겠어요."

"그럼 우디 커핀?"

"맞아요. 성은 빼고요."

"커핀이 조금 곤란한 성이긴 하지."

엄마가 이어서 말했다.

"결코 평범한 뜻은 아니니까. 네가 나에게 커핀이란 성이 무섭게 느껴지면 너를 계속 스미스라고 불러도 된다고 말했던 거 기억나니?"

아동 보호 시설에는 스미스와 존스, 워싱턴 같은 성을 가진 아이들이 많았다.

"그날은 최고의 하루였어요. 내가 엄마 이름을 알게 된 날이었거든요."

"멋진 날이었지. 정말 그랬어."

"왠지 그날은 평소와 느낌이 달랐어요. 드디어 내가 꿈꾸던 사람이 될 것 같은 기분이랄까요. 누가 찾아올지 몰랐지만요."

"네가 그런 얘기를 해 주면 기뻐. 오, 놀라지 마렴. 벤, 지금 너의 친구가 관심을 받고 싶어 하는구나."

작은 친구는 내 무릎에서 미끄러져 내려오더니 빠르게 문으로 갔다. 그리고 단 한 번 발을 들고 깽깽하고 짖었다. 내가 강아지를 문에서 떼어 놓자, 문턱으로 가 오줌을 쌌다. 잠잘 시간이 되자 강아지는 내 셔츠 안으로 들어와 팔 안쪽으로 몸을 요리조리 움직였다. 내가 몸을 일으켜 확인해 보니 녀석은 내 가슴에 머리를 대고 있었다. 녀석이 금빛 갈색 눈으로 나를 바라보았다. 그 순간, 불현듯 도서관에서 나온 이후로 한 번도 천식 흡입기를 사용 안 했다는 사실을 깨달았다. 하지만 숨 쉬는 건 문제없었다. 나는 강아지 털에 손가락을 넣어 앞뒤로 쓰다듬었다. 털이 전혀 빠지지 않는 것 같았다. 털갈이를 하지 않는 강아지 곁에서 나의 폐 상태는 괜찮았다.

"너 정말 놀라운 녀석이구나."

강아지는 내 얼굴로 뛰어들어서 입술을 핥았다.

"그렇지만 이러면 숨쉬기 힘들어. 워워."

다음 날 아침에 눈을 떴을 때, 강아지는 내가 책장에 붙여 둔 츄바카* 포스터를 올려다보고 있었다. 2미터 정도 되는 실물 크기의 우키를 바라보던 강아지는 고개를 옆으로 돌렸다. 지금까지 만나 본 강아지 중에 가장 희한한 녀석이었다.

* 〈스타워즈〉의 등장인물. 온몸에 털이 나 있고 얼굴은 개처럼 생긴 인간형 외계인 우키 종족으로, 한 솔로의 동료이다.

6

마이크로 칩

"치아 상태가 좋구나. 보살핌을 잘 받았네."

수의사가 말했다.

"그러면 왜 거리를 떠돌고 있었을까요?"

내가 묻자 수의사는 어깨를 으쓱했다.

"어느 노인의 애완견일지도 몰라. 주인이 세상을 떠난 뒤에 유족들은 강아지를 보호소로 보냈고, 거기서 좋은 의도로 강아지를 입양해 간 사람이 녀석을 돌볼 시간이 없었던 거지. 그래서 강아지는 다시 버려진 거야. 아니면……."

"아니면요?"

"그냥 길을 잃은 걸지도 몰라. 강아지 피부에 마이크로 칩이 박혀 있어. 이걸 봐."

수의사는 스캐너로 강아지의 어깨를 훑었다. 아이패드 화면으로 휴대폰 번호가 보였다.

"강아지 주인 번호 같은데. 여기 메일 주소도 있어."

"도망쳤을지도 모르죠. 주인이 강아지를 못살게 굴어서요."

내가 대꾸했다.

"여행자님? 네가 키우던 강아지를 잃어버리면 기분이 어떨지 생각해 봐. 강아지의 입장을 가장 먼저 생각해야 해. 강아지를 긴 시간 동안 보살펴 준 주인과 다시 만나게 해 줄 힘은 너에게 있어."

엄마가 말했다.

내 힘이라니? 나는 강하다고 생각하지 않았다. 그저 수의사의 진료실 곳곳에 토할 것만 같았다.

우리는 동물 병원 밖에 있는 벤치에 앉아서 지니 이모를 기다렸다. 지니 이모의 차를 타고 베이릿지* 쇼핑몰에 갈 예정이었다. 웹사이트에는 애완동물 용품 매장에 반려견을 데리고 들어갈 수 있다고 나와 있다. 아직은 완벽히 내 강아지가 아니지만 말이다. 나는 휴대폰으로 아까 보았던 마이크로 칩의 번호를 눌러 전화를 걸었다.

엄마는 내 어깨에 팔을 둘렀다.

"네가 자랑스럽구나."

* 뉴욕 브루클린 남서쪽에 위치한 주거 지역.

강아지는 내 무릎에서 코를 골며 잠들었다. 그때 휴대폰 너머로 목소리가 들렸다. "지금 거신 번호는 없는 번호이며……."

엄마가 나를 토닥였다.

"우린 지금 절반만 온 거야. 아직 메일 주소가 남아 있잖아, 여행자님."

"엄마……."

"메일을 보내 봐. 그러면 우리는 최선을 다했고 떳떳한 거야."

나는 메일 내용에 우리 집 번호로 전화해 달라고 썼다. 내가 겨우 마음을 붙잡고 보내기 버튼을 눌렀을 때, 지니 이모의 자동차가 도착했다. 지니 이모의 남자친구인 레오 아저씨는 차창 밖으로 얼굴을 내밀었다.

"처음에는 아이를 데려오더니, 이번에는 강아지네요? 테스 누님이 저보다 더 낫네요."

레오 아저씨는 인생 최고의 농담이라도 한 듯이 웃었다. 그리고 엄마를 자동차에 태우기 위해 지니 이모와 함께 차에서 내렸다. 엄마는 관절염 증상이 약간 있었다.

"나는 괜찮아. 레오는 무척 다정하지만, 나는 아직 환자가 아니야."

엄마가 말하자, 레오 아저씨가 대꾸했다.

"누님은 우리 중에 가장 오래 사실 거예요."

"당연히 그래야지. 벤, 이리 와서 지니 이모랑 인사해야지."

지니 이모는 대체로 친절하고 좋은 사람이다. 하지만 포옹을 할 땐 내가 이모 얼굴의 화장을 망가뜨리지 않게 나를 아주 살짝 밀어낸다. 지니 이모는 메이시스 백화점*에서 매니저로 일하고 있고, 화장품 매장에서 엄청난 할인을 받는다. 엄마보다 나이가 어리지만, 겉보기에는 엄마보다 더 늙어 보인다. 눈가에는 거미줄처럼 주름이 져 있다. 아마 항상 눈을 가늘게 뜨고, 고민이 있는 것처럼 이마를 찡그려서 그럴 것이다. 지니 이모는 종종 우리 집에 왔다.

"학교 이야기 좀 해 줘. 요즘 어떤 운동 하니? 남자애들은 정말로 머리를 그렇게 길게 기르니?"

지니 이모는 나쁜 사람은 아니지만, 웬지 나와 가까이 있을 때면 조금 긴장한 것처럼 보였다. 레오 아저씨는 어떤 사람인지 잘 모르겠다. 휴일이나 저녁 식사 같은 때 만나면 나에게 지나칠 정도로 친절했다. 너무 과장되게 악수를 하거나 어깨를 치고 "어이, 잘 지냈어?" 하는 식이었다. 내 대답을 기다리지 않고 게임을 하기 위해 다시 TV 앞으로 갈 땐 그러지 않았다. 나도 함께 게임을 할 때면, 맹세컨대 레오 아저씨는 같은 말을 50번 정도 했다.

"여기 있는 튀김 좀 먹어, 챔피언. 넌 살 좀 쪄야 해."

나는 항상 레오 아저씨에게 그 튀김으로는 살이 찌지 않는다고

* 미국의 최대 백화점 체인.

말해 주고 싶었다. 튀김은 생각하기도 싫은 케일로 만들어졌고, 그건 지니 이모만의 요리법이었다. 지니 이모는 몸에 좋은 음식을 지나치게 좋아했고, 레오 아저씨는 안 그런 것 같았다.

우리는 지니 이모 자동차의 뒷좌석에 탔다. 시트가 덮여 있었다.

"강아지는 뒷좌석에만 앉게 해 주겠니? 내가 여기저기 털 날리는 꼴을 못 봐, 테스 언니."

지니 이모가 말했다.

"그래. 이렇게 멋진 토요일 아침에 만나니 반갑구나. 사랑하는 동생."

엄마는 지니 이모의 볼에 뽀뽀를 하고, 레오 아저씨에게도 똑같이 인사했다.

"미안 언니, 내가 어제 막 자동차 청소를 해서 그래."

"지니, 그렇게 걱정 안 해도 돼. 그렇지, 챔피언?"

레오 아저씨가 나에게 윙크를 하며 말했다.

강아지는 내 손을 가볍게 누르더니 앞발을 들었다.

"너랑 하이파이브가 하고 싶은가 본데." 엄마가 나를 쳐다보았다.

내가 손가락 마디로 하이파이브를 했더니, 강아지는 내 얼굴로 뛰어들어 입술을 핥아 댔다.

"전에 주인이 누군지 모르겠지만, 훈련을 아주 잘 시켰어."

엄마가 강아지를 보고 말했다.

"정말 그래요. 저는 강아지 주인이 돌아가셨으면 좋겠어요."

"여행자님, 그건 별로 좋지 않은 생각 같구나."

우리는 쇼핑몰에 도착해서 강아지에게 사용할 끈과 목줄을 찾아보았다. 그리고 강아지와 함께 지하철을 타기 위해 애완동물 운반용 가방도 골랐다. 가방은 튼튼하다는 특징만 빼면 '디바' 같은 무지개 소녀의 그물 가방과 비슷했다. 강아지는 가방 따위에는 전혀 관심이 없었다. 상점 점원이 개껌을 던지자, 강아지는 곧바로 껌이 떨어진 곳으로 뛰어갔다. 가방은 반값 할인 중이었지만, 그래도 비쌌다.

"엄마, 우리가 강아지를 키우는 것이 확실해질 때까지 기다려야 할까요?"

"강아지를 주인에게 돌려보내야 한다면 그래야겠지. 하지만 주인이 원하지 않는다면, 다른 강아지를 키우기 전까지는 우리가 맡아서 키우자."

엄마가 대답했다.

"다른 강아지를 키우기 전까지. 물론이죠."

내가 되뇌었다.

7

청키네 가족

"얘는 이워크* 일원인 게 틀림없어." 청키가 말했다.

"이워크 종족의 티보 같지 않아?" 내가 물었다.

"위켓이랑 더 닮았으니까 위켓이라고 부르는 게 맞아." 청키가 반박했다.

"스파이디**는 어때? 아니면 플래시는?"

"위켓이 더 멋진 이름이야. 〈반지의 제왕〉에 나오는 간달프도 괜찮고."

"그건 아니다."

"포터는 어때?"

* 〈스타워즈〉에 등장하는 외계 종족으로 작고 털이 많다.

** 〈스파이더맨〉.

"마법사는 아니잖아." 나는 시큰둥하게 대꾸했다.

"야, 그렇게 인간이랑 차별하면 안 돼. 강아지야 이리 와 봐. 이 녀석은 정말 놀라워. 내 여동생들이 얘를 보면 좋아서 까무러칠 거야."

우리는 계단을 올라 청키네 집 문 앞에 도착했다. 청키네 집에 처음 오는 거지만, 반 블록 떨어진 거리에서부터 어딘지 단박에 알아보았다. 진입로에 놓인 휘어진 광선검과 녹갈색 물로 채워진 유아용 수영장 덕분이었다. 아이들이 까꿍 놀이를 하는 현관문 옆 창문에 닥터페퍼 음료 박스 종이가 붙어 있었다. 창문으로 집 안 곳곳을 뛰어다니는 맨발의 아이들이 보였다.

"엄마, 얘가 벤이에요. 친구라고 할 수 있죠." 청키가 소개했다.

"만나서 반갑구나, 벤."

나를 안아 준 청키 엄마의 품에서 쿠키 냄새가 났다. 포옹은 편안했지만, 숨을 쉬기 곤란했다.

"나 강아지 좋아해."

네 살쯤 되어 보이는 여자아이가 말했다. 입 주변에 땅콩버터가 수염처럼 묻어 있고, 잠옷은 젤리로 얼룩져 있었다. 강아지는 곧장 달려들어 여자아이의 입술에 묻은 땅콩버터를 핥아 댔다. 그러자 어디선가 잠옷 입은 여자아이들이 모여들었다. 같이 땅콩버터를 핥는 게 아니라, 강아지를 껴안았다. 여자아이들 중 한 명은 무거운 기저귀를 차고 기어 다녔고, 강아지는 그 모습을 굉장히 흥미롭게 바라보았다.

웬 늙은 골든 리트리버 한 마리가 다리를 절뚝거리며 모두가 모인 곳으로 왔다. 개 두 마리는 코를 서로의 엉덩이에 대고 킁킁거렸다. 골든 리트리버는 엎드려 누웠고, 강아지는 그 옆에 앉았다. 둘은 꼬리로 카펫의 먼지를 털었다. 그러다 강아지는 갑자기 껑충 뛰어와 나에게 안아 달라고 졸랐다.

곧 비쩍 마르고 나이 든 고양이 한 마리가 방으로 들어왔다. 자리에 앉은 고양이는 모두가 보는 앞에서 자신의 엉덩이를 핥기 시작했다. 청키 엄마와 여동생들의 잠옷은 고양이 털이 잔뜩 묻은 상태였다. 나는 개의 경우에 특정한 종류를 만났을 때만 기침이 나지만, 고양이는 종류에 상관없이 만나면 숨이 가빠진다. 그나저나 왜 오후 3시에 다들 잠옷을 입고 있을까?

"고양이 진저는 개를 좋아해. 진저, 저기 귀를 봐."

청키 엄마가 말했다.

골든 리트리버는 고양이가 귀에 묻은 왁스를 핥아 주자, 편하게 숨을 쉬었다.

"원한다면 진저가 퍼즈볼* 귀도 핥게 해 줄게."

청키의 엄마가 나와 강아지를 바라보았다.

* 털뭉치. 〈스타워즈 에피소드〉에서 한 솔로가 츄바카를 지칭했던 표현.

"안 그래도 될 거 같아요." 내가 말렸다.

조금 전에 고양이는 혀로 엉덩이를 핥지 않았던가. 청키 엄마는 내 품에 안겨 있던 강아지를 데려갔다. 고양이가 곧장 끈적이는 혀로 귀를 핥아 주자, 강아지는 몸을 떨던 걸 멈추고 발을 쿵쿵거리기 시작했다.

"저렇게 하는 건 좋다는 뜻이야. 다시 말하자면 재들은 행복할 때 오빠 몸을 툭툭 친다는 거야."

청키의 어린 여동생 중 한 명이 말했다.

"정말이야." 청키도 동의했다.

"피자 먹고 가렴." 청키 엄마가 말했다.

"피자 양은 충분해요?" 청키가 물었다.

"그럼. 지하 냉동고에 대략 10억 개 정도밖에 없긴 하지만."

"기분이 언짢았다면 미안해, 친구야. 이건 우리 가족이 사는 방식이야. 나는 나눠 먹는 것이 걱정돼. 나도 내 생각에 문제가 있다는 걸 알아. 그래서 고치려고."

청키가 푸념하듯 말했다.

나는 숨이 조금 가빴지만, 배가 너무 고팠다. 숨을 제대로 쉬는 것이 먼저일까, 배를 채우는 것이 먼저일까?

우리는 다 타 버린 냉동 피자를 먹었고, 그야말로 최고의 맛이었다.

8

속옷 도둑

월요일 아침이 되자, 나는 강아지를 데리고 쿠폰 배달 아르바이트를 함께했다. 편안한 옷차림의 아주머니가 불쑥 나타나더니 나를 빗자루로 때렸다. 내가 아주머니의 집 앞에 전단지를 내려놓은 순간이었다. 문 옆에는 "판매 광고 사절"이라고 적힌 팻말이 보였다. 나를 고용한 사장님은 그런 팻말은 무시하라고 했다.

"죄송해요, 아주머니. 저는 그저 시키는 대로 했을 뿐이에요."

"네가 머리를 맞고서도 그렇게 말할 수 있는지 보자꾸나."

아주머니는 내 뒤통수 쪽으로 빗자루를 휘둘렀다.

강아지는 아주머니의 발 위에서 뒹굴며 휘어진 꼬리를 흔들었다. 그러자 아주머니는 나의 존재 따위는 잊고 강아지의 배를 긁어 주었다. 원래는 친절한 사람인 듯 조금 전과는 아주 다른 모습이었다. 아주머니는 우리를 집에 초대해서 베이글을 대접했다. 하지만 나는 〈건강과 안전〉 수업을 들으러 곧바로 학교에 가야 했다. 그 수업에서 데이먼은 종이 뭉치를 내 머리에 던졌다. 나머지 시간에 데이먼을 피해 다니는 건 어렵지 않았다. 데이먼은 우등반이 아니었고, 나는 계단 아래에서 점심을 먹었다.

학교가 끝나기 무섭게 집으로 달려갔다. 나는 강아지가 지내는 모습이 궁금해 휴대폰 카메라를 타임랩스*로 설정하고 나갔었다. 엄마가 일터에 나간 뒤, 강아지가 하루 동안 지낸 모습을 찾아보았다. 강아지는 세탁 바구니 안에 들어가서 내 팬티들을 잡는 거 외에 다른 건 하지 않았다. 현관에 팬티들을 베개처럼 쌓아 둔 강아지는 한숨을 내쉬었다. 그리고 현관문만 종일 바라보다가 눈길을 거둔 순간이 정말 믿기 힘들었다. 강아지는 내가 문을 열쇠로 열기 5분 전부터 미친 듯이 현관문을 긁어 댔다. 마치 내가 집으로 오는 걸 미리 아는 초능력이라도 있는 듯한 모습이었다.

나는 메일을 확인해 보았다. 여전히 예전 강아지 주인에게서 답장은 오지 않았다. 예전 주인은 하늘나라로 떠난 것이 분명했다. 나는 날아갈 듯이 기뻤다.

"강아지가 생겼구나. 그렇지?" 로렌츠 아주머니가 물었다.

* 느린 속도로 촬영해 정상 속도보다 빨리 돌려서 보여 주는 특수영상기법.

“어떻게 아셨어요?”

내가 뒤돌자, 애완견 가방에 달린 그물 문 사이로 강아지의 모습이 보였다.

“네가 족제비를 입양했는데 온라인 예약 시스템에 강아지 훈련책을 잔뜩 신청하진 않았겠지. 이리 와서 강아지 좀 보여 주렴.”

나는 메인 데스크 뒤로 가서 가방을 내려놓고 지퍼를 열었다.

“깨물어 주고 싶게 생겼네.”

“뭐라고요?”

로렌츠 아주머니는 강아지를 들어 올렸다.

“반가워. 넌 작은 웜뱃*을 닮았구나.”

강아지는 로렌츠 아주머니의 입에 뽀뽀를 퍼부었다.

“이 강아지의 눈을 보니, 6월에 세상을 떠난 우리 집 개 해리가 생각나는구나. 꽤 나이가 많았어. 딸의 품에서 자던 중에 세상을 떠났지. 잠시 헤어지는 작별 인사로 그보다 더 좋은 건 없을 거야. 그렇지?”

로렌츠 아주머니가 말했다.

“잠시 헤어지는 작별 인사요. 그럼요.”

나는 가만히 되뇌었다.

* 작은 곰같이 생긴 오스트레일리아의 동물.

어느 할아버지가 들어와서 접수대에 노트북을 반납했다. 할아버지의 가방에는 이런 문장이 적혀 있었다. "독서를 하면 더 오래 살 수 있고, 내가 바로 그 증거이다."

로렌츠 아주머니는 강아지를 내가 메고 온 가방 안으로 넣었다. 그리고 접수대에 쌓인 책 더미를 보며 눈짓했다.

"저기 보이는 책들은 다 네 것이야, 벤."

책 더미 가장 위에 놓인 책은 《희망은 깃털처럼》이었다. 내가 책들을 넣으려고 가방으로 눈길을 돌렸을 때였다. 강아지가 보이지 않았다.

9

다시 만난 무지개 소녀

강아지는 빠른 걸음으로 도서관 열람실 뒤쪽으로 향했고, 그곳에는 디바 같은 느낌의 그 무지개 소녀가 앉아 있었다. 노란 베레모를 쓴 여자애는 손톱에 형광 분홍색 매니큐어를 바르고, 목에는 주황색 스카프를 두르고 있었다. 겉모습 중 유일하게 피부만 빛나지 않았다. 여자애의 피부는 정말 창백했고 눈은 피곤해 보였다. 아마도 지난번의 가방에 들어 있던 책들을 모조리 읽느라 밤을 지새운 것 같았다. 강아지가 여자애의 무릎으로 올라갔다.

"이렇게 사랑스럽게 생긴 건 반칙이지. 강아지 이름이 뭐야?"

여자애가 물었다.

"아직 못 지었어. 고작 3일 같이 지냈는걸."

내가 대답했다.

여자애는 별난 책들을 모두 읽을 때까지 원래 내가 이용하던 책상 위에 책들을 펼쳐 두었다. 그 책들 중에 《희망은 깃털처럼》이 눈길을 끌었다. 쪽마다 특이한 색깔의 포스트잇으로 구분되어 있었다.

"네가 바로 로렌츠 아주머니의 딸이구나."

나는 손에 《희망은 깃털처럼》을 들고 계속 말했다.

"난 이 책 거의 다 읽었어."

"어떤 책들은 읽고 나면 세상이 다르게 보여. 그중 한 권은 공기의 흐름까지 바꿔 놓지. 얼마나 멋있니?" 여자애가 대꾸했다.

"네 말에 완전 동의해."

"너 이리 와서 좀 앉아 봐."

여자애는 강아지 배를 긁어 주면서 덧붙였다.

"입 옆으로 혀를 삐죽 내밀고 있는 모습이 귀여워."

"왜 오늘에서야 도서관 안에서 너를 보게 된 걸까?"

"이제 막 홈스쿨링을 시작했거든. 점심때까지는 집에서 홈스쿨링을 해. 공부가 끝나고 나면 답답해 미칠 지경이야. 그리고 나는 예전에 너를 본 적 있어."

"네가 친구한테 문자 메시지를 보낼 동안 내가 문을 잡고 있던 금요일을 말하는 거야?"

"그 전이야. 문자를 보내느라 널 신경 쓰지 못한 건 미안해. 꽤 중요한 대화 중이었거든. 너 정말 나 기억 안 나?"

그 애를 만났던 때를 기억해 내기까지 시간이 꽤 걸렸다. 지금 여자애가 쓴 커다란 베레모 때문에 잠시 헷갈렸지만, 기억이 떠올랐다. 지난 겨울방학에 접수대에서 머리카락이 독특한 연갈색인 여자애를 봤는데, 바로 이 애였다.

"로렌츠 아주머니가 통화하시는 동안 네가 책 대출을 도와주었지."

"나 아니면 누가 아이작 아시모프 작가의 《아이, 로봇》(1950)을 빌려주고 대출 연장까지 해 주겠어?"

"지금 너의 모습은……."

"그때랑 다르지? 이리 가까이 와서 봐. 이거 보여?"

여자애의 얼굴에 눈썹이 없었다.

"항암 치료 때문에 그래. 최근에 혈액 검사와 정밀 검사를 했는데 결과가 꽤 좋더라. 나쁜 수치는 낮아지고 좋은 수치가 올라갔어. 결과가 이렇게 나와서 정말로 기뻐. 어떤 기분인지 네가 알까?"

"그럼. 알지."

나는 여자애의 사정을 알기라도 하듯이 바보처럼 대답했다. 강아지가 나를 따라왔을 때 두려운 마음도 있었는데, 여자애를 보니 그때 느낀 감정이 되살아났다. 다스 베이더*가 루크 스카이워커**의 손을 베던 순간과도 비슷했다. 다스 베이더는 루크가 어

* 〈스타워즈〉 오리지널 시리즈의 주요 악인.
** 〈스타워즈〉 오리지널 시리즈의 주인공.

둠의 세력으로 넘어오면 살려 주려 했지만, 루크는 그러지 않았다. 루크는 다스 베이더의 광선검에도 굴복하지 않고 원자로 안으로 멋지게 뛰어들었다. 하지만 루크 군단은 쓰레기 처리 장치로 떨어졌고 레아 공주가 루크를 구출했다. 이후 루크는 아주 멋진 인공 손이 생겼다. 그렇다. 이 여자애는 루크처럼 강했다.

"네가 문지기 역할을 해 주고 있을 때 나는 메일을 읽고 있었어. 의사 선생님께서 보낸 아주 좋은 소식이었어. 나는 정말로 운이 좋은 사람이야. 항암 치료의 부작용은 그다지 심하지 않고, 며칠 피곤할 뿐이었어. 물론 머리카락도 조금 빠지긴 했지만."

무슨 말인지 어리둥절했지만, 여자애가 고개를 끄덕이자 나도 덩달아 끄덕였다. 사실 여자애가 하는 말을 이해하기 어려웠다. 정말로 아파서 어쩔 수 없는 것이 아니라면 머리카락을 빠지게 하는 약을 일부러 먹지는 않을 테니까. 게다가 여자애는 나랑 나이가 같았다.

"어쨌거나 그냥 머리카락이 빠질 뿐이고, 늘 그렇듯이 다시 자라겠지."

"넌 지금도 아주 예쁜데." 내가 불쑥 말했다.

이럴 때면 아프고 멍청해 보이더라도 내 입을 주먹으로 치고 싶었다.

"미안. 생각나는 대로 말하면 안 되는 걸 알면서도 가끔 이런 잘못을 한다니까."

"그건 잘못이 아니야. 그리고 내가 정말 멋지다고 한 말은 사과 안 해도 돼."

"아니, 잠깐만. 나는 분명히 '예쁘다'고 했는데."

"이제 그 말 두 번째야."

여자애는 책상 너머로 손을 뻗어 한동안 내 손을 꼭 잡았다.

"고마워." 여자애가 말했다.

여자애의 차가운 손등에 반짝이는 젤 잉크 자국이 가득했다. 스프링 노트 맨 첫 장에도 j, i를 쓸 때 점 대신 그려 넣은 별들로 반짝거렸다.

"난 지금 짧은 소설을 쓰고 있어." 여자애가 토로했다.

"진짜?"

여자애의 표정이 사뭇 진지해졌다.

"응, 근데 너는 뭐 쓰는 거 없니?"

"나는 겨우 열두 살이야."

"뭘 망설여? 우리 엄마는 너를 정말 멋진 애라고 생각하시던데."

"로렌츠 아주머니는 윙크를 받을 만하시지."

"뭐라고?"

"아니, 내 말은 페이스북상에서 말이야. 너도 윙크 뜻 알지? 나는 엄청 큰 윙크를 로렌츠 아주머니께 보낼 거야."

"우웩." 여자애는 책들을 챙기기 시작했다.

"페이스북에서는 윙크 이모티콘이 내가 원래 알던 뜻이랑 다르게 쓰이더라고."

내 말에 여자애는 곧장 페이스북 예절과 이모티콘의 올바른 사용법에 관한 블로그 글을 찾아냈고, 그 내용은 이러했다.

;o) 윙크 이모티콘을 애인이 보내는 건 괜찮지만, 다른 사람이 보내는 건 적절하지 않다. 당신을 섹시하다고 생각하는 어느 변태가 보낸 거라면 굉장히 불쾌한 경험일 것이다.

"그렇구나." 나는 힘없이 대꾸했다.

"하하." 여자애는 많이 피곤해 보이진 않았지만, 급히 출구 쪽으로 걸어갔다.

나는 강아지의 목줄을 매고, 로렌츠 아주머니가 메인 데스크에 나를 위해 쌓아 둔 책들을 가방에 담았다.

"우리 딸은 왜 그렇게 빨리 나갔니?"

로렌츠 아주머니가 물었다.

"저도 잘 모르겠어요."

여자애가 보이지 않았다. 강아지와 함께 도서관을 나온 나는 골목에 있는 여자애를 발견하고 쫓아갔다. 여자애는 바닷가 산책길로 가고 있었다.

"너는 내가 생각했던 윙크의 뜻을 짐작도 못하겠지."

"알고 싶지 않아." 여자애가 말했다.

"아무튼 네가 아까 찾아봤던 그런 의미인지는 정말 몰랐어."

"그래. 아깐 내가 지나치게 예민했어. 그건 그냥 복잡한 나의 여러 모습 중 하나일 뿐이야."

여자애는 걸음을 빨리하더니 헉헉거리며 앞으로 나아갔다.

"홈스쿨링을 하고 있다고? 굉장한데."

나는 여자애의 속도에 맞춰 걸어가며 말했다. 강아지는 우리의 발뒤꿈치를 졸졸 따라왔다.

"나는 빨리 학교로 돌아가고 싶어. 너 혹시 '빅맨 26'이라고 들어 봤어?"

"예술 학교 아니야?"

"거긴 정말 천국이야. 내 몸이 111퍼센트 회복되면 학교로 돌아갈 예정이야. 아마 다음 학기가 되겠지. 그때까지는 부엌 식탁에서 아빠와 함께 공부할 거야. 그건 그렇고, 111은 내가 가장 좋아하는 숫자야. 뢴트게늄이 원자번호 111번의 원소거든. 우리 주변에서는 볼 수 없는 원소야. 연구소에 가야 볼 수 있고 금, 은과 같은 특징을 지니고 있어. 너는 공상과학소설을 무척 좋아하니까 내가 하는 말을 이해할 거야."

"111은 숫자 1과 소수만 들어가는 마법 사각형에서 신기한 정수이기도 해."

나는 여자애의 귀에 걸쳐 있던 젤 펜을 집어 들어서 손바닥에 마법 사각형을 그렸다.

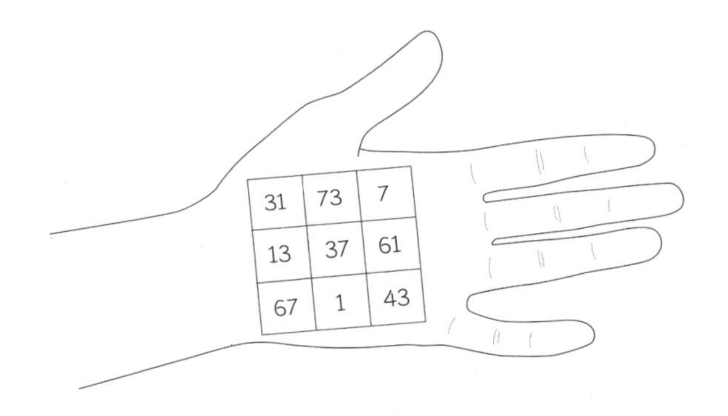

"여기 보이는 숫자들은 가로로 더할 때나 세로로 더할 때, 그리고 대각선으로 더했을 때도 값이 모두 111로 똑같아."

여자애는 내 손을 가까이 잡아당겨 덧셈을 해 보더니 고개를 끄덕였다.

"그걸 어떻게 알았어? 너 정말 똑똑하구나. 샘이 날 정도야. 그렇지만 나보다 더 똑똑할까?"

"아니야. 네가 나보다 훨씬 더 똑똑해." 내가 반박했다.

"그래, 알겠어. 하지만 다른 영역은 그렇더라도 수학만큼은 절대 아니야. 그래서 속상해. 나는 선입견의 대상이 되고 싶지 않거든. 너도 알다시피 여자애들은 수학에 약하다고들 하잖아. 나도 예외는 아니고. 나는 학교 다닐 때 모든 남자애들보다 더 괜찮은 아이였어. 그 사실로 인해 남자애들이 화가 났다면 좋을 텐데."

"나는 화 안 나는데."

"네가 화날 이유는 없지. 우리 학교에 다니지도 않잖아."

"어, 그렇구나."

"아무튼, 아까 하려던 말 계속해 줘. 우리의 지적 수준이 비슷해서 너에게 호감이 생겼어. 그러니 더 얘기해 봐."

"여기 손에 숫자 낙서는 예전 크리스마스 때 한 거야. 수학 퍼즐 같은 거였지."

나는 손바닥을 치켜들었다.

"나 혼자 생각해 낸 건 아니야."

"누가 너 혼자 알아냈대? 그나저나, 나 그거 좀 베낄게."

여자애는 자신의 손바닥을 내 손바닥에 대고 꾹 눌렀다. 그러자 잉크 자국이 여자애의 손바닥에 묻었다.

"거꾸로 뒤집어졌는데." 내가 말했다.

"완벽해. 네가 멋진 아이라는 우리 엄마의 말이 맞았어. 아까 윙크 이야기로 너에 대한 인상이 아주 별로였는데 네가 다시 좋게 만든 거야."

"너희 아빠 말이야. 너에게 공부를 가르치려고 일을 그만두신 거야?"

"아빠는 주로 저녁에 일해. 너 정말 열두 살 맞아? 더 많아 보이는데."

"진짜로? 고마워."

"정말 재밌는 애야."

"내가 몇 살로 보이는데?"

"열여덟 살." 여자애가 대답했다.

"너는 열세 살처럼 보이는 거 알아?" 내가 말했다.

"너 되게 유치하구나."

"왜?"

"맙소사. 그만 좀 웃겨."

"너 지금 안 웃고 있잖아."

"혹시 돈 좀 있니? 나한테 리세스 초콜릿 사 주면 도서관 뒤쪽에서 들었던 말은 못 들은 걸로 할게."

"내가 너희 엄마에게 윙크를 보내고 싶다고 한 거 말이니?"

"왜 다시 생각나게 하는 거야?"

나는 초콜릿 세 봉지를 사 와서 여자애와 함께 산책길 벤치에 앉았다. 여자애는 초콜릿을 조금씩 집어 먹었다.

"달콤한 치즈가 입속에서 펑펑 날아다녀. 맛있다."

여자애가 흐뭇해했다.

"네 강아지는 너무 비현실적으로 생겼어. 어리바리해 보이는데 자꾸 쓰다듬어 주고 싶어. 깨물어 버리겠다! 앙! 이렇게 작은 귀염둥이 이름이 왜 아직 없는 거야? 나는 강아지가 너를 바라보는 모습이 좋아."

"이름 없는 게 어때서?"

"덧붙이자면, 이 강아지에게는 치료견* 자격이 필요해. 그래야 도서관에 출입할 수 있고, 사람들의 따가운 눈초리를 받지 않지."

"맹인안내견 같은 걸 말하는 거야?"

"그건 아니지. 네가 앞이 안 보이는 건 아니잖아? 책 읽기가 어려운 아이들이 개에게 책을 읽어 주는 활동이 있어. 아이가 단어를 말하면서 발음 실수를 해도 개는 몰라. 그저 아이가 자신에게 모든 관심을 쏟아 준다는 것에 무척 기뻐할 뿐이야. 아이는 개가 귀 기울이고 있다고 느껴서 더 잘 읽으려고 해. 자신감이 커질수록 아이의 책 읽기 실력은 더 좋아지지. 이건 실제로 있는 프로그램이고 보통 학교나 도서관, 감옥 같은 시설에서 이루어져. 너의 강아지도 이걸 할 수 있을 거 같은데. 강아지가 우리 이야기를 듣고 있는 모습을 봐. 내가 말이 많아서 나를 보고 있긴 하지만."

"정말 그렇게 생각해?"

"뭐가 정말 그렇다는 거야? 강아지가 그 프로그램을 해낼 수 있겠다는 말, 아니면 내가 말이 많다는 말?"

"강아지가 해낼 수 있다는 거."

* 우울증 환자나 자폐, 발달 장애 등 정신적, 물리적 치료가 필요한 환자들에게 위안이나 안정감을 줄 수 있도록 훈련된 개.

“거짓말. 넌 지금 두 눈을 크게 뜨고 먼 곳을 바라보잖아.”

남학생이 여학생보다 더 똑똑하다는 생각은 멍청한 생각이다. 이 여자애는 우리 엄마만큼이나 똑똑했고, 그만큼 무섭다는 뜻이기도 했다.

“아이들이 개에게 책을 읽어 주는 프로그램의 이름은 〈루퍼스에게 책 읽어 주기〉야. 나는 그 내용을 신문의 교육란에서 읽었어. 나는 낮에는 영어 선생님으로, 밤에는 소설가로 일할 거야. 너는 뭐가 될 거야?”

“글쎄. 물 미끄럼틀 평가사?”

나는 어깨를 으쓱하고 말했다.

“전혀 예상 못한 대답인데. 그래, 나는 너를 진심으로 좋아하게 됐어. 정말 믿을 수 없는 일이지. 너는 내 영웅이야.”

여자애가 이렇게 말했던 것 같다. 사실은 “너를 진심으로 좋아하게 됐어”라는 말을 들은 뒤부터는 정신이 몽롱해졌다.

“다리 떨지 말아 줄래? 너무 거슬리는데.” 여자애가 지적했다.

“미안.”

“사과도 그만하고. 자꾸 뭔가를 말하려고 애쓸 필요 없어. 나도 내가 위압적인 거 알아.”

“난 아무 말도 안 했는데.”

“플립으로 하자. 강아지 이름 말이야.” 여자애가 대뜸 말했다.

“왜?”

"어울리는 이름이니까. 잘 봐. 플립이라고 부르면 고개를 옆으로 돌리잖아."

"그건 플립이라고 부르는 거랑 상관없어."

"플립, 플립, 플립."

강아지가 무지개 소녀의 입술을 핥자, 여자애는 아주 사랑스러운 미소를 지었다. 엄마의 친구 로라 아주머니가 떠오르는 미소였다. 과장이 아니라 정말 그랬다. 여자애는 벤치에서 일어나 고개를 돌려 나를 보았다.

"난 공부하러 가야 해. 아빠가 내일 아침에 대수학 시험을 볼 거라고 하셨거든."

"나보다 낫네. 나는 하퍼 리 작가의 끝내주는 소설《앵무새 죽이기》(1960) 1장부터 5장까지 내용을 퀴즈로 보거든."

"뭐라고? 너라면 시험에서《스타십 트루퍼스》* 내용을 분석하고 싶을 거 같은데.《희망은 깃털처럼》을 좋아하는 독자에게는 반드시 원하는 일이 생길 거야. 치료견 자격증에 대해서 한번 알아봐. 〈루퍼스에게 책 읽어 주기〉 프로그램을 도서관에서 할 수 있도록 내가 도와줄게. 우리 엄마도 적극 찬성하실 거야."

우리는 뒷걸음으로 천천히 멀어지면서 크게 말해야 했다.

* 미국 작가 로버트 A. 하인라인의 군사 관련 SF소설. 1959년 작품.

"있잖아, 네가 키웠던 강아지 소식은 안타깝게 생각해."

내가 말했다.

"내 몸이 111퍼센트 회복하는 대로 새로운 강아지를 입양할 계획이야."

"근데 네 이름이 뭐야?"

"핼리. 핼리 혜성이랑 이름이 같아."

"신기하다."

"그래."

"나는 말이지, 알다시피 벤이야."

"나는 말이지 이미 알고 있었어. 엄마가 말해 줬거든. 그리고 너의 도서 대출 카드에도 네 이름이 적혀 있어."

"지금 쓰고 있는 소설은 무슨 내용이야?"

여자애는 제자리에서 빙글빙글 돌았다. 그러고는 급하게 걸어가며 나에게 미소 지었다.

"아직은 그걸 알려 줄 만큼 우리가 친한 사이는 아닌 거 같아!"

"내일 학교 수업 끝나고 도서관에 오면 너도 있는 거지?"

"내일은 병원 가야 해! 우리 뒷걸음질하면서 크게 외치는 모습이 바보 같아! 너는 늙어서 휠체어에 앉을 때까지 살 거지?"

"뭐라고?"

"111이야! 나는 책 111권을 쓸 거고 111살까지 살 거야! 잘 가, 플립!"

나는 청키에게 곧장 문자를 보냈다.

나: 윙크가 깊은 존경을 뜻하는 거라고 누가 알려 주었어?

청키: 데이먼이 그러던데. 그건 왜?

10

새로운 시작

"아이들과 함께 지내면 강아지에게 놀라운 변화가 생길 거야."

〈루퍼스에게 책 읽어 주기〉 프로그램 사무실에 있던 여직원이 말했다.

엄마는 나를 툭툭 치더니 서류에 서명하러 갔다. 서류는 〈루퍼스에게 책 읽어 주기〉 프로그램에 참여하면서 내가 받아야 할 교육에 엄마가 후원한다는 내용이었다. 나는 아직 성인이 아니므로 엄마의 후원이 필요했다.

"도서관에서 제 친구랑 같이 프로그램을 시작하려고요."

"정말 멋진 생각이구나. 치료견 자격을 얻으려면 너와 플립은 몇 가지 수업을 함께 들어야 해. 과제도 많을 테고. 할 수 있겠니?"

여직원이 물었다.

"111퍼센트 가능해요." 내가 고개를 끄덕였다.

"플립의 관심은 온통 너뿐이구나. 벤, 방금 그 모습을 다시 보여 줄래? 너만 괜찮다면 사진으로 찍어서 웹사이트에 올리고 싶어."

여직원이 제안했다.

나는 플립에게 N.T. 카스틸로 코미어 작가가 쓴 책《기억의 문》을 읽어 주었다. 플립은 귀를 쫑긋거리더니 고개를 옆으로 돌렸다. 그리고 금빛의 큰 눈으로 나를 바라보았다. 내가 플립에게 윙크를 하자, 플립은 내 얼굴로 뛰어들어 입술을 핥았다. 플립의 혀에서 땅콩버터 냄새가 났다.

"강아지가 책 읽는 사람에게 달려들지 않는 방법을 가르치는 훈련 책을 찾아보렴. 지금 읽던 책은 마저 읽어 주고."

여직원은 휴대폰 카메라로 우리의 모습을 찍었다.

내가 읽던 책은 1억 4천만 년 후의 미래로 가는 문을 찾은 한 남자에 관한 이야기였다.

"'남자가 문을 열자, 눈앞에 온통 얼음인 세상이 펼쳐졌다. 햇빛이 쏟아지는 와중에 하늘은 어두웠다. 미래 세상에서 태양은 열 배 더 커진 크기였지만, 차디찬 바람만 불었다. 남자가 집으로 돌아가기 위해 뒤를 돌아보자, 문이 보이지 않았다. 이제 남자가 경험하고 사랑했던 모든 순간, 모든 사람이 오직 그의 기억 속에만 존재할 뿐이었다.'"

집으로 가는 길에 지하철 안은 사람들로 붐볐다. 벌어진 가방

사이로 플립이 얼굴을 내밀고 두리번거렸다.

"강아지가 으스러질 만큼 껴안고 싶어."

내 옆자리에 앉아 있던 여자아이가 말했다.

나는 가방을 내 쪽으로 더 가까이 당겼다. 지하철이 멈추자, 여자아이는 나에게 작별 인사를 하고 내렸다.

"내가 후원도 해 줬으니 잘해 보렴, 여행자님. 아까 네가 말한 친구는 누구니? 〈루퍼스에게 책 읽어 주기〉 프로그램을 도서관에서 같이할 친구 말이야."

엄마가 궁금해했다.

"그냥 알게 된 친구예요."

"그렇구나. 알고 지낸 지는 얼마나 됐어?"

"정확히 말하자면 지난겨울이겠죠? 엄마, 도서관에서 자주 보는 여자애예요. 제발 호들갑 떨지 마세요."

엄마는 나에게 헤드록을 걸더니 이마에 뽀뽀했다. 그리고 읽던 책을 다시 읽었다. 트라우마를 겪고 입을 닫은 아이들이 다시 말을 하게 되는 실제 이야기를 다룬 책이었다. 그건 엄마가 하는 일이기도 했다. 우리는 그렇게 만났다.

엄마를 만나기 이전의 생활은 다시 떠올리고 싶지 않다.

나는 헤드폰을 쓰고 영화 〈트랜스포머〉 수록곡을 들었다. 그리고 플립과 나, 〈루퍼스에게 책 읽어 주기〉를 하는 아이들, 혜성 같은 소녀 핼리까지 모두가 도서관에서 놀고 있는 미래를 그려 보았다.

11

나는 쓴다, 고로 존재한다

수요일에 데이먼이 보이지 않았다. 학교에는 데이먼이 교칙에 어긋나는 행동을 하려고 학교를 그만두었다는 소문이 돌았다. 물론 나에게는 반가운 소식이었다. 소문을 퍼뜨린 건 앤젤리나였다. 앤젤리나는 데이먼을 지구상에서 가장 멋진 인간 이상의 존재로 여기는 게 분명했다.

"언젠가 데이먼은 엄청난 부자가 될 거야!"

그게 뭐 대단한 일이라고. 돈 좀 있는 얼간이일 뿐이다.

나와 청키는 학교 식당으로 가던 중에 좀 더 맛있는 걸 먹고 싶어서 '멋진 남자 에디' 음식점으로 향했다.

"그 여자애 궁둥이는 근사하니? 도서관의 소녀 말이야."

"청키?"

"벤?"

"네 콧대를 쳐도 될까?"

"물론이지. 이왕이면 짧은 걸로 쳐 줘. 이제 넌 강한 남자가 된 거야. 내 영웅이여. 너 남긴 음식 다 먹을 거야?"

"너도 접시에 묻은 거 핥아 먹고 싶어?"

청키는 그렇다고 대답하고 나처럼 접시를 핥았다.

학교 수업이 끝난 뒤에 나랑 플립은 도서관으로 갔다. 도서관 창문으로 안을 들여다보니, 사람들로 가득 차 있었다. 분명히 누군가 "강아지는 못 들어와!" 하고 나를 나무랄 게 뻔했다. 나는 로렌츠 아주머니가 나올 때까지 유리 창문을 똑똑 두드렸다.

"핼리가 말해 준 것을 시작했어요. 플립이 치료견 자격을 갖추도록 해 주려고요."

"정말 멋진 생각이야. 마침 핼리도 도서관에서 독서 치료를 시작하려고 하더구나. 그러면서 방금 네 얘기를 하던데. '공상과학 소년이 정확히 10분 뒤에 나타날 거예요' 하면서……."

"10분도 안 돼서 왔네."

핼리가 걸어 나오며 말했다. 머리에 빨간 베레모를 쓰고 검은 후드티를 입은 모습이었다. 후드티 앞쪽에 흰 글씨로 "나는 쓴다, 고로 존재한다"라고 적힌 문장이 보였다. 핼리는 플립을 들어 올리고 어깨에 가방을 멨다.

"가자!"

"어디를?"

"도서관 뒷벽에 붙어 있는 사진 〈밤에 만난 꿈의 나라〉 알지?"

헬리가 물었다.

"내가 가장 좋아하는 사진이야."

"다들 그 사진을 좋아하지."

헬리는 내 손을 잡고 바닷가로 이끌었다.

나는 그 전까지 다른 사람의 손을 잡은 적이 없었고, 더군다나 여자애의 엄마 앞에서 손을 잡은 건 처음이었다.

"너한테 반해서 이러는 거 아니야."

"나도 알아. 우린 그냥 친구일 뿐이지. 완전히."

"그냥? 친구는 최고로 좋은 거야. 내 손이 차가워서 미안, 벤."

"괜찮아."

그러자 두 배 더 세게 내 손을 잡은 헬리는 잠시 아무 말이 없었다. 이윽고 조금 빠르게 걷기 시작했고, 우리는 둘 다 숨이 찼다. 헬리가 다시 입을 열었다.

"그러니까 말이야."

"응, 말해 봐."

"너희 아빠는 어떤 일을 하셔?"

"난들 알겠어?" 나 역시 몰랐기 때문이다.

"아, 미안." 헬리가 사과했다.

"근데 우리 엄마는 언어 치료사야."

나는 어깨를 으쓱하며 뿌듯해했다.

"굉장한데."

"너희 아빠 직업은 뭐야?" 이번엔 내가 물었다.

"우리 아빠는 마법사야. 그 표정은 뭐니?"

"아무 뜻도 아니야. 되게 멋있는데."

"너 말고 다른 사람들은 그냥 '그렇구나'라고 하더라고."

"나쁘다. 그 사람들 작정하고 너 놀리는 거야." 내가 말했다.

"벤, 네가 이걸 믿으면 좋겠어."

"뭐를?"

"111."

핼리는 손바닥을 펼쳐 보였다. 지난 월요일에 내 손바닥에서 베껴 간 그림을 보라색 펜으로 다시 덧그린 모양이었다.

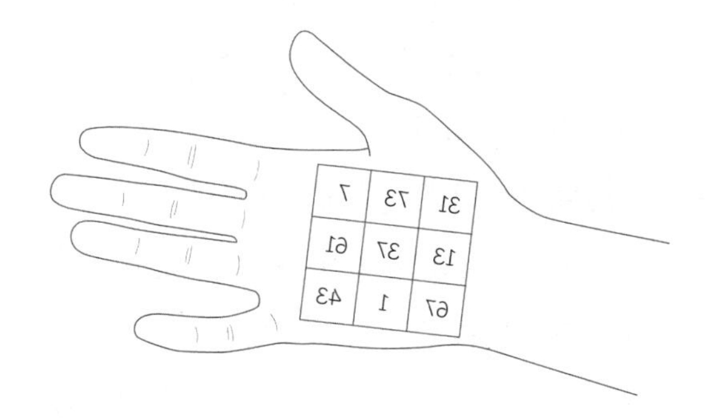

"마법 상자 말이야." 핼리가 이어서 말했다.

마법 상자. 순간 나는 머릿속에 떠오르는 마법 상자를 외면했다.

"정확한 이름은 마법 사각형이야. 그리고 마법이 아니라 수학인데."

"마법이랑 수학은 같은 거야."

"나는 마법사와 관련된 안 좋은 기억이 있어, 핼리."

나는 그 기억을 떨쳐 내려 애썼다.

"네 얘기를 더 듣고 싶어." 핼리는 진심인 듯했다.

"네가 쓰는 소설은 무슨 내용이야?"

내가 묻자, 핼리는 딴청을 피우다가 말했다.

"좋아. 보여 줄게."

우리는 새롭게 단장한 루나 파크로 걸어갔다. 놀이공원이 쉬는 날이었지만 우리는 울타리 너머로 안을 들여다보았다. 1905년에 있던 금빛 탑은 보이지 않았다. 플립은 나에게 올려 달라고 떼를 썼다. 갈매기 한 마리가 좋은 먹잇감이라도 만난 듯 플립을 노려보았다. 첨단 기술로 만들어진 롤러코스터 트랙에서 레일 하나가 잿빛 하늘까지 뻗어 있었다.

"나는 예전 모습이 더 좋아." 내가 말했다

"나는 그때나 지금이나 다 좋아." 핼리가 대꾸했다.

"1905년의 루나 파크는 온통 따뜻한 금은빛이었어."

"네가 본 건 오래된 흑백사진이라서 그래. 알겠니? 지금의 모습은 선명하잖아. 곳곳에 칠해진 분홍색 페인트를 봐. 아무튼, 네가 내 소설을 읽는다면 과거로 돌아가서 오래전 루나 파크를 만날 수 있을 거야. 물론 절대로 내 소설을 보여 줄 생각은 없어. 중요한 장면들 대부분이 1905년의 루나 파크가 배경이라서 보여 주기

부끄럽거든."

"알겠어. 재촉하지 않을게."

"그래, 그래. 네가 원한다면 이야기해 줄게. 내가 이렇게 허세를 부리지만, 사실은 내 소설에서만큼은 굉장히 상처를 쉽게 받아. 그러니 만약 내 작품이 별로여도 멋지다고 말해 주면 좋겠어. 나는 그때만큼은 속아도 정말 괜찮거든."

"일단 들어 보고."

핼리가 화가 난 듯 씩씩거렸다.

"이야기에는 한 여자애가 등장해."

"늘 그렇지." 내가 말했다.

"여자애는 루나 파크로 도망치고 있어."

"지금 보이는 곳? 아니면 예전 루나 파크?"

"둘 다 해당돼."

"흥미로운데. 여자애는 왜 도망치는 거야? 부모님이 형편없는 사람들이야?" 내가 물었다.

"부모님은 교통사고로 즉사했어."

"항상 그런 식이지."

"독자는 부모님의 존재를 어떻게든 머릿속에서 잊어야 해. 그래야 이야기를 너그럽고 빠르게 받아들일 수 있어. 부모님이 살아계시면 여자애가 고아가 될 수 없잖아? 이건 열 살에서 열네 살쯤 된 아이들이 읽는 소설이거든. 이야기에 필요한 공식은 고아야."

"알겠어."

"주인공 여자애는 하늘을 날고 싶다는 꿈이 있어. 공중 곡예사가 되기 위해 연습을 시작해. 공중에서 그네 타는 기구 알지? 떨어질 때를 대비해서 안전용 선을 몸에 묶고 타는 거 말이야. 여자애는 그네를 타는 사람들에게 안전용 선을 연결해 주는 일을 해."

"그네 안내원이구나."

"밤이 되고 놀이공원이 문을 닫으면, 여자애는 연습을 시작해. 한 가지 문제는 여자애가 별로 잘하지 못한다는 거야. 자신감이 부족해서 여자애를 응원해 줄 사람이 필요해."

"이제 남자 주인공이 등장할 차례군. 내가 맞혀 볼게. 남자애는 놀이공원이 문을 닫은 뒤에도 여자애를 위해 불빛을 환하게 밝혀 줘. 놀이공원의 전기 기사나 그런 종류의 일을 하고 있고. 내 말이 맞지?"

"아니야. 그런데 그 설정도 괜찮네. 나중에 써먹어야겠어."

"마음껏 써. 난 늘 뺏기기만 하니까."

"뭘 뺏기는데? 너희 집 부자야? 나는 잘사는 사람들에게 의심과 매력을 동시에 느껴."

"열두 살치고는 그런 편이지. 내가 우리 동네에서 세 번째로 잘나가는 쿠폰 배달 아르바이트생일 테니까."

"우와!"

"고마워. 그런데 남녀 주인공은 처음에 어떻게 만나?"

"놀이공원에 있는 여자애의 마법사 친구 덕분에. 오늘은 여기까지만 말할게. 더 듣고 싶으면 우리 아빠부터 만나야 할 거야."

"왜?"

"이야기가 진행되려면 네가 마법을 믿어야 하는데, 그렇게 해 줄 사람으로 머큐리오스 레인스가 제격이지."

"머큐리오스 레인스?"

"그래. 지금까지 이야기 구성을 들어 본 느낌은 어때?"

"너무 좋아."

"너 또 거짓말을 하는구나."

핼리는 내 볼에 뽀뽀하더니 플립을 안고 바다로 갔다. 파도 거품이 플립을 쫓자, 핼리가 플립을 응원했다. 사방을 비추는 햇빛이 마치 조명처럼 보였다. 핼리에게 햇빛이 드리우자, 약 10초 정도 핼리가 금빛처럼 반짝였다.

집으로 돌아가는 길 내내 머릿속에는 플로리다로 이사 가기 싫다는 생각만 들었다. 우리가 사는 아파트에 앞에 도착했을 때, 플립이 낑낑거리며 우는 소리를 냈다. 나는 갑자기 비가 오기 시작해서 그런 거라 생각했지만, 아니었다.

집으로 들어가자 부엌에는 엄마 옆에 웬 나이 든 여인이 앉아 있었다. 플립이 여인의 무릎으로 뛰어올랐다. 여인은 플립에게 연신 뽀뽀를 하며 말했다.

"나의 귀염둥이, 엄마가 널 얼마나 그리워했는데!"

12

과거에서 온 여행자

플립은 나이 든 여인이 흘리는 눈물을 핥아 주었다. 여인의 옷은 더러웠고, 운동화는 닳아서 초라했다. 여인이 나에게 사진 한 장을 보여 주었다. 은색과 붉은색을 띠는 소나무 앞에서 여인이 플립을 안고 찍은 사진이었다. 예쁜 옷을 입고, 밝게 웃고 있는 사진 속 여인의 모습이 근사했다. 플립의 꼬리는 휘지 않았고, 물린 흔적도 없었다. 누군가 오랜 시간 헤어드라이어로 공들여 말리기라도 한 듯이 털이 전부 빳빳하게 서 있었다.

"스펜서가 맞이한 첫 번째 크리스마스였어." 여인이 설명했다.

"우리는 플립이라고 불러요." 내가 알려 주었다.

플립은 핼리가 지어 준 플립이라는 이름을 듣자, 여인의 품에서 벗어나 내 무릎으로 껑충 뛰어들었다. 플립은 떨고 있었다.

"어디서 살아요?"

엄마가 여인에게 커피를 따라 주며 물었다.

"이리 오렴, 스펜서. 나의 천사."

여인이 플립을 불렀다. 나는 무릎에 있던 플립을 바닥에 내려 주었다. 플립은 망설이다가 여인에게로 가더니 손을 한 번 핥고는 바로 나에게로 돌아왔다.

"이제 알겠어요."

여인은 고개를 끄덕이며 말한 뒤에 안락하고 깔끔한 우리 집 부엌을 둘러보았다. 그리고 로라 아주머니 사진 앞에서 멈추었다. 여인이 내 품에 있는 플립을 바라보았다.

"스펜서는 편안한 집을 찾은 거 같아요. 그러니까 플립은 자기의 가족을 찾았다는 거죠." 여인이 말했다.

나는 아무런 대꾸를 하지 않았다.

"자, 이제 그 문제에 대해 이야기해 볼까요?"

엄마가 말을 미처 끝내기도 전에 여인은 우리 집 밖으로 뛰쳐 나갔다.

"벤, 얼른 우산 챙겨서 따라가 보자. 플립은 집에 놔두고."

우리가 엘리베이터 앞에 도착했을 때, 문이 닫혔다. 때마침 옆의 엘리베이터 문이 열려서 우리는 그걸 타고 1층 복도에 도착했다. 여인은 이미 사라진 뒤였고, 엄마와 나는 아파트 밖으로 나갔다. 비가 많이 와서 바람이 찬 9월이었다. 바람이 불어 가로수에서 나뭇잎이 떨어졌다. 나는 거리 끝 쪽의 갓돌에 앉아 있는 여인을 발견했다.

"저희 집으로 가서 따뜻한 수프 좀 드세요."

엄마가 말했다.

"40달러였어요. 저는 아파서 병원에 가야 했지만, 병원비를 낼 돈이 없고 집도 잃었어요. 노숙인을 위한 쉼터에는 애완동물이 들어갈 수 없었고요. 그래서 나와 스펜서는 공항 터미널에 있는 휴게실 여기저기를 떠돌며 잠을 자야 했죠. 하지만 보안 요원들로부터 쫓겨나고 말았어요. 한번은 제가 잠들었을 때, 한 남자가 스펜서를 데려가려고 했어요. 그 일이 있고 난 뒤로 ATM 기기가 있는 곳에서 잠을 잤어요. 어느 날 밤, 저는 은행 앞에서 현금 인출기로 통하는 문을 붙잡고 구걸하고 있었어요. 그때 어떤 여자가 와서 스펜서를 40달러에 사겠다고 했죠. 아주 좋은 사람으로 보였고 그 여자와 함께라면 스펜서가 행복해질 줄 알았어요."

"우리가 플립을 돌려드렸으면 다시 파실 생각이었겠네요. 그렇죠?"

"벤, 우리의 동료 여행자한테 그런 식으로 말하면 안 돼."

"이분은 제 동료가 아니에요."

"다시는 그럴 일 없어. 내가 한 짓이 지금도 믿기지 않아. 나는 스펜서의 끼니를 챙겨 줄 수 없었고, 나 역시 먹지 못했어."

"플립의 꼬리가 얼마나 망가졌는지 아세요?"

"아들, 이제 그만해. 저희와 함께 가요. 필요한 게 있으면 도와드릴게요."

엄마가 여인을 설득했다.

"제게 필요한 건 돈인걸요."

엄마는 지갑에 있는 돈을 모두 꺼내 여인에게 건넸다.

"벤, 너도 지금 가지고 있는 돈을 전부 꺼내서 드려."

나는 주머니에 손을 넣어 있는 돈을 확인했다.

"겨우 1달러밖에 없는걸요."

나는 거짓말을 했다.

지난 1년간 눈이 오나 비가 오나, 날씨가 더운 날도 등교 전에 쿠폰 배달 아르바이트를 했다. 겨울에는 단독주택이 즐비한 동네의 거리와 도로에 쌓인 눈을 쓸었다. 여름에는 그 동네 사람들의 자동차를 닦고, 정원의 잡초를 뽑았다. 처음에는 데이먼이 내 돈을 빼앗더니 이제는 이 여인이 가져가려 한다. 플립을 팔려고 했던 사람에게 왜 내 돈을 주어야 할까? 너무 화가 나서 꾸겨진 1달러조차 주고 싶지 않았다.

"그 돈 드리렴." 엄마가 말했다.

마지못해 여인의 손에 내 돈을 쥐여 주자, 여인은 떠났다.

엄마는 나에게 여인을 따라가라며 눈짓을 보냈다.

"여기 우산을 가져다드려."

여인은 우산을 받지 않고 가던 길을 계속 갔다.

"잘했어, 벤."

"얼마 안 되잖아요."

"네가 가진 전부였잖아."

그날 저녁에 플립은 치료견 자격증을 위한 훈련을 잘 해냈다. 플립에게는 이미 재주가 많았다. 구르기와 죽은 척하기, 심지어 투견 기술도 알았다. 훈련 선생님이 플립에게 "플립, 주먹"이라고 말하자, 플립은 뒷다리로 서서 앞발로 주먹질하는 시늉을 했다. 아까 만난 나이 든 여인이 계속 생각났다. 플립에게 지금 보고 있는 재주를 오랜 시간 가르친 것이 분명했다.

비가 와서 지하철의 속도가 느려지는 바람에 집까지 가는 시간이 오래 걸렸다. 엄마가 내 어깨에 가볍게 손을 얹고 말했다.

"기운 내."

나는 가방에 있던 플립을 밖으로 꺼내 주었다. 내 무릎에서 잠이 든 플립은 코 고는 소리를 냈고, 그 모습을 보자 기운이 났다.

13

예상하지 못한 순간

목요일은 학교에서 온종일 기분이 좋았다. 데이먼이 아파서 또 결석했기 때문이다. 집으로 돌아가는 길에 청키가 자기 집에서 《인피닛 크라이시스》* 시리즈를 같이 보자고 했다. 하지만 플립과 나는 헬리와 데이트 약속이 있었다. 정확히 데이트는 아니지만 말이다.

"헬리는 그냥 친구일 뿐이야." 내가 말했다.

"그걸 물어본 게 아니잖아."

청키는 헬리가 귀엽냐고 다시 물었다.

"헬리는 예뻐." 내가 대답했다.

청키가 눈을 번뜩였다.

* Infinite Crisis, 2005년~2006년까지 DC 코믹스에서 발간된 만화책 시리즈. 배트맨과 슈퍼맨, 원더우먼 등이 주인공이다.

"영화 〈엑스맨〉에 나오는 미스틱처럼 예뻐?"

"비교가 안 되지. 미스틱은 몸 전체가 파랗고 헬리는 무지개 같으니까."

"미스틱은 옷을 걸치지도 않았지. 그런데 무지개라고? 그 애를 그렇게 불러? 넌 마치 엔칠라다*에 쌓인 수수께끼 같은 녀석이구나."

"엔칠라다가 아니라 이니그마**겠지."

"그게 그거지. 너무 쩨쩨하게 굴지 마."

우리는 집 가는 방향이 갈리는 모퉁이에 도착했다. 그런데 청키가 우리 집에 가는 길로 따라왔다. 나에게 뭔가 듣고 싶은 눈치였다. 돌이켜 보면 그날 청키는 자기 집으로 갔어야 했다.

"나는 지금 플립과 〈루퍼스에게 책 읽어 주기〉 훈련을 하고 있고, 9개월 뒤면 이곳을 떠나."

"그럼 플로리다에서 새 친구를 사귀어야겠네. 플로리다에는 당연히 무지개 귀염둥이가 없겠지만, 여자애들이 엄청 많을 거야."

청키는 내 어깨를 세게 쳤다.

"아야, 너 어깨가 너무 말랐어."

* 토르티야 사이에 고기, 해산물, 치즈 등을 넣어 구워 만든 멕시코 요리.
** Enigma. 수수께끼라는 뜻.

청키는 계속 아픈 소리를 냈다.

그때 데이먼이 나타나 청키의 뒤통수를 갈겼다.

"주머니에 있는 거 꺼내 봐."

데이먼이 말하자, 같이 온 앤젤리나가 킥킥거렸고, 론다는 심드렁하게 쳐다보았다.

청키의 주머니에 있는 거라곤 다 먹고 남은 사탕 껍질뿐이었다.

"벤, 네 차례야." 데이먼이 나를 보고 말했다.

"싫어." 내가 거부했다.

"뭐라고?" 데이먼이 놀란 듯했다.

"뭐?" 청키도 물었다.

"싫다고?" 이번엔 앤젤리나였다.

"벤, 까불지 마." 론다가 나섰다.

데이먼이 나를 넘어뜨리려 했지만 나는 발로 버티고 섰다.

"싫어."

"잘했어, 벤." 청키가 응원했다.

"입 다물어, 청키!"

데이먼이 청키의 입을 똑바로 후려쳤다. 나는 데이먼을 밀쳤고, 그 순간 모두의 분노가 폭발했다. 데이먼은 나를 힘껏 쳤고, 앤젤리나는 청키를 발로 찼다. 론다는 그만하라고 외치며 모두를 떼어 놓으려 애썼다. 한바탕 소란 뒤, 데이먼과 앤젤리나, 론다가 돌아갔고 내 주머니는 텅텅 비었다. 얼간이 데이먼이 내 헤드폰도 뺏어 갔다.

내 호흡이 정상으로 돌아오기까지는 꽤 오랜 시간이 걸렸다. 나는 땅바닥에 누워서 위를 올려다보았다. 비둘기들이 고가 전철의 선로에서 나를 내려다보면서 똥을 쌌다. 청키는 계속 나에게 괜찮은지 물었던 것 같다. 청키의 치아 교정기가 입술에 붙어 있어서 청키가 하는 말을 알아듣기 힘들었다. 나와 청키는 언제나 우리 곁을 지키는 쓰레기통 뒤에 웅크리고 앉았다.

"입술을 꿰매야 할까?" 청키가 울면서 물었다.

"아니. 네 입술은 그냥 좀 부은 거니까 울음을 그쳐. 제발 그쳐 줘!"

나는 코피를 닦다가 땀에 젖은 셔츠를 벗어서 코에 남은 흔적을 지웠다. 엄마가 알아서는 안 될 일이었다. 이 일을 알게 되면, 엄마는 내 말을 다 듣기도 전에 핀토 교장 선생님에게 전화할 것이 분명했다. 학교생활이 더 힘들어질 게 뻔했다. 나는 체육 시간에 피구 공에 맞아서 눈이 부었다는 핑계를 댈 생각이었다.

집에 도착했을 때, 문 앞에서 나를 기다리는 플립의 모습이 보이지 않았다.

"플립? 이리 와. 핼리 만나러 가야지."

플립이 엄마 방에서 빠르게 기어 나왔다. 플립을 들어 올리자 몸을 떨고 있었다.

엄마 방으로 들어가 보니, 웬 나이 든 여인이 바닥에 쓰러져 있었다. 몇 초 뒤에야 나는 그 여인이 엄마라는 걸 알아차렸다. 하지만 아직 엄마가 퇴근하고 집에 돌아올 시간이 아니었다.

"엄마?"

엄마의 몸은 마치 살아 있는 사람이 아닌 것처럼 차가웠다. 운동화를 신던 중에 숨이 멎은 것처럼 보였다. 플로리다로 이사를 가려 했던 또 다른 이유 중에 엄마의 좋지 못한 건강도 있었다. 엄마는 뉴욕에서 지내던 겨울에 심장 상태가 좋지 않았다.

정말 예상하지 못한 순간이었다. 엄마에게 화가 났다. 나는 지금 뭘 어떻게 해야 하는 걸까?

14

골치 아픈 양말

그날부터 나흘이 정말 빠르게 지나갔다. 나는 잠을 거의 못 잤지만, 천식 발작은 없었고 눈물은 한 방울도 나오지 않았다. 예상과 다르게 무덤덤했다. 이 상황이 그다지 놀랍지 않았다. 그 까닭은 이거였다. 영원한 것은 없으니까.

한 가지 확실히 기억나는 건 잠에서 깨어난 첫날의 아침 시간이다. 나는 캡틴 크런치 시리얼을 먹으려고 했는데, 지니 이모가 다가와서 말을 걸었다.

"벤, 그건 아침 식사로 적절하지 않아. 밥도 아니잖니. 먹을 거 만들어 줄게. ……오!"

지니 이모는 엄마가 떠난 길을 따라가기라도 할 것처럼 가슴을 부여잡았다.

"너의 바지가!"

내가 입고 있던 바지는 길이가 조금 짧았다. 1년 동안 키가 조금 자란 모양이었다. 이 바지를 마지막으로 입은 건 1년 전에 쿠폰 배달 아르바이트 면접을 볼 때였다. 그때 모두가 나를 비웃었지만, 나는 보란 듯이 아르바이트 자리를 꿰찼다.

"양말이 전부 보일 정도야!"

"조금 보일 뿐이에요."

나는 바지를 살짝 내리며 말했다. 하지만 바지는 이미 엉덩이 골까지 내려와 있었다.

"양말이 하얗구나!"

"그래서요?"

엄마도 나처럼 대답했을 것이다.

"양말 위로 바지랑 간격이 벌어져 있어. 벤? 세상이 변하고 있는 걸까? 지금 네 모습이 정말 멋있구나. 나도 너처럼 바지를 입어볼까 봐."

지니 이모는 바지를 치켜올려 입고 깔깔 웃었다. 한편으로는 지니 이모가 조금 이상해진 것 같기도 했다.

"가자. 차에 타렴."

메이시스 백화점으로 가는 내내 지니 이모는 쉴 새 없이 말했다.

"이건 있을 수 없는 일이야. 가엾은 아이. 언니가 지금 우리 모습을 본다면 나를 혼낼 거야."

엄마는 정말로 지니 이모에게 약을 먹고 진정하라고 했을 것이다.

"우리가 너를 회복시켜 줄게. 전혀 걱정할 필요 없어."

"저는 진짜 괜찮아요."

"가엾은 벤."

지니 이모는 백화점에 전화를 걸어서 우리가 입을 만한 바지를 준비하라고 미리 일러두었다. 지니 이모가 백화점으로 들어가는 모습은 마치 여왕 같았고, 점원은 늘 하던 대로 고개 숙여 인사했다.

"이건 정말 아니야."

지니 이모는 점원이 건넨 바지를 보더니, 손을 내저었다. 점원이 보여 준 바지는 살짝 촌스럽고, 청바지처럼 편해 보이지만 정장 바지 소재여서 그런지 윤이 났다.

"우리는 클럽에 가는 게 아니야, 앤젤로. 우리는 언니의……."

지니 이모는 말을 하다가 눈물을 글썽거렸다.

"정말 죄송해요."

점원 앤젤로가 사과를 하려는데, 지니 이모가 그의 말을 끊었다.

"이 아이는 평범하게 생겼잖아. 이건 아니고, 여기 있다."

지니 이모는 백화점에 있는 바지들 가운데 가장 변변찮은 바지 한 벌을 집었다. 그건 마치 머리카락을 다듬지 않아서 귀 주변에 흰 곱슬머리가 촘촘하게 자란 할아버지들이 모델로 나온 카탈로그에서나 볼 법한 청바지였다.

"완벽해. 빨리 입어 봐, 벤. 내가 어울릴 양말을 골라 올 동안 바지를 입고 있으렴."

맹세컨대 지니 이모는 백화점에서 골치 아플 정도로 가장 이상한 양말을 가져왔다.

일요일 밤에는 집으로 이제껏 만나 보지 못한 사람들이 와서 나를 예전부터 알았던 것처럼 안아 주었다. 그 사람들이 모두 떠난 뒤에 식탁에는 지니 이모와 레오 아저씨, 나, 그리고 플립만 남았다. 지니 이모는 화장으로 슬픈 모습을 감추려 했지만, 지난 나흘 동안 많이 울었던 흔적은 숨길 수 없었다. 나는 벽 너머로 지니 이모가 우는 소리를 들었다. 지니 이모와 레오 아저씨는 엄마 방에서 줄곧 지냈다.

"벤, 강아지를 무릎에 앉히면 안 돼. 깔끔한 바지에 털이 묻어서 절대 안 떨어지니까."

지니 이모가 당부했다.

"자기야, 마음 좀 가라앉혀. 당신 언니를 따라가고 싶은 거야?"

레오 아저씨가 당부했다.

"그러면 좋지." 지니 이모가 힘없이 말했다.

"내 사랑, 미안해." 레오 아저씨가 위로했다.

"난 좋아."

"자기야, 내 말뜻 잘 알잖아."

나는 플립을 내 발 사이에 내려놓았다. 플립은 훈련소에서 배운 자세로 앉았다. 두 앞발을 들어서 내 손뼉과 마주치고 싶어 하는 모습이었다. 그 순간 나는 치료견 자격증을 위한 마지막 수업을 듣지 못했다는 사실을 깨달았다. 그 수업을 만회할 기회가 한 번 남은 상태였다. 만일 그 기회마저 놓쳐 버리면 모든 과정을 처음부터 다시 시작하고, 비용도 다시 내야 했다.

"자, 이제 앞으로 어떻게 할지 얘기해 주어야겠구나."

지니 이모가 다시 입을 열었다.

"확실한 건 너는 우리와 함께 산다는 것이야. 테스 언니는 우리에게 미리 부탁해 두었어. 너를 위한 돈도 남겨 두었는데 대학교 2년 치 학비로는 충분할 거야. 테스 언니는 네가 열여덟 살이 될 때까지는 그 돈을 나에게 맡으라고 했어."

나는 이 사실을 이미 알고 있었다. 엄마는 자신이 세상을 떠났을 때를 대비해도 괜찮은지 나에게 물었었다. 그때 나는 이렇게 대답했다.

"물론이죠."

나에게 다른 선택지가 있었을까?

"이봐, 챔피언. 다 괜찮을 거야. 이상하게도 난 기대되는걸. 이상한 건 아니지만, 어쨌든 내 말이 무슨 뜻인지 알 거다. 내가 너네들이 하는 야구시합의 코치가 되어 줄 수도 있어."

레오 아저씨는 덩치가 크고, 몸에는 살집이 아주 많았다. 공을 던지기 전에 뇌졸중이 먼저 올 것 같았다. 나이는 60대였지만 그보다 더 늙어 보였다.

"두 분께 폐를 끼치고 싶지 않아요."

"그런 말 마. 우리는 너와 같이 살게 되어서 기쁘단다."

"맞아, 챔피언 너와 함께할 수 있어 기쁘구나."

레오 아저씨도 맞장구를 치고 있는데, 지니 이모가 아저씨의 말을 끊었다.

"벤, 먼저 처리해야 할 일은 이 집에서 네가 가져가고 싶은 걸 전부 꺼내는 거야. 나는 집주인에게 이달 말까지 집 열쇠를 돌려주어야 하거든. 이 집의 가구를 사려는 사람들도 만나야 하고. 네가 싫다고 하는 건 안 할 거야."

"챔피언, 우리 집은 방이 많지 않아. 저기 보이는 책들을 다 가져가진 못하고 추려 내야 할 거야. 더 효율적인 방법으로 전자책 버전을 사 주마."

"괜찮아요." 내가 사양했다.

"아니야. 내가 해 주고 싶어서 그래. 너에게 선물을 주고 싶어. 알았지? 네가 다시 고아가 되어 맞이한 모든 상황이 너무 딱하구나."

"레오, 정말 그렇게 생각해?"

"아니, 말이 그렇다고."

"저는 책들을 스트랜드 책방에 다시 팔 거예요. 거긴 중고 책방인데요, 이 책들이 거기서 왔죠."

"좋은 생각이구나. 돈주머니 좀 채워서 오렴. 똘똘한 친구."

레오 아저씨가 기특해했다.

나는 엄마와 함께 살던 집을 둘러보았고, 곧 눈길이 로라 아주머니의 사진에 멈추었다.

"이 사진 가져가도 돼요?"

"그럼 괜찮지, 벤."

지니 이모는 대답을 하고 나서 나에게 몸을 기대어 내 어깨를 쓰다듬었다.

"그래, 테스 언니도 그러길 바랄 거야."

테스 엄마. 나를 낳아 준 분은 아니다. 나는 테스 엄마와 2년 동안 함께 살았다. 어떤 생각이 떠오르자, 갑자기 화가 날 것만 같았다. 테스 엄마와 보낸 2년은 내가 누군가를 만나 함께했던 시간 중 가장 긴 시간이었다. 나와 플립은 일어나서 이제 곧 다른 사람이 쓰게 될 내 방으로 갔다. 츄바카 포스터를 벽에서 내린 뒤에 돌돌 말아서 선물용 포장지 통에 미끄러지듯 넣었다. 선물용 포장지에는 '축하해!'라는 말이 여러 번 적혀 있었다.

휴대폰을 확인했다. 헬리가 보낸 문자 메시지가 열두 개 넘게 와 있었다. 목요일 낮에 보낸 문자 "어디야?"를 시작으로, 토요일 아침에 보낸 "네가 뭐 때문에 내 문자를 무시하는지 모르겠어. 이유가 뭐가 됐든 미안해"가 마지막 문자였다.

헬리에게 답장으로 할 말이 떠오르지 않았다. 헬리를 잘 알지도 못하는데 우리 엄마가 돌아가신 걸 말해야 하는 걸까? 잘 모르겠다. 그저 헬리가 나를 보고 조금이라도 우울해지지 않았으면 좋겠다. 내가 답장을 하지 않아서 이미 헬리의 기분을 상하게 했지만.

"벤?"

지니 이모가 방으로 들어오자, 나는 바로 침대에서 뛰어내렸다. 엄마는 방문이 열려 있건 아니건 늘 먼저 노크를 했었다.

"교장 선생님께서 테스 언니에게 문자 메시지 세 개를 보냈더구나. 읽어 보니 네가 싸웠다던데?"

한심한 청키는 교장 선생님의 몇 마디에 바로 넘어갔을 거다.

15

교장실의 긴급 모임

다음 날 학교 수업이 끝난 뒤에, 교장실로 모두 모였다. 데이먼과 데이먼의 엄마, 앤젤리나와 론다와 그들의 엄마, 청키와 청키 엄마, 나와 레오 아저씨가 자리했다. 지니 이모는 일 때문에 오지 못했다. 데이먼을 배신하고 핀토 교장 선생님에게 사실을 말한 건 청키가 아니었다. 바로 론다였다. 데이먼의 엄마는 전자 담배 하나를 꺼내서 입에 물었다.

"잠시만요, 담배는 안 됩니다." 핀토 교장 선생님이 제지했다.

"이건 진짜 담배가 아니라 물이나 마찬가지예요."

데이먼의 엄마가 변명했다.

"교내 어디에서도 담배는 금지예요."

핀토 교장 선생님이 말을 이었다.

"자, 데이먼, 벤에게 줄 것 있지?"

데이먼이 나에게 헤드폰을 돌려주었다. 데이먼이 썼던 헤드폰을 지금은 받고 싶지 않았다.

"그리고?"

데이먼은 딴 곳을 쳐다보았다. 그러자 데이먼의 엄마가 불같이 화를 냈다.

"데이먼, 경찰에 잡혀가고 싶어? 여기 남자애들과 악수해. 진심을 담아서."

데이먼은 우리와 악수를 할 때 떨고 있었다. 누군가를 치거나 울기 직전이었다. 앤젤리나는 씩씩거렸고 론다는 딴청을 피웠다.

"이제 이 계약서에 서명하렴." 데이먼의 엄마가 말했다.

계약서에는 데이먼이 일주일에 두 번 상담 선생님을 만난다는 내용이 담겨 있었고, 데이먼은 서명했다.

"그걸로 끝이에요? 데이먼은 감옥 안 가요? 정학도 아니고요? 제 입을 주먹으로 쳤다고요!"

청키가 따져 물었다.

"청키." 청키의 엄마가 아들을 불렀다.

"저도 청키의 말에 동의해요. 제 말은 데이먼에게 수갑을 채워야 한다는 뜻이 아니에요. 남자애들 지내는 게 다 그렇죠. 하지만 상담 선생님을 만나는 가벼운 벌로 그치는 게 맞을까요? 그게 정말 효과가 있을 거라고 생각하세요?"

레오 아저씨가 나섰다.

"그러면 데이먼이 어떻게 하길 바라시는데요?"

데이먼의 엄마가 전자 담배를 레오 아저씨의 눈에 댈 것처럼 쏘아붙였다.

"청키도 데이먼을 세게 치는 건 어때요? 하하 다들 안심하세요. 그냥 농담이었어요."

레오 아저씨가 말하자, 모두 레오 아저씨를 빤히 쳐다보았다.

핀토 교장 선생님은 어른들과 이야기하기 위해 학생들을 교장실 밖으로 내보냈다. 데이먼과 앤젤리나는 모든 게 내 탓이라는 듯이 째려보며 자리를 떠났다.

"고마워." 나는 론다에게 인사했다.

"단지 너희 엄마가 돌아가셔서 한 행동일 뿐이야. 복도에서는 지금처럼 아는 척하지 말아 줘."

론다가 말하며 어색하게 나를 밀고 반대 방향으로 갔다. 나는 교장실 밖에 있는 벤치에 털썩 주저앉았다. 청키도 내 옆에 가만히 앉았다.

"나도 론다와 같은 마음이야, 벤. 너희 엄마 일은 안타깝게 생각해."

청키가 내 어깨에 팔을 둘렀지만, 나는 청키의 팔을 뿌리쳤다.

"나는 정말로 괜찮아, 청키. 알겠지?"

"그래." 청키가 끄덕였다.

청키는 손가락 끝으로 누군가 벤치에 흠을 낸 곳을 매만졌다.

그곳에는 이렇게 적혀 있었다.

실패를 다른 말로 하면? 바로 너.

레오 아저씨와 나는 우리 집에, 그러니까 한때 집이었던 곳에 왔다. 플립은 벌써 나의 더러운 양말과 수집품 하나를 물고 문 근처에 앉아 있었다. 수집품은 〈엑스맨〉 울버린 액션 피규어였다. 레오 아저씨는 플립에 걸려서 거의 넘어질 뻔했다.

"강아지의 몸에 깜박이는 전구를 둘러 주어야겠구나. 나는 이 강아지보다 더 큰 쥐를 본 적이 있거든. 그나저나 이제 짐을 싸야 할 것 같구나, 챔피언."

"이미 끝냈어요."

나는 눈짓으로 옷 가방과 책이 담긴 상자들을 가리켰다. 책이 담긴 상자에는 로라 아주머니의 사진과 츄바카 포스터도 함께 있었다.

"저게 다니?" 레오 아저씨가 물었다.

나는 나머지 책들도 상자에 넣어서 아침에 미리 우편물함 주변에 내려놓았다.

"지니 이모는 일하느라 8시까지 집에 못 올 거야. 우리 비디오 게임이나 다른 거 하면서 놀자. 피자 두 판 시켜 줄게."

레오 아저씨가 내 어깨를 두드리며 말했다.

"저는 플립이랑 산책하러 나가야 해요."

내가 조심스레 말했다.

"언제쯤 돌아올 거니?"

"사실은 친구를 만날 거예요."

"그렇구나."

"저녁은 몇 시에 드시고 싶으세요?"

"테스 누님이 말하던 시간대면 괜찮을 거 같구나, 그렇지?"

16

폭발한 무지개 소녀

도서관 접수대에는 로렌츠 아주머니의 모습이 보이지 않았고, 그것만으로도 다행이었다. 열람실 책상에는 핼리의 공책과 반짝이는 볼펜들이 마치 폭발한 무지개처럼 흩어져 있었다. 머리에 검정 베레모를 쓴 핼리는 잠시 나를 째려보더니 변명할 틈도 주지 않았다.

"너랑 말 안 할 거야."

"미안해."

"너는 바보야."

"나도 알아."

"알긴 뭘 알아. 엄마랑 나는 네가 죽은 건 아닐까 걱정했다고. 그 한심한 가방이나 이리 줘."

핼리는 플럽을 들어 올려서 무릎에 앉혔다.

"책상에 있는 건 전부 〈루퍼스에게 책 읽어 주기〉 프로그램에 대해 알아보던 흔적들이야. 엄마랑 나는 이번에 학교 한 곳과 화상 회의를 하게 됐어. 학교에 다니는 아이들이 책 읽는 걸 힘들어한대. 우리는 들뜬 아이들에게 너와 플럽이 자격을 갖추는 대로 프로그램을 시작할 거라고 말해 주려고 했어. 그런데 네가 연기처럼 사라졌네? 이게 웬 날벼락이야? 내가 어떻게 했을까? 넌 어디 있었어? 얼굴은 왜 그런 거야?"

나는 핼리에게 모두 다 털어놓았다. 핼리가 내가 하는 말을 귀담아듣기 시작했을 때, 나의 말은 어떻게 전달됐을까? 처음에는 허공을 떠돌다가 핼리 눈에 닿고 이내 마음에 담기는 것처럼 보였다. 내가 느끼는 슬픈 감정을 핼리도 온전히 느끼고 싶어했다. 나의 마음에 공감해 주고 싶었기 때문이다. 나를 위해서.

"그래, 괜찮아. 울어도 돼."

핼리는 나를 안아 주며 속삭였다.

"나는 정말로 괜찮아."

나도 핼리에게 속삭였다.

"아니야, 울어도 돼. 네가 그랬으면 좋겠어."

"하지만 난 그러고 싶지 않아."

핼리는 의자에 몸을 기대서 나를 바라보았다. 한동안 그렇게 보더니 나에게 머리를 기댔다. 핼리를 잘 알지 못하던 내가 그 누구보다, 심지어 우리 엄마보다 그 아이를 더 잘 알게 된 순간이었다고 확신한다. 아니, 사실 그 반대였다. 핼리는 나를 잘 알아서 내 마음을 읽을 줄 알았다.

"숨쉬기 힘들지? 여기서 나가자."

헬리가 말했다.

그날 오후의 날씨는 9월답게 무척 청량했고, 바닷가 산책길은 사람들로 붐볐다. 웬일인지 그날은 헬리의 손이 평소보다 더 차가웠다.

"묘지 옆에 있는 사이프러스 힐스* 말이야?"

헬리가 물었다. 사이프러스 힐스는 지니 이모와 레오 아저씨가 사는 동네였다.

"그러면 전학 가는 거야?"

"아니. 다시 전학생이 되는 일은 없어."

거리를 지나는 사람들은 모두 플립을 한 번씩 쓰다듬고 갔다. 플립은 그 상황을 즐겼다.

"거기서는 얼마나 지냈어?"

"어디?"

"아동 보호 시설."

"2년 전까지는 거기서 살았지."

* 브루클린에 있는 마을.

헬리가 걸음을 멈추었다.

"왜 그렇게 오래 있었어?"

"나는 경찰서에 버려졌어. 며칠간의 기록이 있는 오래된 서류에 그렇게 적혀 있더라. 나 같은 경우에는 건강 상태 확인을 위해 피 검사를 받아. 내 피에서는 약물이 나왔고."

"너의 진짜 엄마가 그런 거구나."

"그 사실을 안 사람들은 내가 마약에 중독되었을까 봐 입양하는 걸 꺼렸지."

나는 어깨를 으쓱해 보이고 계속 말했다.

"사실 내가 중독된 건 너희 엄마가 접수대에 놓아두시는 초코칩 과자뿐인데."

"미안해, 벤."

"네가 왜? 시설 담당자분들은 대체로 잘해 주셨어."

나는 모든 게 항상 변했다는 사실은 빼고 말했다. 다들 왔다가 사라졌다. 친구를 사귄 날이면 다음날 친구가 떠나거나 내가 떠났다. 그렇게 시간이 흐르자, 친구의 이름을 기억하려는 노력조차 그만두게 되었다.

"어느 크리스마스 날에 선물 가방에서 하나를 뽑았는데, 그게 바로 츄바카 포스터였어. 절대 벽에 걸지 않았지. 금방 다시 내려야 한다는 걸 알았거든."

나는 그 행동을 다시 하려고 하는 중이었다.

"있잖아, 너희 아빠한테 내가 마법을 안 좋아한다고 말씀드렸어?"

"아빠가 너한테 몇 가지 마법을 보여 주어야겠다고 하시더라."

"안 그러셔도 되는데."

"네 얘기 좀 해 봐. 너희 엄마 얘기도 좋고."

"이미 했는데."

"엄마가 돌아가셨다고만 했지 엄마에 대해서 말해 준 건 없잖아."

"지금은 더 좋은 곳으로 가셨고 그게 다야. 됐지? 슬퍼할 필요 없어, 여행자여." 내가 담담하게 말했다.

"여행자?"

"인생은 여행이잖아. 여행에서 최고의 순간은 고난을 헤쳐 나갈 때야. 모든 일은 한꺼번에 일어나. 나쁜 일이 있으면 좋은 일이 있고, 어떤 순간이 지나가면 또다시 좋거나 나쁜 순간이 와. 두 가지를 함께 겪는 거지."

"너희 엄마가 해 주시던 말이구나, 그렇지?"

"핼리, 난 정말로 괜찮아. 바람이 많이 부네."

나는 눈물이 나올 것 같아서 얼버무렸지만, 울지 않았다.

"그래, 바람이 부네." 핼리가 내 말을 따라 했다.

"선글라스가 있으면 좋겠다."

"그러게."

헬리는 내 손을 꽉 잡고 놓지 않았다. 우리는 빠르게 걸었다. 잠시 서로를 보지 않고, 아무런 말도 하지 않았다.

"음, 기분은 좀 어때?" 내가 먼저 입을 열었다.

"묻지 마."

"미안."

"아니, 그게 아니라 너희 엄마가 돌아가셨잖아. 그런데 지금 나를 걱정하는 거야?"

"그렇지 않아. 절대 걱정하는 것이 아니야. 그냥 네 기분이 괜찮은지 궁금해서."

"벤, 내 걱정은 하지 마. 나는 사라지고 싶지 않아."

"그럼."

"틀림없이 그럴 거야. 건강에 좋은 수치가 올라가고 나쁜 수치가 내려가고 있거든. 나는 놀라운 아이야. 너도 그렇고. 플립은 우리보다 더 대단한 녀석이지. 우리는 멋쟁이 삼총사야."

헬리는 갑자기 바닷가 산책길에 있던 나를 거리로 밀쳤다.

"이런, 그 유명한 머큐리오스 레인스를 만날 시간이야. 이리 와, 플립!"

17

머큐리오스 레인스의 연구실

머큐리오스 레인스는 교회 지하에 있는 사무실을 연구실로 사용하고 있었다. 입구에 이르자 검은 경첩이 달린 빨간 문이 보이고, 그 위에 고딕체로 글자가 적혀 있었다.

머큐리오스 레인스의 연구실

마음 단단히 먹고 들어오세요……

(마법 수업은 예약제로 운영)

"벤, 정말로 이 이름을 들어 본 적이 없어? 머큐리오스 레인스는 유대교 성인식* 축제에서 주인공 버금가는 존재야. 맨해튼에

* 바르미츠바. 유대교에서 열세 살이 된 남자아이가 치르는 성인식.

서도 마찬가지고."

헬리가 문을 열자, 삐걱 소리가 났다. 플럽은 안아 달라는 듯 내 다리에 앞발을 얹었다.

〈판타지아〉*(1940)에 나오는 3장 '마법사의 제자' 음악이 크게 들렸다. 벽에는 토성과 달, 은하 헤일로**, 우주를 맴도는 타오르는 불빛, 그리고 헬리 혜성이 실크 스크린 기법으로 그려진 그림들이 있었다. 커다란 그림들을 보니 내가 다니는 도서관의 벽이 떠올랐다.

학부모들이 연구실 뒤쪽에서 앞을 바라보고 있었다. 접이식 의자에 앉은 아이들 세 명이 다른 아이가 한 남자에게 마법을 배우는 모습을 지켜보았다. 남자는 반짝거리는 보라색 운동복을 입고 흰 망토를 둘렀는데, 나이는 40대 정도로 보였다. 머리에는 챙이 넓은 모자 은빛 솜브레로를 쓰고, 긴 머리카락은 위로 올려 묶었다. 아랫수염도 길었다. 머큐리오스 레인스 마법사가 신은 금빛 농구화는 태양처럼 반짝거렸다. 마법사는 무대에 있는 아이 옆에서 한쪽 무릎을 꿇고 아이의 등을 토닥였다.

"어서 해 보렴." 마법사가 격려했다.

* 월트 디즈니의 만화영화로 총 8장으로 구성된 음악 영화.

** 은하를 둘러싼 희박한 가스 구름.

아이는 눈살을 찌푸리고는 손가락으로 딱 소리를 냈다. 그러자 아이의 손가락 끝에 농구공만 한 지구본이 나타나서 돌기 시작했다.

"말도 안 돼요. 제가 해낸 건가요?" 아이가 놀라워했다.

"네가 해낸 거야." 마법사가 말했다.

"제가 해냈어요, 엄마!" 아이가 소리쳤다.

헬리가 팔꿈치로 나를 밀었다.

"네 팔꿈치는 너무 뾰족해." 나는 헬리에게 속삭였다.

"네 갈비뼈는 놀라울 정도로 예민하구나."

마법 수업이 끝나자 헬리는 아빠에게 나와 플립을 소개했다.

"마법을 안 좋아한다고 들었는데. 정말이니, 벤?"

"아까 지구본이 나타난 건 어떻게 하신 거예요? 혹시 '위대한 마법사가 발설해서는 안 되는 비밀' 중 하나일까요?"

내가 호기심으로 물었다.

"진정한 마법사는 될 수 있는 한 모든 비밀을 다 알려 준단다."

머큐리오스 레인스 마법사이자 헬리의 아빠 로렌츠 아저씨가 말했다.

"잠깐만 전화할 시간을 주겠니? 그러고 나서 지구본 마법을 보여 주마."

로렌츠 아저씨는 책상이 있는 작은 방으로 들어가서 문을 거의 닫았다.

"이제 알겠지? 우리 아빠는 악랄한 마법사가 아니야. 그렇지?"

"좋은 분이시네."

"핼리, 벤. 잠깐만 나를 도와주겠니?"

로렌츠 아저씨가 문 뒤에서 우리를 불렀다.

"도저히 휴대폰을 못 찾겠구나. 내 머리가 어깨에 붙어 있지 않다면, 머리마저 잃어버리겠는걸."

내가 문을 밀자, 방 끝에 서 있는 로렌츠 아저씨의 모습이 보였다. 겉모습은 대체로 아저씨가 맞았지만, 머리가 보이지 않았다.

머리는 맞은편 책상에 있었다. 머리에 있는 얼굴이 "잠깐만, 저기 보이네" 하고 말했다. 그러자 맞은편에 있던 머리 없는 몸이 뒷주머니에서 휴대폰을 꺼냈다. 그리고 책상으로 다가가서 머리에게 휴대폰을 건넸다.

"전화번호 좀 눌러 줄래?" 머리가 몸에게 말했다.

핼리는 마구 웃기 시작했고, 플립은 머리가 없는 몸 주위를 빙빙 돌았다. 나는 천식 흡입기를 꺼내서 연거푸 두 번 들이마셨다.

머리 없는 몸이 나에게 걸어왔다. 곧이어 로렌츠 아저씨의 머리가 다시 어깨 위로 모습을 드러냈다.

"벤, 이건 그냥 거울과 비디오 프로젝터가 만든 속임수란다."

"네, 저도 알아요. 그냥 지금 집에 저녁 먹으러 가야 할 거 같아서요."

나는 플립을 안고 허겁지겁 연구실을 빠져나왔다. 내가 사는 아파트 계단에 빨리 앉고 싶었고, 그곳에 거의 도착했을 때였다. 플립이 쓰다듬어 달라며 내 손을 두드렸다.

헬리가 숨을 헉헉거리며 나타났다.

"근데 말이야, 내가 항암 치료를 받고 나서 얼마 지나지 않았다는 걸 다시 말해야 할까? 지금은 몸 상태가 좋아지고 있어서 걸어 다니는 건 괜찮아. 하지만 아직 전력 질주를 할 정도는 아니야. 너는 내가 생각했던 것보다 훨씬 빠르구나."

"그렇게 말해 줘서 고마워."

헬리는 내 등을 토닥였고, 이윽고 우리는 숨을 돌렸다.

"말해 봐. 마법사 트라우마는 언제부터 생긴 거야?"

"네 소설 이야기가 궁금해. 지난번 이후로 어떻게 되는 거야?"

"네가 먼저 말하고 나면 들려줄게. 확실한 건 우리가 여기서 우정이라는 대단한 걸 쌓아 가고 있다는 거야. 우리는 친구야."

헬리가 나에게 윙크를 하고 물었다.

"그래서?"

그래서 나는 헬리에게 마법 상자와 관련된 이야기를 들려주었다.

18

마법 상자

그 아이의 이름은 케일라였다. 케일라는 다섯 살 여자아이였고, 나는 열 살이었다. 우리 둘은 서로에게 그림자 같은 존재였다. 아동 보호 시설에서 가장 나이가 많았던 나는 어린 동생들에게 책을 자주 읽어 주었다. 케일라도 나처럼 천식을 앓았다. 우리는 부엌에서 함께 네뷸라이저*를 코와 입에 댔다. 이 장치를 사용하면 숨 쉬는 것이 한결 편해졌다. 아동 보호 시설이 있던 그 동네에는 천식을 앓는 아이들이 많았다. 발전소에서 나오는 연기가 바람을 타고 동네로 번졌기 때문이다.

어쨌거나 어느 날은 케일라와 함께 네뷸라이저로 약을 들이마

* 호흡기 질환에 사용되는 약물을 입으로 흡입할 수 있게 분무 형태로 바꾸어 주는 장치.

시며 수다를 떨고 있었다. 기기를 사용하는 동안 해서는 안 되는 행동이었지만, 그때 케일라는 완전히 들떠 있었다. 크리스마스가 다가오기 때문이었다. 케일라의 꿈에 산타가 나타나서 마법으로 가득한 상자를 준다고 했다.

"어떤 마법?" 내가 물었다.

"진짜 마법. 산타는 최고의 보물이 될 거라고 했어."

나는 이미 케일라에게 줄 선물 상자를 준비해 두었다. 어느 밤에 길의 쓰레기 더미에서 낡은 나무로 만들어진 보석 상자를 발견했고, 쓰레기 안에서 내가 읽을 책도 많이 건졌다. 짙은 파란색 벨벳이 안쪽에 깔린 상자는 선물로 완벽했다. 상자 위에 살짝 금이 간 것은 문제 되지 않았다. 다시 풀로 붙이면 그만이었다. 하지만 그 후 2주 동안 나는 상자에 무엇을 담을지 고민에 빠졌다. 최고의 보물로 여겨질 만한 선물이 뭘까? 행복을 위해 필요한 단 한 가지라면? 그런 건 없었다.

크리스마스 이틀 전에 찾은 답은 당연하게도 책이었다. 생텍쥐페리 작가의 동화《어린 왕자》는 나를 공상과학소설의 세계로 이끈 책이다. 어린 왕자는 인생을 아름답게 만드는 걸 찾기 위해 태양계 별들을 여행한다. 이 책의 교훈은 눈앞에 보이는 것이 전부가 아니며, 마음으로 대할 때 진짜 가치를 알 수 있다는 것이다. 아무튼 그 책을 케일라에게 읽어 주는 것이 내가 할 수 있는 가장 마법과도 같은 일이라고 생각했다. 시설 담당자는 나를 서점에 데려다주었다. 나에게는《어린 왕자》책을 살 정도의 모아 둔 용돈이 있었고, 책의 크기는 보석 상자에 딱 맞았다.

크리스마스이브가 되었다. 아동 보호 시설에는 매년 산타 분장을 한 사람들이 찾아왔고, 그해에는 산타 마법사가 왔다. 다른 말이 필요 없을 만큼 최고의 마법사였다. 촛불을 도깨비 머리로 바꾸고, 동전에서 불꽃을 만들어 냈다. 눈앞에서 사라진 동전이 아이의 손에서 다시 나타났다. 마법사가 보여 준 마법은 진짜였다. 나는 마법을 믿게 되었다. 산타 마법사는 책 표지를 비둘기 날개처럼 펄럭거리며 날게 했다. 그 순간 나는 산타 마법사가 방금 보여 준 마법을《어린 왕자》책에도 할 수 있을 거라고 생각했다. 그렇게 되면 케일라는 최고의 보물을 받았다고 여길 것이 분명했다.

아이들 모두 감탄하느라 바빴지만, 내가 보기에 산타 마법사는 우리와 함께 있는 걸 별로 좋아하지 않았다. 계속 손목시계만 힐끔거리며 여러 아이의 부탁을 거절했고, 마법 공연을 서둘러 진행했다. 계속해서 새로운 마법이 등장하고, 박수갈채가 쉴 새 없이 이어졌다. 산타 마법사는 나를 조수로 세우고 "이걸 들고 있어", "저걸 가져와" 같은 간단한 일을 맡겼다. 그 와중에 휴대폰 진동이 계속 울리자, 결국 산타 마법사는 잠깐만 나가서 전화를 받고 돌아오겠다고 했다.

시설 담당자는 산타 마법사가 스트레스를 받는다는 걸 알고서 그에게 주라며 나에게 따뜻한 차 한 잔을 건넸다. 내가 차를 들고 밖으로 나가자, 산타 마법사는 휴대폰에 대고 화를 내며 여자친구와 크게 다투고 있었다.

"내가 어떻게 하면 좋겠어? 여기서 받는 돈이 100달러야. 아이들에게 시시한 선물을 나눠 줘야 하니까 그거만 주고 갈게."

산타 마법사는 계속 말했다.

"좋아, 마음대로 해. 너 혼자 크리스마스 보내든지!"

산타 마법사는 휴대폰을 주머니에 넣었다. 내가 있다는 걸 알아차리고는 한숨을 쉬었다.

"다 듣게 해서 미안하구나. 돌아가서 공연을 마저 끝내자."

"부탁 하나만 해도 돼요?"

나는 산타 마법사에게 《어린 왕자》 책을 날려 줄 수 있는지 물었다.

"그건 안 돼."

산타 마법사는 아까 본 책은 진짜 책이 아니고, 아주 얇은 전선으로 특수 제작된 종이 묶음이라고 했다.

나는 조금 상처받았지만 그 사실을 받아들여야 했다. 산타 마법사가 보여 준 모든 마법이 거짓이라는 것도 알게 되었다. 하지만 동전으로 보여 준 놀라운 마법은? 물체가 사라졌다가 다시 나타나는 걸 보고도 어떻게 못 믿을 수가 있을까?

"전부 진짜 같았어요." 나는 솔직히 털어놓았다.

"왜 그 책이 날아가야 하는데?"

산타 마법사가 잠시 생각하더니 물었다.

나는 산타 마법사에게 케일라와 마법 상자 이야기를 들려주었다. 그리고 케일라가 상자를 열었을 때, 숨이 멎을 만큼 놀라운 선물을 기대하고 있다는 것도 말해 주었다. 나는 분명히 그렇게 말했다. 산타 마법사는 내가 한 말을 되풀이했다.

"숨이 멎을 만큼 놀라운 선물. 그래, 알았다."

그리고 이어 덧붙였다.

"대단한 걸 보여 주마. 케일라가 놀라서 뒤집어질 거야."

"뭘 보여 줄 건데요?"

"그냥 날 믿어 봐. 숨이 멎을지도 몰라."

나는 자리로 돌아가서 보물 뽑기 상자를 놓아두고 아이들을 불러 모았다. 모든 아이들이 원하는 선물을 받았지만, 케일라만 그렇지 않았다. 산타 마법사가 말을 하기 전까지 케일라는 울기 직전이었다.

"잠깐만, 깜박 잊을 뻔했구나. 여기 마지막으로 가장 특별한 선물이 남아 있어. 이 마법 상자는 케일라에게 주는 선물이란다."

산타 마법사는 커다란 빨간 망토 아래에 손을 넣고, 호들갑을 떨며 마법 상자를 꺼냈다. 케일라는 무척 흥분해서 두 눈을 동그랗게 떴다. 산타 마법사는 케일라 앞에 선물 상자를 내려놓고 뚜껑을 열어 보라고 했다. 케일라는 상자 뚜껑을 열기 전에 나에게 이렇게 말했다.

“벤 오빠 봤지? 마법은 진짜로 있어.”

케일라가 뚜껑을 열자, 아주 짧은 순간에 치직거리는 빨간 연기가 폭죽처럼 터졌다. 아이들은 뒷걸음질하면서도 눈앞에 펼쳐진 놀랍고도 멋진 광경에 박수를 쳤다. 빨간 반짝이를 뒤집어쓴 아이들은 곧 치던 박수를 멈추었다. 케일라가 바닥에 쓰러져 있었다. 쥐며느리처럼 몸을 둥글게 말고 미동도 하지 않았다. 숨을 쉬지 않는 것 같았다. 그곳에 있던 사람들 모두 구급차를 부르라며 크게 소리쳤다. 케일라는 천식까지 앓고 있었다.

“이건 진짜 연기가 아니고 그냥 반짝이일 뿐인데. 해로운 게 아니야.”

산타 마법사가 안타까워했다.

하지만 그건 발작을 일으키는 치명적이고 무서운 재료였다. 케일라는 너무 놀라고 겁을 먹은 나머지 목을 통해 숨쉬기가 곤란해졌다. 나는 네뷸라이저로 케일라가 숨을 쉬게 해 보았지만, 소용없었다. 천식 흡입기도 마찬가지였다. 구급대원이 도착할 때까지 케일라의 가슴이 부풀어 올랐다. 공기가 폐 밖으로 빠져나오지 못하기 때문이었다. 케일라는 점점 의식을 잃어 가며 소리 질렀다. 헐떡거리는 소리가 마치 먼 곳에서 들리는 비명 같았다. 비명이 들리는 곳까지 가 보지 않아도 소리만으로 사람이 죽어 간다는 걸 알 수 있는, 그런 상황이었다.

19

네 잘못이 아니야

"케일라는 죽었어?" 헬리가 물었다.

"아니. 그렇지만 내가 그렇게 한 거나 마찬가지야. 케일라는 병원에 실려 갔고, 나는 병문안을 갔어. 내가 처음으로 병문안을 다녀온 다음 날 케일라는 특별실로 옮겨졌대. 특별실은 환자의 가족들만 들어갈 수 있어서 나도 케일라의 가족이라고 말해 보았지만, 아무도 내 말을 믿지 않았어. 케일라는 특별실에서 일주일간 지냈고, 그동안 아동 보호 시설에는 케일라의 빈자리를 채울 새로운 아이가 들어왔어. 어른들은 케일라가 새로운 가정에 보내졌다고 하시더라. 하지만 케일라가 성인이 아니라서 어디로 갔는지는 알려 줄 수 없고, 내가 열여섯 살이 될 때까지는 어떤 것도 알 수 없대. 나는 케일라에게 편지를 썼어. 나를 돌보아 주시던 시설 담당자분이 편지들을 케일라에게 보내 준다고 약속하셨거든. 하지만 단 한 번도 답장을 받지 못했어."

헬리는 손바닥에 거꾸로 적힌 숫자들을 짚어 보았다. 잉크 자국이 점점 지워져서 더했을 때 111이 되는 숫자가 전부 사라질 것 같았다. 헬리는 눈살을 찌푸리더니 고개를 끄덕였다.

"내가 머릿속에서 시간을 계산해 보았는데, 케일라가 그 일을 겪었을 때 네가 열 살이었다며. 그럼 그 일이 있고서 너는 바로 새 가정에 입양된 것이구나."

"나는 케일라가 아동 보호 시설로 돌아오지 않는다는 걸 알게 된 뒤부터 말을 하지 않았어. 왜 그랬는지는 몰라. 늘 조용한 편이었는데, 그 일을 겪고 난 뒤로는 말하는 방법을 까먹었어. 목소리 내는 방법을 잊은 거야. 내가 하고 싶은 말이 뭔지는 알겠는데, 머릿속에 떠오르는 말을 입 밖으로 꺼낼 수가 없었어. 그래서 나를 도와줄 엄마를 만나게 되었지."

"엄마는 어떻게 했어? 어떻게 네가 다시 말을 하게 된 거야?"

"엄마는 일주일에 세 번 나를 만나러 왔어. 나에게 그날 하루가 어땠는지 물으면, 나는 말하려고 노력했어. 하지만 아무런 말도 못하고 고개만 끄덕였지. 엄마는 재촉하지 않고, 하고 싶은 말이 있으면 노트북 키보드를 두드려서 적어 보라고 했어. 엄마가 '뭘 좋아하니?' 하고 물으면 나는 키보드로 책을 적었어. 엄마가 '어떤 책?' 하고 물으면, 나는 공상과학소설을 가장 좋아한다고 했어. 또 엄마가 '혹시 《듄》*을 읽어 봤니?' 하고 물으면 내가 가장 좋아하는 소설 중 하나라고 말했어. 그러면 엄마는 '나도 그렇단다' 하고

답했지. 우리는 그렇게 대화를 했어. 엄마는 책을 가져와서 잠시 읽어 주기도 했는데, 엄마의 목소리가 너무 좋았어. 잔잔함 그 자체라고나 할까. 어느 날은 아동 보호 시설에서 소방 훈련이 있어서 모두 급히 나와서 앞을 보고 한 줄로 섰어. 그리고 조용히 줄을 맞추며 걸었지. 그때 엄마가 나에게 '던킨도너츠 가게로 몰래 갈 수 있는 좋은 기회야' 하고 속삭였어.

그때가 엄마를 만난 지 3주째였을 거야. 나는 엄마에게 아이패드로 말이 어디서 막혀서 못 나오는 건지 모르겠다고 적었어. 만일 엄마가 내 머리 속 사진을 찍어서 어디가 막혀 있는지 보여 줄 수만 있다면, 난 바로 해결할 수 있었을 거야. 하지만 그곳이 어딘지 찾지 못하던 그때, 엄마가 진짜 마법을 보여 주었어. 물론 너희 아빠가 가짜라는 건 아니야. 엄마는 내 머리에 손을 얹고 말했어.

'나에게 이 얘기를 해 주어 무척 고맙구나, 벤. 이제 거의 다 해결되었어. 말은 머리에서 멈춘 것이 아니란다' 하며 내 이마를 두드렸어. 이어서 엄마는 '바로 여기에서 멈춘 거란다' 하며 내 가슴에 손을 얹었고, 나는 '오' 하고 말했어. 그게 다야. 엄마는 내가 다시 말을 한다는 사실에 소리를 지르거나 흥분하지 않고, 내 머리카락을 조금 매만지며 물었어.

* 프랭크 허버트가 집필한 1965년작 공상과학소설.

'이제 케일라 이야기를 들려주겠니?'

그래서 나는 그 일을 엄마에게 털어놓았어. 있잖아, 나도 내 잘못이 아니었다는 걸 알아."

"케일라가 그렇게 된 거? 당연히 네 잘못이 아니야. 《어린 왕자》 책은 정말 최고의 선물이었어. 산타 마법사가 잘못한 것도 없고. 그건 너도 알잖아."

"생각해 보니 그래. 산타 마법사는 놀라서 까무러쳤어."

"당연히 그랬겠지. 불쌍한 아저씨."

플립은 핼리의 손을 툭툭 치더니 권투하는 재주를 보여 주었다. 핼리는 미소를 짓고 플립에게 뽀뽀했다. 하지만 핼리는 계속 슬픔에 잠겨 있었고, 나는 핼리가 이럴까 봐 내 이야기를 먼저 하고 싶지 않았다.

"고마워. 이런 얘기를 나눌 수 있는 사람이 엄마뿐이었는데 이젠 그럴 수 없게 되었어."

"너희 엄마는 여전히 네 곁에 계셔." 핼리가 위로했다.

"물론이지."

"지금도 그래. 언제나 네 곁에 계실 거야. 케일라도 그럴 거고."

"이제 네 소설 이야기를 들려줘."

"지금은 안 돼." 핼리가 고개를 저었다.

"그럼 언제 해 줄 건데?"

"곧."

"핼리, 나 예전부터 정말 묻고 싶은 게 있었는데. 그게 뭐냐면. 대체 어떻게 말해야 할지 모르겠다."

"방금 말했잖아."

"그게 아니라, 네 거, 그거 있잖아."

"암을 얘기하는 거야? 내가 주인은 아니지."

나는 고개를 끄덕이며 스스로 어리석다고 생각했다.

"나도 그 얘길 해 주고 싶지만, 다음에 할게. 알았지? 너는 케일라와 엄마 얘기를 해 줬는데, 내 얘기를 안 한다면 불공평한 거겠지. 하지만 그 얘기는 시끄러운 장소에서 해야 해."

"어떤 곳?"

"차들이 엄청나게 막히는 그런 곳. 그러면 내 말소리가 자동차 경적 소리에 또는 열차가 끼익하고 멈추는 소리에 묻히겠지. 이렇게 바다랑 가까운 너희 집 앞에서는 얘기 못해. 나는 그냥 벤 네가 어마어마하게 놀라운 아이라고 말해 주고 싶어. 아무 말도 하지 마. 마지막 말은 늘 내 몫이니까."

핼리는 내 어깨에 얼굴을 기대고 태양을 올려다보았다. 그리고 눈을 감은 채로 플립을 마구 쓰다듬었다.

집에 도착했을 땐 저녁 식사가 차려진 식탁 주위로 아무도 보이지 않았다. '마법의 궁전'에 주문한 음식이 저녁 메뉴였다. 그런데 소고기가 전부 접시에 덜어져 있었다. 평소 엄마와 나는 배달 그릇에 담긴 음식을 덜지 않고 바로 먹곤 했다. 레오 아저씨는 TV

앞에서 스포츠 채널 ESPN 방송을, 지니 이모는 엄마 방의 책상에서 아이패드를 보며 식사 중이었다.

"늦어서 죄송해요."

"어서 오렴, 챔피언. 미안해할 필요 없단다."

레오 아저씨가 아는 체했다.

나는 플럽의 끼니를 챙겨 주고서 밥을 먹었다. 그 후에는 자동차에 짐이 든 박스와 가방들을 실었다. 나는 뒤돌아서 엄마랑 살던 아파트를 마지막으로 바라보았다. 내 방의 창문과 이른 아침이면 비둘기들이 모이던 비상 출구까지. 2층에 사는 어느 할아버지가 해가 떠오르는 방향으로 빵 부스러기를 내다 버렸다. 나는 두 눈을 감고 비둘기의 울음소리가 듣기 괴로운 척했다. 사실 귓가에 들린 건 "우리는 절대 헤어지지 않고 영원히 함께할 거야"라는 엄마의 목소리였다. 눈을 떠 보니, 당연히 엄마는 없었다.

지니 이모가 내 머리카락을 마구 매만졌다. 헝클어뜨리는 것이 아니라 다듬어 주었다.

"벤, 위에 두고 온 건 없니?"

"없어요."

"울지 마렴." 지니 이모가 눈물을 흘리며 말했다.

"걱정 마세요. 저는 안 울 거예요."

나는 정말 울지 않았다. 곧 우리는 차를 타고 그곳을 떠났다.

20

묘지 근처의 집

"여기서 지내는 건 괜찮을 거다. 그렇지, 챔피언?"

그 방은 지니 이모가 운동하던 방이었다. 우리는 방에 있던 러닝머신과 운동용 공을 지하 창고로 옮겼다.

"이모의 방을 뺏고 싶지 않아요. 지하실이 더 편하고요."

"그건 절대로 안 돼. 넌 천식을 앓잖니. 지하실에는 산소가 부족해. 물론 내가 거기서 몇 분만 뛰면 산소가 생기겠지만."

지니 이모가 말했다.

"당신이 밖에서는 안 뛰는 이유를 모르겠어."

레오 아저씨가 이모를 보고 말했다.

"이건 이모께 너무 죄송한 일이에요. 플립과 제가 난데없이 나타난 꼴인걸요."

"아니야, 그렇지 않단다." 레오 아저씨가 말했다.

"정말 진심으로 감사드려요. 플립의 밥값은 낼게요. 제 것도

요."

"진정해, 챔피언."

"저 쿠폰 배달 아르바이트로 일주일에 50달러는 벌어요."

"자, 자."

지니 이모가 말하려다 뭔가 까먹은 표정으로 입술을 깨물었다. 이내 이모는 내 등을 두드리며 어깨에 기대고는 덧붙였다.

"우리는 현관 바로 안쪽에 있으니까 필요한 것이 있으면 그쪽으로 오렴."

레오 아저씨는 기지개를 켜고 하품을 하면서 방에서 나갔다.

"우리 집에 온 걸 환영해." 레오 아저씨가 외쳤다.

새로운 방은 이전 방보다 훨씬 작았다. 창문 너머로 묘지가 보였다. 상태가 엉망이지만 소나무가 많아서 나름 괜찮았다. 밤에는 잘 알아볼 수 없어도 달빛에 드리우는 소나무 그림자가 반짝거렸다. 엄마의 주검은 화장이 되어서 앞으로 만날 수 없을 것이다. 장례식에서 사람들이 관을 들고 나가면 고인을 다시 볼 일은 없다. 그 사람들이 화장 후에 엄마의 유골을 보내준다면, 내 손에 들린 그 유골이 엄마라는 사실을 어떻게 받아들일 수 있을까? 이제 곧 엄마의 유골이 도착할 예정이다.

지니 이모가 만든 침대에 누워 보니 꽉 끼이는 느낌이었다. 나는 엄마와 지니 이모랑 함께 많은 대화를 나누던 날을 떠올렸다. 레오 아저씨가 그 자리에 없던 이유는 기억나지 않는다. 엄마는 자신이 세상을 떠났을 때, 지니 이모에게 나를 보살펴 달라고 부탁했다. 지니 이모는 늘 그렇듯이 가슴을 꽉 부여잡은 채 눈물을 글썽였다.

"너무 감동이야. 테스 언니가 나를 벤을 맡길 수 있는 좋은 사람으로 생각한다는 거잖아. 레오와 나는 아이들과 함께 보낸 적이 전혀 없는데 말이야. 언니도 알겠지만."

"그럼 알고 있지, 내 동생. 하지만 그런 시간을 가져 봐. 그러면 아이들은 받은 사랑보다 더 많은 보답을 해. 너와 좋은 시간을 보내려고 할 거야. 지니, 너는 스스로 생각하는 것보다 훨씬 더 넓고 큰 마음을 가졌어."

"이런 부탁을 받아서 너무 뿌듯하네."

"그럼 내 부탁을 들어주는 것으로 알고 있을게. 물론 당장 그렇다는 건 아니야. 만약의 경우를 말하는 거지. 그렇지, 벤?"

엄마가 내 머리카락을 마구 헝클어뜨리자, 지니 이모가 다시 정돈해 주었다. 엄마와 지니 이모는 나에게 똑같이 윙크를 보냈다. 자매이기에 가능한 모습이었다. 즐거운 한때였지만, 우리 중 누구도 엄마의 말이 현실이 될 거라고 상상하지 못했다. 내가 어른이 되어 혼자 힘으로 살아가기 전까지 그런 순간은 찾아오지 말았어야 했다.

나는 방의 텅 빈 벽을 바라보며 츄바카 포스터를 어디에 걸어야 할지 고민했다. 플립은 나를 따라 시선을 움직이며 내가 뭘 보는지 궁금해했다. 로라 아주머니의 커다란 사진은 책상 한 곳에 자리 잡았다. 어느 화창한 날에 엄마와 함께 해변을 배경으로 찍었던 사진을 그 옆에 두고 보니, 로라 아주머니가 나와 엄마보다 스무 배는 더 커 보였다. 나는 다른 데로 눈길을 돌렸다. 이 순간에 눈물이 차오르는 자신에게 화가 났다. 엄마는 나에게 "고난에 무너지면 안 돼, 여행자님" 하고 자주 말했다. 내가 슬퍼해도 엄마는 신경 쓰지 않는 척하다가, 곧 나를 위로해 주었을 것이다. 나는 그저 멈추고 싶었다. 나 자신을 향한 동정 말이다. 그런 감정을 한 번 느끼기 시작하면, 내가 얼간이라는 사실을 깨닫기 전에는 멈추기 힘들었다.

플립에게 물을 주려고 부엌으로 갔다. 싱크대 너머로 식사 중인 레오 아저씨의 모습이 보였다.

"케이크가 조금 남아 있고, 우유는 없구나."

레오 아저씨가 입에 음식이 가득한 채로 말했다.

"고맙지만 전 괜찮아요."

플립은 내 다리 사이로 레오 아저씨를 쳐다보았다.

"강아지가 웃기게 생겼구나. 할 줄 아는 재주는 있니?"

"플립, 주먹."

내가 이렇게 말하자, 플립은 보이지 않는 적을 향한 싸움을 시작했다.

"그것참 재미있구나."

레오 아저씨는 바닥으로 내려와서 플립에게 주먹질하는 시늉을 했다. 그러더니 플립의 코끝을 부드럽지만 빠르게 쳤다.

내 뒤로 도망친 플립은 연신 재채기를 해 댔다. 레오 아저씨가 도마뱀처럼 기어서 플립에게 다가가자, 플립이 낑낑거렸다.

"플립이 무척 싫어하는 것 같아요."

"우린 그냥 노는 거란다."

레오 아저씨는 플립의 머리털을 마구 쓰다듬더니 일어나서 가쁜 숨을 내쉬었다.

"웃긴 사실이 있는데, 네가 나를 부를 때 호칭이 없구나. 그렇지? 아빠는 이상할 테고, 삼촌은 별로니? 그러면 그냥 레오 아저씨라고 부르렴. 괜찮지? TV에서 뭐 보고 싶은 거 있니?"

"내일 아침에 학교 가야 해요."

"그렇구나, 그럼 네가 학교에 가 있는 동안 이 녀석을 돌봐 주마."

"감사해요. 그렇지만 안 그러셔도 돼요."

방금 플립의 코에 주먹을 날린 사람에게 플립을 맡기라고? 레오 아저씨는 대체 무슨 말을 하는 걸까?

"저는 아침에 강아지와 한참 동안 산책을 하고 집에 올 거예요. 음…… 다른 말이 아니라, 이 강아지의 이름은 녀석이 아니라 플립이에요."

"내가 강아지를 키워 본 적이 없어서. 이리 오렴, 강아지."

레오 아저씨가 불러 보았지만, 플립은 움직이지 않았다.

“플립은 제가 학교에서 돌아올 때까지 침대에서 자고 있을 거예요. 그러니 플립 걱정은 안 하셔도 돼요. 정말로요. 그렇지만 신경 써 주셔서 감사해요.”

“네가 다 알아서 하겠다는 뜻이구나.”

레오 아저씨가 어깨를 으쓱하며 인사했다.

“잘 자렴.”

레오 아저씨는 짐 상자들이 잔뜩 쌓인 방으로 들어갔다. 아저씨는 온라인 쇼핑몰 이베이에 골프 장비를 팔았고, 주요 품목은 목을 덮는 덮개가 달린 멋없는 모자와 웃긴 문구가 적힌 셔츠들이었다. 셔츠에 웃긴 문구가 적힌 이유를 나는 잘 모르겠다. 레오 아저씨가 그날 밤 입었던 셔츠에는 이렇게 적혀 있었다.

PH
GOLFER*

골프채를 부드럽게 잘 휘두르는 것이 레오 아저씨의 특기였다.

나는 플립과 이불 위에 누웠다. 지니 이모에게 맞춰서 만들어진 침대에 내 몸이 들어맞는 날은 없을 것이다. 나는 치료견 자격

* GOLFER(골퍼)가 GOPHER(홈런)가 되었다.

증을 위한 강아지 훈련소의 위치를 핼리에게 문자로 보냈다. 벽 너머로 레오 아저씨가 TV를 보며 크게 웃는 소리가 들렸다. 플립이 몸을 떨면서 내 품으로 들어왔다.

나는 청키에게 전화를 걸었다.

"너희 엄마 집에 계시니?"

"엄마한테 윙크 비슷한 걸 하려는 건 아니지?"

"청키, 조금이라도 진지해져 봐."

"지금 우리 엄마가 못생겼다는 거야?"

"그런 뜻이 아니잖아. 너희 엄마는 아주 아름다우셔."

"앞으로도 조심하길, 친구."

내가 청키와 통화를 하는 동안, 핼리에게서 온 답장으로 휴대폰 불빛이 깜박거렸다.

핼리: ♥

그날 밤 나는 잠들지 못하고 휴대폰 시간이 새벽 4시 30분을 향해 가는 걸 지켜보았다. 부엌에서 누군가 서랍장을 열었다가 닫는 소리가 들렸다. 얼마 뒤 그 소리가 멈췄을 때, 나는 자리에서 일어나 플립에게 아침 식사를 만들어 주었다.

냉장고를 열자 지니 이모가 넣어 둔 두툼한 보랭 가방과 쪽지가 눈에 들어왔다.

벤!

테스 언니가 너의 점심을 챙겨 주었는지 잘 모르겠구나.

학교에서 먹겠다고 해도 기분 상하지 않을게.

지니 이모가.

지니 이모는 칠면조 고기와 토마토를 곁들인 샌드위치를 만들어 가방에 넣어 주었다. 곡물이 풍부한 식빵에 아보카도와 새싹 채소, 그리고 돌연변이 쥐의 똥처럼 보이지만 사실은 씨앗(이길 바라는)이 듬뿍 얹어진 샌드위치였다. 모든 재료가 침대 위 이불처럼 포장 종이에 꼼꼼히 채워져 있었다. 나는 배가 너무 고픈 나머지 샌드위치를 그 자리에서 바로 먹었다. 몸에 좋은 음식치고 맛이 아주 좋았다. 애완견 가방을 챙긴 다음 플립을 데리고 서둘러 지하철역으로 갔다.

지하철 안에는 빈자리가 없었다. 탑승객 중 절반 정도는 패스트푸드 체인점 유니폼을 입은 채로 서서 졸고 있었다. 지하철 안 사람들이 계속 손으로 문을 잡으며 서 있어서 지하철은 천천히 달렸다. 나는 갈아타야 할 지하철을 한 번 놓쳤다가 다시 탔다. 지하철 안에 사람들이 너무 많아서 내릴 때 사람들을 밀치며 나갈 수밖에 없었다. 이럴 줄 알고 챙겨 온 천식 흡입기를 한 번 들이마셨다. 그리고 내 발걸음에 맞춰 걷는 플립과 함께 배달할 쿠폰을 챙기러 뛰어갔다. 쿠폰을 챙기고 나서 제시간에 배달하기 위해 또 빠르게 뛰었다. 그 와중에 플럽은 이렇게 정신없는 상황이 무척 재미있기라도 한 듯이 꼬리를 쉴 새 없이 흔들었다.

쿠폰 배달 아르바이트가 거의 끝났을 때, 나는 땀에 흠뻑 젖은 채로 청키네 집에 도착했다. 낮잠을 자 볼까 했지만, 아직 오전 7시도 되지 않은 이른 아침이었다.

21

강아지 돌보기

"강아지를 돌봐 주신 답례는 꼭 할게요."

"벤, 그런 소리 마. 몰리와 진저는 강아지 친구를 아주 좋아할 거야. 진저는 특히 좋아하겠지. 이제 청키와 학교에 가렴."

청키 엄마가 플립을 안으며 말했다.

"조금 있다가 올게, 플립. 약속해."

내가 말하자, 플립이 내 얼굴을 핥으며 우는 소리를 냈다. 청키 엄마가 현관문을 닫았다. 내가 청키 집에 머무른 시간은 아주 잠깐이었지만, 그새 천식 증상이 나타났다.

나는 2교시 수업 시간에 엎드려 잠을 잤고, 7교시 때도 그랬다. 얼굴이 팔에서 미끄러져서 책상에 부딪쳤다. 그날도 데이먼은 학교에 오지 않았다. 다시 돌아올 것 같지 않았다. 나는 사람들이 떠나는 것에 익숙했다. 하지만 여러분은 이런 일에 익숙하지 않을 것이고, 항상 눈앞에 아른거리는 사람들이 있을 거다.

내가 분수식 식수대 앞에 서 있을 때였다. 앤젤리나가 내 뒤에서 미는 바람에 입고 있던 스웨터가 물에 젖었다. 곧이어 앤젤리나는 물이 흐르는 수도꼭지 구멍에 껌을 붙여서 내 눈에 물이 튀게 했다. 왜 아이들은 이런 장난을 재미있어할까? 하지만 옆에 있던 론다는 재미있어하지 않았다. 론다는 딴청을 피웠다. 웃지도, 미소를 짓지도 않았다.

학교가 끝난 뒤에 나는 체스 클럽 마니아들과 함께 있는 청키를 내버려 두고 서둘러 청키네 집으로 향했다. 가는 길에 청키의 여동생들에게 주려고 도넛을 조금 샀다. 청키네 집에 도착했을 때, 여동생 중 한 명이 플립을 안고 문을 열어 주었다. 여동생은 "우와, 초콜릿 도넛이다" 하고 도넛 봉지를 받아 들더니 나에게 플립을 주고 문을 닫으려 했다. 내가 문이 닫히지 않도록 막아서자, 문이 흔들리면서 열렸다. 청키 엄마가 나를 불렀다.

"벤, 이거 좀 보렴."

청키 엄마가 휴대폰에 저장된 영상들을 보여 주었다. 플립이 보낸 하루가 찍힌 영상이었다.

플립은 먼저 고양이 진저에게 귀 청소를 받은 뒤에 세 살짜리 아이와 함께 뒹굴며 놀았다.

"이 아이는 샬린이야. 아니, 잠깐만, 샬럿이구나."

청키 엄마가 헷갈려 했다.

그 후에 플립은 골든 리트리버 몰리의 품에서 낮잠을 잤다.

잠에서 깬 플립의 시야에 쓰레기통이 들어왔다. 플립은 쓰레기통에 버려진 기저귀를 요리조리 살피며 즐거운 5분을 보냈다. 청키 엄마는 영상을 보여 주는 내내 깔깔 웃어 댔다.

조금 뒤에 개들은 밖으로 나가서 잡초가 드문드문 보이는 시멘트 바닥으로 갔다. 아이들이 잡기 놀이를 하는 집 마당이었다. 몰리에게 뛰어든 플립은 몰리의 목을 한 번 물고 다시 바닥에 앉았다. 약 올리듯이 빙글빙글 도는 플립의 몇 발자국 뒤로 몰리가 꼬리를 흔들며 느리게 쫓아왔다.

다음 영상에서 플립은 창문에서 비둘기와 눈싸움을 하고 있었다.

한낮이 되자, 청키의 여동생 중 한 명이 유치원에서 돌아왔다. 그 아이는 플립에게 인형 잠옷을 입히고 머리털에는 아주 많은 리본을 달았다. 플립은 전혀 개의치 않는 표정이었다.

마지막 영상에서 플립과 골든 리트리버 몰리, 고양이 진저는 소파 위에 축 늘어진 채로 코를 골며 잠을 잤다. 몰리의 등에서 네 다리를 쭉 뻗고 자는 플립의 모습이 날다람쥐 같았다. 잠에서 깬 플립은 하품을 하고 몸을 털었다. 그리고 현관문 앞에 앉아 고개를 옆으로 돌렸다. 3분 뒤에 플립은 휘어진 작은 꼬리를 흔들었고, 1분 뒤에 내가 도넛을 들고 문 앞에 나타났다.

"플립!"

헬리가 외쳤다. 오늘은 단추가 딸기 모양인 분홍색 베레모를 쓰고 왔다. 헬리는 플립을 안고 우리와 함께 치료견 자격증을 위한 강아지 훈련소로 갔다.

훈련소 선생님은 플립에게 개껌을 주고 나서 이렇게 말했다.

"네 것이 아니야."

플립은 고개를 갸웃했지만, 개껌을 내려놓지 않았다. 선생님이 이번에는 내 차례라고 했다. 나는 도서관 책에서 읽은 내용대로 플립에게 "그대로 둬"라고 말했다. 그러자 플립이 개껌을 내려놓았다. 이번에는 선생님이 쿠키를 들고 오자, 플립이 쿠키가 있는 곳으로 다가갔다. 내가 "그대로 둬"라고 말하자, 플립이 뒤돌아서 나에게로 달려왔다. 그리고 앞발을 들이밀었다.

헬리는 큰 소리로 웃으며 박수 쳤다.

"대단한데, 플립!"

이번에는 플립이 아이의 비명 같은 큰 소리를 들어도 놀라지 않도록 하는 훈련이 이어졌다. 내가 플립에게 책을 읽어 주는 동안, 선생님은 플립의 뒤로 가서 알루미늄 냄비를 떨어뜨렸다. 플립이 큰 소리가 나는 뒤쪽으로 돌아보았다.

내가 "나 여기 있어, 플립" 하고 말하자, 플립은 다시 고개를 돌려서 책을 읽어 주는 내 목소리에 귀 기울였다.

다음 훈련이 가장 웃긴 대목이었다. 선생님의 일곱 살 된 딸이 바닥에 앉아서 플립에게 책을 읽어 주었다. 아이가 "그렇지, 플립?" 하고 말할 때마다 플립은 고개를 갸웃거렸다.

나는 플립에게 잔재주도 가르쳤다. 내가 플립에게 "누구 배가 간지럽지?" 하고 묻자, 플립은 아이의 무릎에서 몸을 돌아누워 거꾸로 뒤집힌 날다람쥐 자세를 취했다. 플립의 꼬리가 1분에 100번 정도 바닥을 쓸어 댔다.

"이 녀석 재능이 있구나."

선생님이 말했다.

"플립은 여행자거든요."

내가 대꾸했다.

"선생님은 네가 재능 있다고 말씀하시는 거야. 바보 같기는."

핼리가 나섰다.

플립은 아이의 볼과 입술을 핥았다.

"플립에게 그만하라고 할게요."

선생님에게는 이렇게 말했지만, 솔직히 말하자면 나로선 플립이 아는 사람을 만났을 때, 입술을 핥지 않도록 제지하는 것이 어려웠다.

22

달에 올라간 마법사

헬리와 나는 타코를 사서 강아지 훈련소 근처에 있는 광장으로 갔다. 헐렁한 군복을 입은 여자애가 광장에서 스케이트보드를 타며 멋진 묘기를 선보이고 있었다. 헬리는 플럽에게 치킨을 조금 뜯어 주었다.

"분명히 플럽이 뭔가 나에게 할 말이 있는 거 같아. 플럽의 눈동자를 한번 봐. 플럽, 뭘 말하고 싶은 거야?"

헬리가 말했다.

"그 여자애의 이름은 헬리가 어울려. 네 소설에 나오는 공중그네를 타는 주인공 이름 말이야. 지금까지 들어 본 이름 중에 네 이름이 가장 멋져."

내가 제안했다.

"그건 그렇지. 하지만 나랑 똑같으면 너무 헷갈리니까, 여자애 이름을 헬렌으로 하자. 트로이의 헬렌(헬레네)처럼. 《일리아드》*에 나오는 헬렌 알지?"

"너의 반짝이는 공책에서 얼핏 봤어."

"헬렌은 너무 아름다워서 그리스와 트로이 사람들이 헬렌을 사이에 두고 무차별적으로 서로를 죽일 정도야. 여자애에게 너무 어울리는 이름이지? 네 의견을 묻는 건 아니니까 고개만 끄덕이면 돼. 좋아. 이제 전기 기사 친구 차례야. B로 시작하는 영웅적인 이름을 떠올려 봐."

"브루스. 배트맨의 브루스 웨인 말이야."

"나는 그리스 로마 비극에 나오는 고전적인 이름이 필요한데, 너는 만화 속 인물 이름을 말하는구나. 브루스는 네가 되고 싶은 인물이겠지. 어떤 이름이건 소설에 등장하는 전기 기사는 너야."

"우와!"

"무슨 말을 하려고?"

"네가 쓴 소설에 내가 등장하다니 뿌듯한걸."

"우리의 이야기야. 이 소설은 너와 함께 쓰려고."

핼리가 강조했다.

"그건 안 돼. 내가 이야기를 망칠지도 몰라."

"너는 독서를 할 때 잉크만 먹고사는 뱀파이어처럼 책을 읽어.

* 고대 그리스의 시인인 호메로스가 트로이 전쟁을 주제로 쓴 서사시.

그러니 나는 이야기를 완성하는 데 너의 도움이 필요해. 내가 1년에 1권씩 쓴다고 해도, 111권을 다 써내려면 쓸 이야기가 너무 많거든. 너와 나 둘이니까 두 배 더 빠르게 쓰고, 두 배 더 재미있을 거야. 만일 벤 네가 이야기를 망쳐서 그만 쓰고 싶어진다면, 그렇게 해도 좋아. 이걸 봐, 플립이 나에게 UDFSP를 보여 주고 있어."

헬리는 플립이 몸을 뒤집어 보여 주는 날다람쥐 자세(Upside Down Flying Squirrel Pose)를 그렇게 불렀다.

"뭐라고 플립? 무슨 말이 하고 싶은 거야. 작고 웃긴 바나나를 닮은 친구?"

"소설에 등장하는 헬렌과 브루스는 친구 사이일 뿐이지?"

"단짝 친구지. 그건 그렇고 지금까지의 내용은 이러해. 밤이 되어 루나 파크가 문을 닫자, 어린 전기 기사인 브루스는 무대 위를 돌아다니며 조명을 밝혔어. 공중그네 위쪽에도 불빛이 닿도록 말이야. 브루스 옆에는 마법사도 있었지."

"그 마법사의 이름은 머큐리오스겠네. 그렇지?"

"당연한 거 아냐? 머큐리오스와 브루스는 공중그네를 타려고 하는 여자애를 바라보았어."

"헬렌."

"그래. 헬렌은 기둥 꼭대기에서 그네를 탈 준비 중이고, 브루스는 그런 헬렌에게 환하게 조명을 비추었어. 조명이 내는 불빛이 달빛만큼이나 밝았지. 브루스는 헬렌을 걱정했고, 머큐리오스도 헬렌을 걱정하긴 마찬가지였어. 멋진 헬렌이 몸에 안전용 선을 묶지 않은 것처럼 보였거든."

"왜?"

"우리의 슈퍼히어로인 전기 기사 브루스도 그 이유가 궁금했어. 그때, 헬렌이 공중그네에서 이렇게 외쳤어. '안전용 선의 단점은 한정된 선의 길이까지만 움직일 수 있다는 거야. 내가 어디까지 올라갈 수 있는지 알고 싶어. 자유롭게 날아오르는 느낌을 모른다면 최고가 될 수 없을 거야.'

헬렌은 그네를 타고 멀리 날아올랐어. 오르고, 또 올라서 별에 닿을 만큼 높이 올라갔어. 벤, 그곳에서 바라본 세상은 무척 아름다웠어. 모두 반짝반짝 빛나고, 파도에 드리운 달은 넘실거렸지. 도시는 온통 금은빛으로 물들었어. 헬렌은 문득 자신이 상상해 보지 못한 높이까지 왔다는 걸 깨닫고 덜컥 겁이 났어. 손에 땀이 차서 그네의 손잡이를 놓치고 말았지."

"브루스가 전속력으로 달려서 불빛이 닿는 끝까지 갔어. 그리고 떨어지는 헬렌을 붙잡았어."

이번엔 내가 이야기했다.

"역시 나의 영웅! 하지만 브루스와 헬렌은 넘어져 쓰러지고 있었어. 시간이 멈출 때까지."

"핼리, 잠깐만. 시간은 멈출 수 없어. 그건 수학적으로 불가능해."

"여기서 그런 건 상관없어. 우리 이야기에서는 시간이 멈출 수 있고, 그렇게 됐어. 브루스와 헬렌은 함께 넘어지다가 멈췄고, 바닷물도 얼었어. 마치 찰나가 찍힌 사진처럼 말이야. 루나 파크는 금빛으로 밝아졌어."

"1905년의 루나 파크처럼?"

"바로 그거야. 브루스와 헬렌은 시간의 범위 밖으로 벗어나지 않았어. 매 순간 시간이 만들어 낸 틈 사이로 빠져 들어간 거야. 브루스와 헬렌의 눈앞에 금빛 탑이 나타났어. 둘은 지금 탑의 맨 꼭대기에 있고, 하늘은 부드러운 금빛으로 물들었어. 별들은 빙글빙글 돌더니 머큐리오스 망토에 그려진 별똥별 모양으로 흩어졌어. 달 위에 앉아 있던 머큐리오스는 '자, 이제' 하고 입을 떼더니 '너희들이 처한 이 어지러운 상황 좀 봐' 하고 브루스와 헬렌에게 말했어."

"그리고? 그다음에는 어떻게 됐어?" 내가 물었다.

"아주 대단한 모험만 남았지."

헬리가 어깨를 으쓱거리더니 이어 말했다.

"벤, 우리가 함께 풀어 가야 해."

"그거 좋네. 너와 이런 생각을 함께 나눌 수 있다니."

"나는 지금까지의 이야기를 잊어버리기 전에 휴대폰에 녹음해 놓아야겠어."

헬리는 녹음을 끝낸 뒤에 입에 치킨 너겟을 물었다. 그리고 몸을 아래로 굽혀서 플립과 눈을 마주쳤다. 당연하게도 플립은 핼리의 입술에 있던 치킨을 곧바로 핥아 먹었다.

"그렇게 입으로 먹이는 건 플립이 사람들의 입을 핥지 못하도록 하는 데 도움이 되지 않아."

"너는 왜 플립이 그 행동을 하지 않길 바라는 거야?"

스케이트보드를 타던 여자애가 뒤로 텀블링을 하자, 사람들이 환호했다. 길 아래에서 퇴근 시간의 열차가 덜컹거리며 지나갔다. 버스가 급정지할 때 내는 브레이크 소리가 마치 코끼리가 우는 소리 같았다.

"보니까 여기는 확실히 시끄러운 곳이네." 내가 말했다.

"나는 지금도 그 얘기를 하고 싶지 않아."

핼리가 고개를 저으며 말했다.

"알았어. 나는 그냥 지금은 그 얘기를 해도 괜찮다고 말해 주고 싶었어."

"벤, 나는 지금 그걸 혼쭐내고 있어. 농담이 아니라 정말이야. 나는 느낄 수 있어. 내 몸에 암세포가 완전히 사라지는 중요한 순간으로 가고 있다는 걸. 그 후에 내가 할 일은 5년 동안 건강하게 지내는 거야. 그러면 세포가 대부분 양성 판정을 받고 다시 예전으로 돌아갈 일은 없겠지. 이제 내 차가운 손을 잡아 줘. 아무 말도 하지 말고."

우리는 손을 잡고 태양 너머로 배 모양의 구름이 지나가는 걸 지켜보았다.

“너도 지금 나와 같은 생각을 하고 있어?” 핼리가 물었다.

“소설에 구름배 넣고 싶구나.” 내가 맞장구쳤다.

“넌 독심술사야!”

“우주선은 어때?”

“네가 이 소설을 공상과학소설로 바꾸려 할 거 같더라. 좋아, 우주선도 이야기에 넣자. 나는 또 다른 마법사를 등장시킬게.”

“그 마법사는 별빛 속에 사는 백작 부인이라고 하자. 이름은 짧게 줄여서 테스.”

“그래. 테스의 지팡이는 뢴트게늄으로 만들어졌어.”

“어쩌면 그래서 더 마법 지팡이 같을지도 몰라. 테스는 다리를 조금 절뚝거려. 아마 관절염 때문이겠지. 하지만 테스는 아프다는 이유로 불평불만을 늘어놓지 않아. 그래서 모두가 테스를 좋아해. 테스는 힘든 순간이 와도 주저앉지 않고 기운을 내. 그리고 주위의 모든 사람을 일으켜 세워서 고난을 이겨 내도록 힘을 줘.”

“벤, 테스는 정말 대단하고 멋진 사람이구나. 내가 좋아하는 영웅 스타일이야. 우리 이야기에 완벽히 어울리는 인물이겠어. 이래서 내가 너를 택한 거야.”

23

레오 아저씨는 사자

"저 왔어요." 내가 말했다.

지니 이모는 통화 중이었다. 소파에 앉아 있던 레오 아저씨는 대꾸가 없었다. 레오 아저씨는 입술을 삐죽 내민 채로 방으로 들어갔다. 지니 이모가 전화를 끊었다.

"제가 잘못한 것이 있나요?"

"네가 레오 아저씨에게 플립을 맡기는 걸 못 미더워해서 아저씨가 슬펐대……."

"그런 뜻은 아니었어요."

레오 아저씨가 방문 밖으로 몸을 내밀더니 말했다.

"정확히 그런 말이었어. 너는 내가 생각보다 훨씬 멍청한 사람이라고 여길게다. 챔피언. 하지만 난 멍청하지 않아. 알겠니? 아무튼, 언제부터 학교에 개를 데리고 가는 것이 가능해졌니?"

나는 청키네 집에 플립을 부탁하게 된 까닭을 설명했다.

"모두를 편하게 하는 방법이라고 생각했어요. 저는 쿠폰 배달 아르바이트를 하면서 플립과 운동해요. 그리고 청키 집에는 플립과 놀아 줄 개와 어린 동생들이 있고요."

"더 편하게 하려고? 그렇구나. 지니, 그게 이유였대. 그게 더 편해서."

레오 아저씨는 씩씩거리며 방으로 들어가더니 문을 쾅 닫았다.

지니 이모는 옆에 있는 식탁 의자를 두드리며 나에게 앉아 보라고 했다. 그리고 돌돌이 하나를 꺼내서 내 옷에 묻은 강아지 털을 떼 주었다.

"너에게 말하고 싶은 비밀이 하나 있어. 너와 나 사이에 비밀로 간직해야 해. '레오' 이름은 사자를 뜻해. 레오 아저씨는 사자의 마음을 지녔어. 아주 크고 예민하지. 그건 너도 알지? 그래서 쉽게 상처받아. 벤, 네가 여기 있는 동안 최대한 편하게 지냈으면 좋겠어. 우리는 서로를 믿으려는 노력이 필요하고, 그렇지?"

"저는 지니 이모를 믿어요."

"정말 그런지 잘 모르겠구나. 테스 언니가 갑자기 내 곁에서 사라진 건 무서운 일이야. 인생은 때때로, 어쩌면 대체로 좋지 않아. 우리는 그 사실을 현실적으로 받아들이고 최선을 다해서 힘든 시기를 이겨 내야 해. 알겠지? 설령 레오 아저씨의 도움이 필요하지 않더라도 조금은 그런 척을 해 주겠니?"

"저는 정말로 아저씨의 도움이 필요해요."

나는 레오 아저씨의 방문을 두드렸다. 레오 아저씨는 빠르게 문을 열더니 나를 보며 고개를 저었다. '이제 와서 뭘 원해?'라는 듯한 표정이었다.

"치료견 자격증 시험을 볼 때 저의 후원자가 필요해서요."

레오 아저씨는 눈살을 찌푸리고 어깨를 으쓱하더니 그리고 "그러마" 하며 커다란 손을 내밀었다. 나는 레오 아저씨와 악수했다.

"비디오 게임 할래?" 레오 아저씨가 물었다.

레오 아저씨의 컴퓨터에는 아주 오래전에 나온 경주용 자동차 게임이 있었다. 레오 아저씨는 이기는 걸 굉장히 좋아했다. 플립은 레오 아저씨 반대편에 있는 나의 팔 안쪽에 웅크리고 앉았다. 레오 아저씨의 셔츠에는 "평정심을 유지하고 캐디*하기"라고 적혀 있었다. 무슨 말일까? 레오 아저씨가 내 눈길이 닿은 곳을 알아차렸다.

"정말 웃기지? 여기 네 것도 줄게."

"저는 괜찮아요."

"사양하지 않아도 돼. 정말이야. 이 옷만 몇 상자는 되니까."

"대단하네요."

* 골프에서 선수나 고객을 보조하는 사람.

"챔피언, 상자 얘기가 나와서 말인데, 네가 저기 보이는 책 중에서 팔고 싶은 책이 있을 거 같아. 나야 상관없지만, 지니 이모는 지하실에 물건이 굴러다니는 걸 못 견디는 편이거든. 모든 걸 자기 뜻대로 하려는 경향이 있어. 결벽증 말이야. 물론 지니 이모한테는 내가 지금 한 말을 하지 말아다오."

"절대 안 할게요."

"우리가 친해져서 이렇게 둘 사이에 비밀도 생기고, 재밌구나. 그렇지?"

24

치료견 자격증 시험

나와 플립은 밤새도록 연습을 했고, 다음 날 학교 수업이 끝난 뒤에도 공원에서 연습을 이어 갔다. 헬리와 로렌츠 아주머니에게는 몇 가지 서류 작업만이 남아 있었다. 우리가 도서관에서 〈루퍼스에게 책 읽어 주기〉 프로그램을 시작하기 위해서는 프로그램 관계자들의 동의가 필요했다. 헬리는 내일 나와 플립이 볼 시험에 꼭 같이 가려고 했다. 내일은 나팔절*이라서 학교가 쉬었고, 시험은 내일 아침 10시 30분부터 11월까지 예약이 가능했다. 나는 오래 기다릴 수는 없었다. 프로그램 관계자들은 플립이 시험을 통과하면 아이들이 한껏 들떠서 곧장 도서관으로 올 거라고 말했다.

* 유대인의 새해 명절로 대개 9월 중 2박 3일(유대력으로 7월 1일). 나팔을 불어 이날을 알렸기 때문에 나팔절이라고 불렀다.

시험 당일이자 나팔절 아침이 되자 눈이 일찍 떠졌다. 밤새 잠이 오지 않았다. 나는 레오 아저씨가 기쁜 마음으로 선물해 준 셔츠를 입었다. 빗질을 마친 플립은 시험을 잘 치를 것처럼 영리하게 보였다. 지니 이모는 출근하기 전에 돌돌이를 꺼내서 카펫에 떨어진 머리카락 두 개를 치우고 나갔다. 나는 플립과 함께 상쾌한 산책을 오랫동안 한 뒤에 플립에게 체더치즈 몇 조각을 먹여주었다. 아침 9시 45분이었지만, 레오 아저씨에게서 아무런 기척이 없었다.

나는 안방 문을 한 번 두드려 보고 더 크게 두드렸다. 아무런 대답이 없었다. 내가 방으로 들어가려 하자, 플립은 현관에 앉아서 기다렸다. 나는 플립에게 "고마워, 친구"라고 말했다.

레오 아저씨는 죽은 사람처럼 보였지만, 죽은 사람이 이렇게 코를 골고 있을 리 없었다. 마치 다스 몰*이 세라나이프**로 내 고막을 마구 치는 듯한 큰 소리였다. 나는 레오 아저씨의 발을 잡고 세게 흔들었다.

"레오 아저씨? 아저씨!"

나는 침대의 가장 끄트머리에 앉았다. 이 상황이 놀랍진 않았

* 〈스타워즈〉 속 등장인물.
** 〈스타워즈〉 속 은하계에서 쓰이는 무기의 종류.

다. 기대가 없으면 어떠한 실망도 없으니까. 다만 왜 항상 모든 일이 잘 풀린다고 생각될 때, 전부 엉망이 되어 버리는 걸까?

나는 핼리에게 전화를 걸어서 지금 맞닥뜨린 안 좋은 소식을 전했다. 핼리는 기가 막힌지 레오 아저씨의 귀에 대고 심벌즈를 치라고 했다. 하지만 누가 집에 흔하게 심벌즈를 갖고 있을까?

"좋아, 우리는 좌절하지 않아. 그냥 지하철 타고 와. 나에게 계획이 있어."

핼리가 전화기 너머로 말했다.

핼리는 건물 밖에서 나와 플립을 기다리고 있었다. 핼리의 아빠인 로렌츠 아저씨도 함께였다. 로렌츠 아저씨는 마법 수업을 막 끝내고 나온 것이 분명했다. 여전히 반짝거리는 운동복을 입고 있었기 때문이다. 머리에는 반짝이는 브루클린 사이클론스*팀 야구 모자를 쓰고 있었다. 핼리는 머리에 모자 대신 밝은 분홍색 가발을 썼다. 짧은 머리카락이 위로 솟아 있는 가발이었다. 그 모습이 충격적이면서도 멋졌다.

"음, 그 셔츠는." 핼리가 입을 열었다.

"뭘 말하고 싶은지 알아." 내가 대꾸했다.

* 뉴욕의 마이너리그 야구팀 이름.

“캐디 하기?”

“나도 무슨 뜻인지 모르겠어.”

“아무튼 그건 중요하지 않아. 가자.”

우리는 건물로 들어갔다.

“모여 봐.” 핼리가 외쳤다.

핼리와 로렌츠 아저씨, 그리고 나는 손을 모았다. 플립도 앞발을 댔다.

“벤? 너는 최고야. 플립? 네가 정답이야. 타협은 없어. 이 말뜻은 나도 몰라. 아무렴 상관없어. 아빠, 벤에게 해 줄 말씀이 있을까요?”

로렌츠 아저씨는 내 머리를 마구 쓰다듬더니 말했다.

“이거 하나만 기억하렴.”

“그게 뭐죠?”

“너는 마법 그 자체란다.”

시험 감독관이 나와서 “벤 커핀?” 하고 내 이름을 불렀다. 시험 감독관의 명찰에 ‘톰킨스’라고 적혀 있었다. 나는 “감사합니다, 톰킨스 감독관”이라고 말하면서 악수를 하려고 손을 내밀었다.

톰킨스 씨는 “어쩌라는 거니?”라고 하며 나와 악수를 하지 않았다.

“시험은 5초 후에 시작합니다. 4, 3, 2, 1.”

시험에서 통과해야 할 9가지 과제는 이러했다.

1. **시험 감독관에게 인사하기**: 플립은 톰킨스 씨에게 앞발을 내밀었다. 통과.
2. **가만히 있기**: 나는 플립에게 가만히 있으라고 말하고 나서 멀리 걸어갔다. 플립은 금방이라도 죽을 듯한 표정으로 바닥에 털썩 앉았지만, 움직이지 않았다. 빙고!
3. **주인에게 오기**: 못 할 리가 있을까?
4. **낯선 사람 무시하기**: 정말로 제정신이 아닌 것처럼 보이는 한 남자가 자전거를 도둑맞았다고 외치며 들어왔다. 플립은 그 남자를 훑어보다가 내가 "나 여기 있어, 플립" 하고 말하자, 나만 바라보았다. 핼리가 입 모양으로 "좋았어!"라고 외쳤다. 로렌츠 아저씨는 박수를 치다가 톰킨스 씨가 "응원은 자제해 주시면 감사드리겠어요"라고 말하자, 박수를 멈추었다. 앞으로 가던 톰킨스 씨는 뒤돌아서 로렌츠 아저씨가 입은 반짝이 보라색 옷을 한 번 더 쳐다보았다.
5. **아픈 사람에게 다가가기**: 톰킨스 씨는 휠체어에 앉아 있었고, 나는 플립에게 "플립, 가서 인사하고 와"라고 말했다. 플립은 휠체어 쪽으로 가서 톰킨스 씨의 다리에 몸을 기댔다.
6. **놀라지 않기**: 톰킨스 씨가 낡은 알루미늄 냄비를 떨어뜨리며 플립의 반응을 살폈다. 플립은 하품을 했다.
7. **그대로 두기**: 제발…… 이건 너무 쉬웠다.
8. **다른 개와의 만남**: 독일산 암컷 셰퍼드 한 마리가 시험 중인

방으로 들어왔다. 플립은 다가가서 셰퍼드의 궁둥이 냄새를 맡았다. 그러고는 셰퍼드의 발 근처에서 몸을 뒤집어서 날다람쥐 자세를 취했다.

9. **적절한 애정 표현**: 우리는 이 과제를 치르다가 시험에서 떨어질 뻔했다. 톰킨스 씨가 바닥에 앉아서 플립을 부르자, 플립이 톰킨스 씨의 발 위에 앉았다. 내가 "플립, 안아 줘"라고 말하자, 플립은 까칠한 톰킨스 씨의 무릎 사이로 파고들었다. 이제 다 끝났다는 생각이 들 무렵, 플립이 나이 든 톰킨스 씨의 얼굴로 뛰어들어서 입술을 핥았다. 톰킨스 씨의 표정이 몹시 굳어졌다. 핼리와 로렌츠 아저씨는 침몰하는 배를 바라보듯 그 광경을 지켜보았다.

톰킨스 씨는 책상으로 가서 간단한 시험 평가지가 꽉 채워지도록 글을 썼다. 그리고 평가지에 도장을 아주 세게 찍고 나를 불렀다.

"연보라색 운동복을 입은 남자분이 너의 후원자 같은데, 맞니?"

"네, 맞아요."

톰킨스 씨는 손을 들어서 로렌츠 아저씨를 불렀다.

"여기에 서명해 주세요."

톰킨스 씨는 로렌츠 아저씨가 서명을 끝낸 종이를 나에게 주며 서명하라고 했다. 내용은 이러했다.

해당 자격증은 조련사에게 치료 동물의 재능이 필요한 병원이나 학교, 기타 시설에 치료 동물을 데리고 들어갈 수 있는 법적 권한을 부여한다.

조련사: 벤 커핀

후원자: 마이클 로렌츠

치료 동물: 플립 커핀

종이를 한 장 넘기자 '특별상'이라고 적혀 있고, 톰킨스 씨는 이러한 내용을 적어 놓았다.

커핀 군과 플립은 진심을 보여 주었다. 나는 이토록 서로를 진정으로 믿는 반려견과 주인의 관계를 거의 보지 못했다. 여기 뛰어난 강아지와 그 강아지만큼이나 뛰어난 조련사가 앞으로도 많은 사람의 마음을 어루만져 주길 바란다. 세상은 더 아름다워질 것이다.

핼리가 잠깐 주먹을 들어 보였고, 나는 핼리의 주먹에 내 주먹을 마주쳤다.

"너 정말 끝내주게 멋있구나." 핼리가 칭찬했다.

내가 로렌츠 아저씨와 주먹을 마주쳤을 때, 아저씨의 주먹에서 불꽃이 튀어 올랐다. 산타 마법사의 마법 상자에서 나온 불꽃과는 달랐다. 그때 보았던 불꽃은 핏빛이었고, 로렌츠 아저씨의 주먹에서 나온 불꽃은 분홍, 파란색이었다. 좀 더 부드럽고 비명이 아니라 속삭임처럼 조용했다. 핼리가 플럽을 안아 올렸다. 우리가 밖으로 나가자, 아주 이상한 일이 벌어졌다.

건물 한쪽 벽면에 드리워진 비둘기 그림자는 창문 선반에 앉은 비둘기에게 닿아 멈췄다. 나는 그걸 보자 울컥해서 얼굴에서 눈이 떨어질 것처럼 펑펑 울었다. 방금 본 장면은 그저 어쩌다 마주친 광경이라는 걸 나도 잘 안다. 그렇지만 정말 아름다웠다. 비둘기가 이리저리 빠르게 날아다니고, 다른 새들이 모두 하늘로 날아오를 때도 비둘기의 그림자는 늘 비둘기와 함께였다. 그 순간에는 그림자가 드러나지 않더라도 말이다. 그러다가 비둘기가 내려앉으면 그림자는 다시 비둘기와 닿아 있었다. 엄마가 이 광경을 나와 함께 보았다면 아마 내 인생 최고의 날이 되었을 것이다. 나는 이 말만은 핼리와 로렌츠 아저씨에게 하지 않았다. 그럴 필요가 없었으니까. 핼리와 로렌츠 아저씨는 나를 안아 주고 등을 토닥여 주었다. 나에게 애써 위로의 말을 하지 않아서 정말 고마웠다.

25

우주선 발사대

로렌츠 부부는 나팔절을 기념하기 위해 나와 플립을 집으로 초대했다.

"오바이트가 나올 정도로 많이 먹게 될 거야."

헬리가 말했다.

"좋은데."

내가 대답했다.

나는 지니 이모에게 전화로 상황을 이야기했고, 이모는 헬리의 집에 가도 괜찮다고 했다. 어찌 됐든 지니 이모는 늦게까지 일을 하기 때문이다. 지니 이모에게는 레오 아저씨가 아침에 늦잠을 잤다는 말을 하지 않았다. 지니 이모도 그 얘기를 하지 않는 걸 보니, 레오 아저씨도 말을 꺼낸 것 같지 않았다. 나는 지니 이모가 오늘 플립이 치른 시험을 잊고 있는 줄 알았다. 내가 인사를 하며 전화를 끊으려 하자, 지니 이모가 물었다.

"잠깐만, 오늘 플립 시험은 어떻게 됐니?"

"통과했어요."

"너무 잘됐구나, 벤. 걱정했거든."

"왜요?"

"글쎄. 그건 너도 알잖니."

나는 정말로 지니 이모가 왜 걱정을 했는지 알 수 없었다.

"테스 언니는 위에서 분명히 너를 아주 자랑스러워하고 있을 거야. 그렇지?"

"네, 네."

"아주 자랑스러워하겠지. 그래, 이제 가서 재미있게 놀렴. 예의 바른 태도로 감사한 마음 잊지 말고."

"그럴게요."

"좋아. 이따가 보자."

헬리네 가족이 사는 아파트는 근사하고 책이 아주 많았다. 헬리가 어린이집을 다닐 때부터 지금까지 그린 그림들도 보였다. 나는 태양계 행성 중 하나인 수성이 그려진 그림이 가장 좋았다. 로렌츠 아저씨가 그 그림 앞에 섰다. 마치 별들을 지휘하듯이 팔을 위로 들어 올려서 봉을 흔들었다.

헬리의 방바닥은 소설책으로 발 디딜 틈이 없었다. 샬럿 브론테 작가의 《제인 에어》는 한 권으로는 성에 차지 않았는지 지금까지

출간된 작품이 모두 있었다.

플립이 핼리의 침대에 올라갔고 핼리도 침대로 뛰어들었다. 그동안 나는 핼리 방에 있는 책들을 구경했다.

"네가 말한《아이언맨》도 읽었어. 나처럼 비범한 지능을 갖춘 지적인 소녀가 어떻게 그런 유치한 만화책 주인공에게 홀딱 반할 수 있을까? 너는 정말로 내 독서 생활에 엄청난 영향을 주고 있어."

"별말씀을. 우리 소설 내용이나 계속 생각하자. 그나저나 소설책 제목은 뭐로 할 거야?"

"내가 정말 열심히 생각해 봤는데, 놀라지 말고 들어. 나는 책 제목을《마법 상자》로 하고 싶어."

"흠."

"벤, 우리는 너의 인생에서 가장 안 좋은 기억을 꺼내서 네가 바라는 보물로 만들 거야."

"어떻게?"

"들어 봐. 브루스와 헬렌은 시간이 만들어 낸 틈 사이로 빠져 들어갔어. 이제 둘은 아주 예전의 루나 파크로 가게 된 거야. 1905년으로."

"밤에 만난 꿈의 나라."

"그렇지. 머큐리오스는 브루스와 헬렌에게 다시 돌아갈 방법이 하나 있다고 했어. 돌아간다면 반드시 헬렌이 안전선 없이 그네를 타려고 결정하기 이전으로 돌아가야 해. 그리고 그네를 타는 대신에 헬렌과 브루스가 맥도날드로 가서 오레오 맥플러리를 배부르게 먹으며 좋아하는 책 이야기를 하는 거야."

"그 시간을 다시 살아 보는 거야?" 내가 물었다.

"바로 그거야."

"그럼 어떻게 1905년에서 헬렌이 그네를 타기 전으로 돌아갈 수 있어?"

"알고 보니 1905년의 눈부신 금빛 탑이 우주선이었던 거야."

"그거 마음에 든다." 나는 맞장구쳤다.

"그럴 줄 알았어!"

"브루스와 헬렌은 우주선을 타고 별빛 속에 사는 백작 부인에게로 가려고 해." 이번엔 내가 말했다.

"그래서?" 핼리가 물었다.

"잘 들어 봐. 백작 부인은 헬렌과 브루스가 정확한 시간에 정확한 장소로 도착하는 방법을 아는 유일한 사람이야. 헬렌과 브루스는 그곳에 도착하면 공중그네를 타지 않고 맥플러리를 먹을 수 있어. 문제는 지금 백작 부인이 언어 치료를 하며 지내는 행성이 너무 멀리 떨어져 있다는 거야."

"어느 행성이야?"

"태양계 안에는 없어. 다른 별 무리 안에 숨겨진 행성이야. 비밀에 싸인 행성의 위치는 도서관에서 찾을 수 있어. 그래서 헬렌과 브루스는 먼저 우주여행 도서관 분점으로 가야 해. 우주여행 도서관은 새롭게 발견된 해왕성의 달 리브리스*에서 중요한 장소야."

"나도 해왕성 좋아해. 해왕성은 멋진 파란색 빛을 지녔어."

"내가 해왕성을 선택한 이유가 바로 그거야. 헬렌과 브루스는 도서관에서 도와줄 사람을 찾아야 하는데……." 내가 말을 멈추었다.

"페니로 하자. 별 무리 지도를 가진 도서관 사서의 이름."

"너희 엄마 이름이 페니야? 너희 집 여자들은 모두 정말 예쁜 이름을 가졌구나."

"나도 알아."

"도서관 사서 페니. 좋네."

"정확히는 미디어 전문가야."

"정확히는 라트카**에서 탄 맛을 맛보지 않으려면 사과 소스가 필요하겠구나."

우주 미디어 전문가 페니 로렌츠 아주머니가 부엌에서 우리를 불렀다. 핼리와 나는 밖에서 사과 소스를 사서 파티 중인 집으로 서둘러 돌아왔다.

* Libris(Library information system). 도서관 정보 시스템.

** 감자로 만든 팬케이크. 유대인들의 전통 음식.

26

헬리의 랩

라트카는 와플만 한 크기였다. 다들 몰래 라트카 조각을 떼서 플럽에게 먹여 주었지만, 자리에 있던 모두가 서로의 행동을 알고 있었기에 몰래 했다고 볼 수는 없었다. 우리는 후식을 먹은 뒤에 치즈잇 크래커와 엠앤엠즈 초콜릿을 걸고 스크래블*을 하며 놀았다. 로렌츠 아저씨가 휘파람으로 노래를 부르기 시작했다. 뮤지컬 〈맨 오브 라만차〉**에 나오는 노래라고 헬리가 알려 주었다. 로렌츠 아주머니는 가사를 읊조리기 시작했다. 내가 뭘 하고 있는지 미처 깨닫기도 전에, 우리 모두 뮤지컬 속 어느 노인에 대한 노래를 부르고 있었다. 노인은 포기를 모르고, 어떠한

* 철자가 적힌 플라스틱 조각들로 글자를 만드는 보드 게임.
** 세르반테스의 소설 《돈키호테》를 원작으로 만든 작품.

나쁜 일을 겪어도 계속해서 앞으로 나아가는 사람이었다. 그 순간 핼리가 말했다.

"갑자기 악상이 떠오르네. 핼리 로렌츠가 처음으로 만든 노래예요. 여러분만 괜찮다면 불러 볼게요."

"그럼 어디 불러 보렴." 로렌츠 아저씨가 반겼다.

"반주자님, 베이스 비트 주세요." 핼리가 요청했다.

로렌츠 아저씨는 베이스 비트를 깔고 거기에 심취해서 진지하게 고개를 흔들었다.

"좋아요, 솔직히 너무 귀여울 정도로 서툴지만. 그 정도면 충분할 거예요."

핼리는 말을 끝내고 랩을 시작했다.

내 친한 친구를 소개하지. 친구의 이름은 벤.

벤은 글을 잘 써, 본인은 몰라.

시인은 재능 있다는 사실을 모르지.

이 친구에게는 사연이 있어, 바닥에 고꾸라질 정도로 놀랄 이야기.

벤은 강아지를 구했어, 쓰러져 가던 친구였지.

벤은 날마다 나도 구해 줘, 바로 이 핼리 로렌츠를.

너와 대단한 강아지 플립이 나를 어떻게 치유할까?

너희는 내가 잘하고 있다고 느끼게 해, 이게 내 대답의 전부.

나쁜 일이 한번에 몰려와도 너는 주저앉지 않아.

넌 우울해하지 않고, 희망을 놓지 않고, 주변 사람들을 존중해.

넌 날씨가 좋건 비가 오건 쿠폰을 빠르게 배달해.

넌 정말 힘든 순간에도 계속 살아가.

나팔절은 새해에 새로운 기적을 뜻해, 너도 곧 보게 될 거야.

우리 엄마 아빠와 플립, 그리고 너와 나.

헬리가 톡 쏘는 사이다 잔을 들어 올리며 말했다.

"모두 새해 복 많이 받으세요! 우리가 이 순간을 함께 맞이해서 정말 기뻐요."

로렌츠 아주머니가 내 등을 쓰다듬으며 나지막이 말했다.

"그래, 우리 모두 함께야. 여기에 함께 있어."

로렌츠 아주머니는 손가락 끝을 내 가슴에 가져다 대더니 엄마가 해 주던 것처럼 내 머리를 마구 쓰다듬었다. 그러고는 내 이마에 입을 맞추고 오랫동안 나를 안아 주었다.

로렌츠 아저씨가 창문을 가리켰다. 로렌츠 아저씨의 손가락에서 진동하던 금색 빛줄기가 유리창을 통과하며 나갔고, 조용히 터진 불꽃은 브라이턴 해변*과 멀리 떨어진 루나 파크 하늘을 비추었다. 밤에 만난 꿈의 나라였다. 그건 그저 비디오 프로젝터가 만

* Brighton Beach. 브루클린 코니아일랜드에 위치한 해변.

들어 낸 광경이었지만, 진짜라고 믿고 싶을 정도로 눈부시게 아름다웠다. 놀이기구들이 회전하자 불빛도 빙글빙글 돌아갔다.

27

엄마의 유골

헬리네 가족은 로렌츠 아저씨의 반짝이는 보라색 자동차에 나를 태워서 집까지 데려다주었다. 집으로 가는 길 내내 우리는 뮤지컬 〈맨 오브 라만차〉의 노래를 부르고, 팝송을 부르다가 어쩌다 보니 9월에 크리스마스 캐럴까지 불렀다. 마지막으로 헬리가 만든 노래를 함께 불렀다. 플립도 따라 부르려고 했다.

"울부짖는 소리 같으면서도 영화 〈그렘린〉에 나오는 기즈모가 부르는 노래 같아." 헬리가 말했다.

우리가 플립을 보며 웃을수록, 플립은 계속해서 노래를 불렀다.

로렌츠 아저씨의 자동차가 집 앞에 멈춰 섰다. 나는 이 자동차에서 내리는 것이 지금까지 가장 슬펐던 순간 중에 세 번째가 아닌 척을 했다. 집 안의 조명은 꺼져 있고, 헬리네 가족은 내가 집으로 들어갈 때까지 지켜보았다. 집의 조명을 켜자, 플립이 우는 소리를 냈다. 레오 아저씨는 소파에서 TV나 아이패드를 보지 않고, 음악도 듣지 않고 그저 앉아 있었다. 레오 아저씨에게 인사를 하자, 고개를 저었다. 아저씨 눈의 초점이 흐려 있었다.

"지니 이모가 화가 많이 났어."

"왜요? 제가 뭘 잘못했나요?"

"나 때문이야. 왜 나를 깨우지 않았니?"

"깨웠어요. 정말이에요."

"그러면 열심히 깨우지 않았구나."

레오 아저씨는 작은 목소리로 웃기고 느리게 말했다.

"내가 자명종을 잠깐 끈 줄 알았는데 멀리 치워 버린 거였어."

"어쨌거나 플립의 시험은 잘 해결됐어요."

"너는 잘 해결됐겠지. 나는 지금 나쁜 사람이 된 것 같아. 지니 이모에게 말이야. 호랑이도 제 말 하면 온다더니."

지니 이모가 눈이 빨갛게 충혈된 채로 들어왔다.

"왔니?" 지니 이모가 눈길을 주었다.

지니 이모는 아담한 나무 상자를 품에 안고 있었다. 나무 상자는 케일라에게 천식 발작을 일으킨 마법 상자보다 조금 더 컸다.

"상자에 뭐가 들어 있어?"

레오 아저씨가 묻자, 지니 이모는 멍하니 있다가 아저씨를 쳐다보았다.

"어떻게 이래, 레오? 술 냄새가 여기까지 나잖아. 이번엔 넘어가지 않을 거야."

"한 번만 봐줘, 진정하고. 그냥 맥주 한 잔 했을 뿐이야."

"한 잔이 아니잖아."

"지니, 어린애 앞에서 부끄럽게 이래야겠어?"

"당신 자신에게 부끄러워야지."

"남자가 5년에 한 번 집에서 맥주도 조금 못 마셔?"

자리에서 일어난 레오 아저씨는 방으로 들어가 문을 닫았다. 방의 TV 소리가 너무 커서 문밖으로 새어 나올 정도였다. 두 레슬링 선수가 서로 링 위에 오르고 나면 상대방을 어떻게 짓누를지 외치는 소리가 들렸다. 지니 이모는 소파에 앉아서 울지 않으려고 애썼다.

"너에게 이런 모습을 보여서 미안하구나."

"괜찮아요."

"그렇지 않아. 그렇지 않단다."

나는 지니 이모 옆에 앉았다. 플럽이 내 발 근처에서 떨고 있었다. 나는 플럽을 안아 올리고 싶었지만, 지니 이모는 소파에 강아지를 앉히지 않는 걸 원칙으로 삼았다. 이모는 커피 탁자에 상자를 내려놓았다.

"테스 언니야."

"오, 이건 마치……."

"마치 뭐?"

"저도 잘 모르겠어요."

"나도 그래. 정말 모르겠어."

지니 이모는 천천히 숨을 들이마시더니 거칠고 빠르게 내뱉었다. 그리고 울기 시작했다. 내가 지니 이모의 어깨에 손을 올리자, 고맙다고 했다. 지니 이모는 잠시 내 손을 잡고 있다가 더 꽉 잡았다. 내 무릎을 토닥여 주던 이모는 곧 손을 거두었다.

"늦었구나. 내일 학교에서 졸면 안 되잖니."

나팔절 때문에 내일도 학교는 쉬지만, 이모에게 이렇게 말했다.

"절대로 그러면 안 되죠. 안녕히 주무세요."

나는 엄마의 유골을 두고 쉽사리 발길이 떨어지지 않았다. 그래서 내 방으로 일부러 천천히 걸어갔다. 플립이 내 발에 너무 가까이 붙어 있어서 그만 발을 헛디디고 말았다.

"벤?" 지니 이모가 불렀다.

"오늘 잘 지나가서 다행이구나. 플립의 시험 말이야."

"감사해요."

나는 방문을 닫고 눈을 감았다. 그리고 숫자를 셌다. 지니 이모와 레오 아저씨가 처음 말다툼을 시작했을 때 속으로 10까지 세었던 것 같지만, 6부터 다시 세기 시작했다. 지니 이모와 레오 아저씨가 말하는 내용을 정확히 알아듣기 힘들었으나 TV 속 레슬링 선수들 목소리보다 컸다.

4년이 채 남지 않았다. 그렇게 긴 시간을 버텨 내야만 나 혼자 힘으로 살 수 있다. 나는 학교에 1년 일찍 입학했기 때문에 내가 정말 열심히 아르바이트를 한다면 플립의 몫까지 챙기면서 열여섯 살에 학교를 졸업할 수 있다. 플립과 나는 이 지긋지긋한 도시에서 벗어나 핼리와 같은 대학교에 진학할 것이다. 우리는 같은 영어 수업을 듣고 서로의 글쓰기 짝꿍으로 지낼 거다. 안타깝게도 대학교 기숙사 방에는 강아지를 데리고 들어갈 수 없겠지만.

28

돌멩이와 책

다음 날은 마치 지난밤에 아무 일도 없던 듯이 흘러갔다. 나는 레오 아저씨와 함께 홈디포*로 가서 돌멩이들을 샀다. 그리고 집으로 와서 작은 뜰 안에 돌멩이를 여기저기 깔았다.

"여기는 돌멩이 정원이란다."

레오 아저씨가 이어 말했다.

"너도 알아차린 것 같구나. 너는 훌륭한 일꾼이야. 새벽에는 쿠폰 배달 아르바이트를 하고, 지금은 이렇게 나를 도와주고."

"아저씨도 훌륭한 일꾼이세요."

"나는 이런 일을 오래 했으니까. 죽도록 일만 하겠지. 그렇지만 넌 늘 하던 대로 공부하잖니. 내 생각에 너는 해낼 거 같구나."

* 주택 개량 소매 업체. 인테리어 자재를 판매한다.

"뭘 해내요?"

"챔피언, 너 골프 좋아하니?"

"아주 조금이요."

"어린애가 골프를 좋아하는 건 잘못이 아니지 아직은. 하하하. 너도 알다시피 나는 너에게 진짜 골프를 알려 줄 수 있어. 언젠가 골프 연습장에 같이 갈 수도 있고."

레오 아저씨가 방귀를 뀌더니 무슨 까닭인지 입을 가렸다.

"미안하구나. 곧 돌아오마."

레오 아저씨는 집으로 들어갔고, 지니 이모가 레몬주스를 들고 나타났다.

"맥주 때문에 배가 아픈 거야. 뿌린 대로 거둔 거지."

지니 이모는 뭔가를 말해 주길 바라는 얼굴로 나를 쳐다보았다. 나는 어깨를 으쓱했다. 지니 이모가 현관 계단에 앉더니 옆자리를 두드리며 나에게 앉아 보라고 했다.

"인터넷에서 작은 천사 조각상을 주문했어. 대리석처럼 보이지만, 사실은 꽤 튼튼한 폴리우레탄으로 만들어진 거야. 볼링공과 같은 원료란다. 내일쯤 집에 도착할 거야."

"그렇군요. 기대되네요."

"있잖아, 나는 그 천사 조각상 아래에 언니를 묻고 싶어. 테스 언니 말이야. 언니가 여기로 오게 하려고. 그리고 이건 너에게 먼저 물어봐야 할 것 같아서."

"뭘요?"

"네가 괜찮을지 궁금하구나. 엄마의 유골을 묻는 거 말이다."

"그건 정말로 생각해 보지 않았어요. 유골을 어딘가 묻긴 해야겠죠. 이모는 그래도 괜찮으세요? 제 말은 엄마를 묘지에 묻어야 한다는 법 같은 건 없나요?"

"없는 것 같구나. 나는 그저 이 계획이 테스 언니가 우리랑 더 가까워지는 것 같아서."

"그렇군요."

"너는 그렇게 생각하지 않니?"

"아니요, 저도 그렇게 생각해요. 좋은 계획이에요."

"그러면 괜찮은 거지?"

"네."

"잘됐구나."

지니 이모는 내 등을 쓰다듬었다. 나는 지니 이모가 다른 사람에게 기대지 않기 위해 열심히 일한다는 것을 알고 있었다.

"내가 저기 상자 안의 책들을 고르는 작업을 도와줄 수 있어."

"제가 오늘까지 끝낼게요."

"벤, 강아지가 바위틈에 오줌을 누려고 하는 것 같구나. 거긴 안 돼, 저리로 가."

헬리가 책 분류 작업을 도와주러 집으로 찾아왔다. 지니 이모는 일터에 있고, 레오 아저씨는 병원에서 발을 치료하기 위해 맨해튼으로 갔다. 청키는 나에게 핼리 사진을 보내 달라며 계속 문자를 보냈다.

"네가 주고받는 문자 내용 중에 '궁둥이'라는 단어가 계속 보이는데." 핼리가 말했다.

"너 아직 나에게 소설 제목이《마법 상자》인 이유를 말해 주지 않았어." 나는 화제를 돌렸다.

"그 이유는 이거야. 테스는 브루스와 헬렌을 돕겠지만, 테스도 둘의 도움이 필요해. 테스가 사는 행성 알지? 그곳의 이름은 '엉터리 처방'이고, 사방이 전쟁 중이야. 테스는 행성인들에게 대화하는 방식을 다시 가르쳐서 화해시키려고 해. 방금 내가 우리 이야기에 언어 치료 내용을 넣은 것 들었니?"

핼리는 혼자 뿌듯해했다.

"벤, 여기에는 몇 가지 어려운 마법이 필요해. 친절한 테스는 그 마법을 지구에 있는 그녀의 아주 크고 매력적인 아파트 안에, 1905년 루나 파크의 금빛 탑 꼭대기 층에, 그리고 예쁜 나무 상자 안 이렇게 세 군데에 나눠 넣어 두었어."

"상자 안에는 뭐가 있는데?"

"여태 봐온 보물 중에 가장 최고의 보물이야."

"중력을 거슬러서 하늘을 날게 해 주는 허리띠? 아니면 너를 투명 인간으로 만들어 주는 휴대용 기계?"

"너 정말 남자애답다. 그런 것보다 훨씬 더 대단한 거야."

헬리는 책 여러 권을 집어서 버릴 책들이 쌓인 곳 맨 위에 얹어 두었다.

"헬리! 농담이 아니라, 너 지금 내 《엑스맨: 퍼스트 클래스》 만화책을 치우는 거야?"

"다른 사람이 재미있게 읽게 해 주자. 이봐 친구, 긴장되니?"

"뭐 때문에?"

"월요일 말이야."

헬리가 한쪽 입꼬리만 올리며 미소를 짓자, 어두운 지하실이 밝아지는 것 같았다. 월요일은 아이들과 〈루퍼스에게 책 읽어 주기〉 프로그램을 처음으로 같이하는 날이었다.

"플립, 플립, 플립, 플립, 플립!"

헬리는 플립을 안고 빙글빙글 돌았다.

"챔피언, 거기 있니?"

레오 아저씨가 지하실로 절뚝거리며 들어왔다.

"안녕하세요, 저는 헬리예요."

"반갑구나. 어쩐지 목소리가 벤보다 좀 더 크더라니."

레오 아저씨는 헬리가 쓴 분홍색 가발을 꽤 오랫동안 쳐다보았다.

"그럼, 저는 이만 가 봐야겠어요. 집에서 아빠가 하는 공연을 도와드려야 하거든요."

"어떤 공연?" 레오 아저씨가 물었다.

"생일 파티를 위한 마법 공연이에요."

"아, 그렇구나."

"만나서 정말 반가웠어요."

헬리의 손은 레오 아저씨의 손에 비하면 아주 작았지만, 무리 없이 아저씨와 악수했다.

플립과 나는 지하철역까지 헬리를 배웅했다. 집으로 돌아오자, 레오 아저씨가 말을 걸었다.

"테스 누님은 네가 저렇게 가벼운 애랑 다니는 걸 가만히 보고 있었니?"

"엄마는 헬리를 아주 좋아했을 거예요. 그리고 어떤 애라고요?"

"당분간 그 분홍색 염색은 잊고 지내라. 내가 젊었을 때는 여자 애들이 남자애처럼 보이려고 머리를 자르지 않았어. 아까 그 애는 네 관심을 끌려고 그러는 거야. 내 말 무슨 뜻인지 알지?"

"아니요, 모르겠는데요."

"그 애는 일부러 사람들을 놀라게 하는 거야. 관심을 끌려는 거라고 내가 방금 말하지 않았니? 머리가 어지럽구나. 이게 다 너를 위해서 하는 말이야, 챔피언. 네 주변에 있는 사람들이 네가 어떤 사람인지 나타내는 거란다."

"레오 아저씨?"

"응?"

레오 아저씨가 입고 있는 우스꽝스러운 셔츠를 보자 화가 나고 머릿속이 복잡해졌다. 셔츠에는 "세 가지![나는 언제나 조금 부족한 사람이다]"라고 적혀 있었다. '바보'와 같은 말들이 배에서 목구멍까지 올라왔다. 이번에는 마음속에서만 맴돌지 않는 것 같았다. 만일 내가 여기 말고 지낼 곳이 단 한 곳이라도 있었다면, 레오 아저씨에게 마음속에 떠오르는 말들을 모조리 내뱉었을 것이다.

"발 상태는 어떤가요?"

내가 물었다.

29

루퍼스에게 책 읽어 주기

나는 헤드폰을 되찾아서 무척 기뻤다. 데이먼 때문에 많이 낡아졌지만 상관없었다. 지니 이모와 레오 아저씨에게는 헤드폰을 보이지 말아야 했다. 두 사람의 말다툼은 아직 끝나지 않았으니까. 지니 이모와 레오 아저씨는 주말 내내 멕시코와 메인* 중에 크리스마스 휴가지를 정하는 문제로 다투었다. 나와 플립이 이 집에 오기 전에도 두 사람이 이렇게 다투었는지 궁금해졌다. 내가 할 수 있는 거라고는 방에서 공부하며 스스로에게 되뇌는 것뿐이었다. 그동안 고난을 겪으며 플립은 언제나 최고가 되어 주었으며, 이제 이 집에서 나갈 순간이 한 단계 가까워졌다고.

"4년이야 플립. 4년도 남지 않았다고. 3년하고 아홉 달, 20일만

* 미국 동북부에 위치한 주 이름.

지나면 열여섯 살이 돼. 그 정도 시간은 견딜 수 있지?"

플립은 고개를 돌려서 내 입술을 핥았다. 플립은 내가 책 읽어 주는 걸 무척 좋아했고, 공부할 때 가장 힘이 되는 존재였다.

월요일 아침에 청키네 집에 플립을 맡겼다. 내가 떠나려고 하자, 플립의 표정이 조금 슬퍼 보였다.

"기운 내, 플립. 나 다시 돌아오는 거 알잖아. 약속해."

플립은 내 말을 듣더니 다시 꼬리를 흔들기 시작했다.

학교 수업이 끝난 뒤에 플립을 데려오기 위해 청키와 함께 서둘러 청키네 집으로 갔다.

"론다가 그러는데 데이먼이 그때 서명한 계약서의 마지막 조항을 지키지 않고 있대." 청키가 말했다.

"상담 선생님을 만나지 않는다는 거야?" 내가 물었다.

"데이먼이 어디에 있는지는 아무도 몰라. 난 걔를 떠올릴 때마다 입이 아프다니까."

"그러면 데이먼 생각을 하지 마." 엄마라면 분명 이렇게 말했을 것이다.

"나는 정말로 데이먼이 학교를 그만두면 좋겠어. 벤, 진심으로 그 〈루퍼스에게 책 읽어 주기〉는 얼마나 지루해? 체스 클럽보다 더 재미없어?"

"핼리가 있을 거야."

"그러면 나도 갈래."

우리는 도서관으로 뛰어가서 곧장 2층으로 올라갔다. 다들 우리를 기다리고 있었다. 〈루퍼스에게 책 읽어 주기〉 사무실 여직원과 로렌츠 아주머니, 아이들 세 명, 학부모들, 그리고 선생님 한 분과 핼리였다.

"와우!"

청키가 나에게 속삭였다.

"궁둥이가 볼만한데. 가슴 있는 쪽도 나쁘지 않아. 당연히 더 커지겠지만 지금도 괜찮아."

"얼굴에 대해서는 할 말이 없니?"

"응? 아, 얼굴도 예쁘네."

청키는 핼리의 가발만 쳐다보았다. 눈에 띄는 알록달록한 색으로 염색한 가발이었다.

"그래. 네 말이 맞아. 핼리는 무지개만큼이나 정말 예쁜 아이구나."

플립이 핼리의 품으로 뛰어들었다.

"벤, 이 아이는 브라이언이야." 핼리가 소개했다.

"저는 일곱 살이에요."

브라이언은 일곱 살처럼 보이지 않는다고 하면 마치 싸우기라도 할 기세였지만, 내 눈을 똑바로 바라보지 못했다. 일곱 살치고 몸집이 작은 브라이언은《소년이 되고 싶은 개》라는 제목의 책을 손에 들고 있었다.

"저는 플립이《헝겊 토끼의 눈물》보다 이 책을 더 좋아할 거라 생각해서 골랐어요. 헝겊 토끼는 플립이 입맛을 다실 거 같아서요."

브라이언이 고개를 갸웃하는 플립을 바라보며 고개를 끄덕였다.

"그렇지만 이 책은 제 것이 아니라 도서관에 있던 거예요. 어른들이 저보고 가져가서 읽으라고 했어요."

브라이언은 책에서 강아지똥 냄새라도 나는 듯이 책을 든 손을 될 수 있는 한 멀리 뻗었다.

"플립을 잠깐 안고 있어 주면, 내가 그 책을 들고 있을게."

내가 말했다.

핼리가 브라이언 품에 플립을 안겨 주었다. 플립은 살며시 미소를 지으며 브라이언의 입술을 핥았다.

"강아지 입 냄새가 괜찮네요. 썩은 우유처럼 독하지 않아요."

브라이언이 말했다.

우리는 긴 의자에 앉았다.

"《소년이 되고 싶은 개》가 플립이 가장 좋아하는 책 중 하나라고 누가 말해 준 거야?"

내가 브라이언에게 물었다.

"정말 플립이 좋아하는 책이에요?"

“플립이 뭘 또 좋아하는지 아니, 브라이언? 플립의 이름을 불러 줄 때야. 네가 플립에게 책을 조금 읽어 주다가 ‘그렇지, 플립?’ 하고 말해 봐. 책에서 가장 좋아하는 부분을 읽어 주면 돼.”

브라이언은 내 눈을 똑바로 바라보았지만 아주 잠깐이었다.

“문제는 제가 좋아하는 부분이 책의 끝에 있다는 거예요. 완벽히 행복한 결말은 아니지만, 행복한 결말로 볼 수도 있어요.”

“플립이 가장 좋아하는 이야기가 바로 그런 거야. 내 말을 못 믿겠으면 플립에게 한번 책을 읽어 줘.”

브라이언이 책을 읽기 시작하자, 플립은 브라이언이 들려주는 이야기에 집중했다.

“‘나는 사, 사……가 되고 싶어.’”

브라이언이 나에게 속삭이며 물었다.

“이 단어가 뭐죠?”

“‘사람’” 내가 발음해 주었다.

“‘나는 사람이 되고 싶어. 그러면 소녀가 내 말을 이해하, 할……’ 도와주세요.”

“‘할 수 있다’ 발음이 조금 어렵지. 그래도 아주 잘하고 있어.”

“‘나는 사람이 되고 싶어. 그러면 소녀가 내 말을 이해할 수 있으니까. 소녀는 나의 가장 친한 친……’”

“정말 잘하고 있어, 브라이언. 천천히 한 글자씩 말해 봐.”

“‘치-인-구, 친구’?”

"대단한데? 플립이 너랑 주먹을 마주치고 싶나 봐. 그렇지, 플립?"

브라이언이 주먹을 들어 올리자, 플립이 브라이언의 손에 앞발을 맞댔다. 브라이언의 목소리가 커졌다.

"'소녀는 나의 가장 친한 친구니까 이걸 꼭 말해 주고 싶어.' 그렇지, 플립?"

플립은 거의 직각으로 고개를 돌렸다.

"플립이 내 말에 귀 기울이는 것 같아요."

브라이언이 놀라워했다.

"'나는 점점 늙어 가고, 그렇게 오래 살지 못할 거야.' 플립."

플립이 브라이언과 다시 주먹을 맞대더니 브라이언의 코를 핥았다. 둘은 내가 옆에 있다는 걸 잊은 듯했다. 브라이언은 계속 책을 읽었고, 플립은 이야기에 완전히 빠져들었다.

"'소녀는 나를 사랑하는 마음을 여러 방법으로 많이 보여 주었어. 나도 소녀를 안아 주고, 뽀뽀해 주며 그 마음에 보답하려고 했지. 그렇지만 내가 받은 만큼은 아니었어. 나는 소녀에게 사랑한다는 말을 단 한 번이라도 해 주고 싶었어. 소녀가 내 마음을 알 수 있도록 말이야.'"

플립은 브라이언의 무릎에서 지렁이처럼 움직이더니 배를 간지럽혀 달라며 몸을 뒤집었다.

그 모습을 보며 사람들이 모두 박수를 쳤고, 브라이언은 당황

한 나머지 고갤 숙여 플립의 목에 얼굴을 파묻었다. 나는 주변을 둘러보았다. 청키가 나를 보며 고개를 끄덕이고, 핼리는 윙크를 했다. 로렌츠 아저씨도 보였다. 로렌츠 아주머니의 손을 잡고 있다가 나에게 엄지손가락을 치켜세웠다. 로렌츠 아저씨의 엄지손가락 끝에서 무지갯빛 불꽃이 피어올랐다.

브라이언이 책을 덮자, 플립이 브라이언의 무릎에 누웠다.

"개는 결코 사람이 되지 못하고, 하고 싶은 말을 전하지 못하겠죠."

"그런데 네가 행복한 결말로 볼 수도 있다면서." 내가 말했다.

"맞아요. 어쨌든 소녀가 알기 때문에 행복한 결말이죠. 소녀는 키우는 개가 자신을 어떻게 생각하는지 알고 있으니까요."

30

마법 상자의 다음 이야기

헬리와 나, 청키는 도서관 밖으로 나와 치즈를 조금 샀다. 헬리가 청키에게 이제 집으로 돌아가라고 했다.

"왜?" 청키가 물었다.

"네 눈을 쉬게 해 줘야 할 거 같아. 내 가슴이 있는 곳을 두 시간 내내 쳐다봤으니까."

"두 시간 내내는 아니었어."

"집으로 가. 벤과 나는 할 일이 남았거든."

"무슨 일?"

"우리는《마법 상자》이야기를 써야 해."

"왜 마법이야? 상자에 뭐가 들어 있는데? 어서, 말해 봐."

청키가 다그쳤다.

헬리가 팔꿈치로 나를 밀었다.

"어쨌든 한 권은 팔리겠네."

우리는 루나 파크 근처에 있는 벤치에 앉았다.

"지난번에 말했던 시간 여행 중인 영혼의 단짝 이야기를 마저 하자면, 브루스와 헬렌은 머큐리오스와 함께 1905년의 어느 순간에 갇혔어. 금빛 탑 맨 꼭대기에 올라가 있는 상황이고."

핼리가 먼저 말했다.

"금빛 탑은 우주선으로 밝혀졌지. 금빛 탑은 하늘로 솟으면 비행선처럼 몸통을 옆으로 눕힌 채로 날아갈 거야." 이어서 내가 말했다.

"좋아. 다 잘되고 있는데, 한 가지 문제가 생겼어. 엉터리 처방 행성에 사는 행성인들과 테스에게는 마법 상자가 하루빨리 필요해. 금빛 비행선을 어떻게 하면 빛보다 빠른 속도로 날아가게 할 수 있을까?"

"간단해. 어두운 중성자가 섞인 양자 벡터 슬링샷이 있으면 돼. 뢴트게늄이 들어간 로켓도 장착하고. 그러면 빛보다 111배 빠른 속도로 날아갈 수 있을 거야."

"솔깃한데? 계속 말해 봐."

"할 일이 많아진 머큐리오스는 헬렌과 브루스가 타게 될 금빛 비행선에 연료를 채워 넣었어. 그리고 이렇게 말했어. '나도 너희와 같이 가고 싶지만, 코니아일랜드에 있는 사람들을 두고 갈 수가 없구나. 이번 달에 성인식을 치르는 아이가 너무 많거든. 테스가 나에게 텔레파시를 보내고 있단다. 큰개자리에서 가장 밝은 시리우스 별 궤도 어딘가에 엉터리 처방 행성이 있으니 그쪽으로 오면 된다고.'"

"늑대별*이구나!"

핼리가 플립을 안아 들며 외쳤다. 그러고는 이어서 말했다.

"헬렌과 브루스가 그곳으로 가려면 아주 뛰어난 조종사가 필요해. 헬렌과 브루스를 시리우스 별로 데려갈 최고의 적임자는 훌륭한 치료견 아니겠어? 플립, 부드러운 표정을 지어 봐."

플립이 핼리에게 부드러운 미소를 한 번 짓고는 핼리의 입술을 마구 핥았다.

"머큐리오스가 브루스에게 마법 상자를 건네며 이렇게 말했어. '여행자들, 이걸 받으렴.'"

"'여행자들'이라. 좋네." 나는 되뇌었다.

"'너희가 상자에 들어 있는 것을 무척 궁금해한다는 걸 알아. 그렇지만 마법 상자를 열지 않겠다고 약속해 다오'라고 머큐리오스가 말했어."

"왜? 헬렌과 브루스가 알면 안 되는 거야?" 내가 물었다.

"지금은 안 돼. 이 보물은 너무 특별해서 테스가 보물을 다루는 방법을 알려 주기 전까지는 브루스와 헬렌이 그 가치를 모를 거

* 시리우스 별을 일컫는다.

야. 상자를 살짝 열어 보는 것도 절대로 안 돼. 머큐리오스는 상자를 불꽃으로 만든 열쇠로 잠가 놨어. 그 불꽃은 마치 사람들이 누군가의 훌륭한 행동을 보았을 때 눈에서 뿜어내는 빛과 같았어. 복사한 열쇠는 단 하나만 있고."

"그걸 테스가 가지고 있구나. 이런."

이야기에 푹 빠진 핼리의 모습을 지켜보는 건 정말 재미있었다. 핼리는 몸을 이리저리 움직이고 깡충깡충 뛰면서 모든 이야기를 휴대폰에 대고 말했다. 솔직히 말하자면 소설 내용보다 핼리의 모습이 더 흥미로웠다. 소설 내용은 어딘가 조금 시시했다. 마법 상자를 지구에서 다른 행성으로 옮긴다고? 내가 읽은 만화책에서 한번씩 봤던 설정 같았다. 하지만 그런 생각이 떠오를지라도 핼리의 활짝 웃는 모습을 보게 된다면 아주 신선한 설정처럼 느껴질 것이다.

"벤, 여행을 떠날 준비가 됐니? 난 분명히 경고했어. 계속 오르막길만 펼쳐질 거라고."

"내리막길에도 너와 함께할 건데? 플럽, 경로를 정해 봐. 달 리브리스와 미디어 전문가인 페니의 별 무리 지도 방이 있는 도서관을 향해서."

"페니 이야기가 나왔으니 하는 말인데, 내 휴대폰 진동이 울리고 있어. 맞아, 엄마야. 빨리 집에 와서 같이 요가 하자고 문자를 보내고 있어. 요가가 몸서리치게 싫지는 않아. 약 대신에 얻는 소소한 재미들이 많거든. 예를 들자면, 요가가 끝나면 엄마는 나를 도넛 가게로 데리고 가 줘."

"너 단 음식을 정말 좋아하는구나."

"단 음식을 좋아하는 사람이 마음도 다정해."

헬리는 나를 안아 준 뒤에 살며시 밀었다. 그리고 웃으며 집으로 걸음을 옮겼다.

31

첫 번째 가출

두 블록쯤 지나왔을 때, 플립이 몸을 떨기 시작했다. 집 두 채 정도 떨어진 거리에서부터 지니 이모와 레오 아저씨의 목소리가 들렸다. 나는 집으로 들어가지 않고 현관 입구에 걸터 앉았다. 플립이 내 옷에 있는 주머니 안으로 파고들었다.

"그 가엾은 아이도 여기가 좋아서 사는 거겠어? 누구도 이렇게 되길 바라지 않았어. 그리고 벤은 우리 언니의 자식이야."

지니 이모가 말했다.

"바로 그거야. 테스 누님의 자식이지 당신 자식이 아니라고."

레오 아저씨가 받아쳤다.

"그렇지만 벤이잖아. 나는 벤을 돌볼 책임이 있어. 언니랑 그러기로 약속했단 말이야."

"벤은 나를 별 볼 일 없는 사람으로 여기고 무시해. 그래서 내가 다시 술이 마시고 싶어진 거야."

"그렇지 않아, 레오. 그런 식으로 떠넘기면 안 되지."

"내가 뭘?"

"당신 자제력이 부족한 걸 벤을 탓하고 있잖아."

"자제력이 부족한 게 아니라 어쩔 수 없는 거야. 이건 병이라고."

"그게 뭐든 벤의 잘못은 아니야."

"그 강아지도 그래. 너무 정신이 없어. 나는 단순하게 살고 싶단 말이야."

"모두가 그러고 싶어 해, 레오. 하지만 사는 게 그리 단순하지 않잖아. 알겠어? 언제 철들래?"

"우리 사이가 이랬던 적은 없어, 자기야. 우리는 다투지 않았다고."

"물론 그랬지."

"이건 아니야. 이건 아니라고!"

나는 지니 이모에게 문자를 보냈다.

나: 친구랑 내일까지 끝내야 하는 중요한 과학 프로젝트가 있어요. 오늘 밤에 프로젝트를 마무리하고 친구네 집에서 자도 될까요?

잠시 뒤에 지니 이모와 레오 아저씨의 말다툼이 멈추었다. 지니 이모가 레오 아저씨에게 내가 보낸 문자 내용을 읽어 주었다.

"테스 언니는 벤이 내일 학교 가는 날인데도 친구네 집에서 하룻밤 자도록 허락했을까?"

"당연한 거 아니야? 오늘 밤은 편하겠군. 이건 선물이야."

레오 아저씨가 기뻐했다.

모퉁이를 돌았을 때, 플립이 더 이상 몸을 떨지 않았다. 그때, 휴대폰에서 띠링 하는 알람 소리와 함께 지니 이모의 문자가 도착했다.

지니 이모: 물론이지. 프로젝트 마무리 잘하렴.

"집 열쇠를 잃어버렸어요."

내가 말했다.

"이모는 어디 계시고?"

청키 엄마가 나를 집 안으로 들여보내며 물었다. 플립이 쪼르르 고양이 진저에게 달려가서 귀를 핥아 달라며 내밀었다. 청키의 여동생 중 한 명은 숟가락으로 아이스크림을 떠서 플립에게 먹여 주었다.

"멕시코에 계세요. 휴가 중이세요."

"벤, 내가 자식 일곱 명을 키우는 엄마잖니. 네가 하는 말이 거짓말인지 아닌지 알 수 있어. 이제 너까지 여덟 명이 되었구나. 멕시코에서는 언제 돌아오신데?"

"오늘 밤 늦게 돌아온다고 하셨어요. 정말이에요, 아주머니."

청키와 나는 영화 〈스파이더맨〉을 보기 위해 자리에 앉았다. 청키의 여동생 중 한 명이 노트북을 들고 와서 나에게 20년 전쯤에 나온, 냄새 제거제 데오드란트 광고를 보여 주었다. 광고에서는 어떤 아름다운 여자가 나와서 겨드랑이 냄새를 맡더니 부엌에서 춤을 추었다. 곧 장미 꽃잎이 떨어지고 새들이 노래를 부르기 시작했다.

"이 여자가 엄마야."

나에게 광고를 보여 준 청키의 여동생이 말했다.

"우리 엄마 엄청 멋진 여배우 같지 않아? 엄마한테서 끝내주게 좋은 향기가 날 것만 같지?"

"어이 채리스, 이제 그만 가 봐." 청키가 말했다.

"난 채리스가 아니라 샤메인이야."

"그건 별로 안 중요해. 벤, 너 최근에 데이먼 소식 들었어?"

"내가 알아야 해?"

"데이먼이 집에서 쫓겨나서 지금 사촌 집에서 지내고 있대. 그런데 사촌이 마피아 조직의 일원이고 사람을 많이 죽여서 감옥에 간 적이 있대. 지하철역 근처에 있는 완전히 엉망인 집 알지? 그 집이 데이먼 사촌 집이래. 데이먼도 감옥에 갈 날이 일주일도 안 남았어."

"그런 얘기는 다 어디서 들었어?"

"나는 소문을 좋아하잖아. 그리고 앤젤리나는 사람들이 자신을 가엾게 여기는 걸 좋아해. '오, 나에게 이런 일이 생기다니. 나의 어리석은 남자친구가 또 곤란해졌어. 인생이 참 불공평하지 않니?' 같은 거랄까. 야, 나는 네가 데이먼을 안타까워한다는 사실이 믿기지 않아."

"그런 적 없는데."

"아닌 척할 필요 없어."

"잠자는 게 낫겠다."

"아직 영화 절반도 안 봤는데."

"이 영화는 벌써 열 번 넘게 봤어, 청키."

"그래서?"

청키 엄마는 나에게 베나드릴*을 주면서 지하실에 있는 소파로 안내했다. 지하실은 아늑하고 조용했다. 나는 문득 레오 아저씨처럼 나도 겉모습을 가꿀 수 있을지 궁금해졌다. 레오 아저씨는 꽤 괜찮은 외모였다. 나도 레오 아저씨처럼 될 수 있을 테고, 그런 어른이 될 것이다. 그보다 지금은 그저 스트레스 없이 잠을 자기 위해, 숨을 가다듬으며 아름다운 미래를 꿈꾸었다. 꿈속에는 헬리와 나, 플립, 〈루퍼스에게 책 읽어 주기〉 참여자들, 그리고 마법 상

* 미국에서 쓰이는 알레르기 및 벌레 물림 연고.

자가 등장했다. 비록 《마법 상자》는 꾸며 낸 이야기일 뿐이지만, 나는 다시 엄마를 만날 순간에 가까워지고 있었다. 엄마는 별빛 속에 사는 백작 부인이었다. 그 생각에 이르자, 꾸고 있던 꿈이 전부 진짜처럼 느껴졌다.

해가 뜨기 직전이었다. 나는 숨을 헐떡이는 소리에 잠에서 깼다. 개 두 마리가 소파 위에서 나와 함께 있고, 고양이 한 마리도 보였다. 착하고 나이 많은 고양이 진저는 내 머리 위에서 몸을 웅크리고 있었다. 숨을 헐떡이는 소리는 내가 내는 소리였다. 나는 어둠 속에서 손을 더듬거리며 천식 흡입기와 바지를 찾아보았다. 천식 흡입기 안이 텅 비어 있었다.

32

멕시코는 어땠나요?

응급실은 한산했다. 그래서 지니 이모를 만나기 전에 소리만으로도 이모가 온 걸 알아차릴 수 있었다. 복도에서 또각거리는 지니 이모의 굽 높은 구두 소리가 들렸다.

"정말 너무 감사드려요."

지니 이모가 감사 인사를 전하자, 청키 엄마가 손사래 치며 대답했다.

"벤은 천사인걸요. 멕시코 여행은 어떠셨나요?"

지니 이모는 고개를 갸웃거렸고, 나는 이모의 속마음을 읽었다. 이모는 '왜 지난해에 갔던 여행을 지금 물어보는 거지?'라고 생각했을 것이다.

"정말 행복했죠. 멕시코에 가 보셨어요?"

"아니요. 가 본 적 없어요."

청키 엄마는 내 얼굴을 유심히 보더니 이마에 입을 맞추었다.

"그럼 저는 서둘러 가 봐야겠어요. '잠옷 무리'가 청키를 아주 귀찮게 하고 있을 거라서요. '잠옷 무리'는 청키 여동생들이 만든 밴드 이름이에요."

내가 네뷸라이저에서 약을 다 마시는 동안 지니 이모는 서류를 작성했다.

"집에서 푹 쉬렴." 의사 선생님이 말했다.

의사 선생님이 당부한 건 내가 가장 하고 싶지 않은 행동이었다. 나는 약 때문에 기분이 예민해진 상태였고, 30분 뒤에 지니 이모와 차에 탔다.

"플립을 데리러 청키네 집에 잠깐 들러도 될까요?"

"차에 플립이 탈 줄 알고 준비해 뒀지." 지니 이모가 말했다.

자동차 뒷좌석에는 회색 담요가 깔려 있었다.

"벤, 기분은 어떠니?"

"많이 나아졌어요. 약은 언제나 효과가 있죠."

"아니, 내 말은 모든 것에 대해서. 레오 아저씨와 나와 함께 사는 것 말이야."

"좋아요."

지니 이모는 내 얼굴을 보고 도로 쪽으로 차를 돌렸다.

"그 대답은 그냥 둘러댈 때 쓰는 가장 설득력 없는 말이란다. 솔직히 얘기해도 돼. 여기에 우리 둘뿐이잖니. 네 마음은 어때?"

"제가 레오 아저씨와 지니 이모를 힘들게 하는 것 같아요."

지니 이모는 차를 길 한쪽에 세워 두고 잠깐 내 손을 잡았다.

"네가 그렇게 생각하지 않으면 좋겠어."

"그럴게요."

"시간이 필요할 거야."

"저도 알아요."

"너에게 미안하구나."

"아니에요, 그런 말씀 마세요."

"나는 너를 도와줄 거고, 레오 아저씨도 그럴 거야. 우리는 함께 서로에게 맞춰 가는 중이야. 새로운 변화에 익숙해지는 거지. 그렇지? 나는 완전히 곤경에 빠졌어, 벤. 테스 언니는 모든 일에 여유가 있었어. 최악의 상황을 맞닥뜨려도 곧 미소를 지어 보였지. 테스 언니가 너무 보고 싶구나. 내 마음 알지?"

"알아요."

"나는 테스 언니를 존경해서 언니처럼 되고 싶었어. 하지만 그럴 수 없었지. 언니는 늘 내가 닿을 수 없는 존재였고, 나는 내 방식대로 사는 편이 나았어. 인정하기 싫지만 사실이란다. 나는 지금 너를 망치고 있어."

"아니에요. 저 때문에 지니 이모가 힘드시잖아요."

"그렇게 말하지 말아 줘. 제발, 부탁이야. 내가 더 노력할게. 약속하마. 우리 서로에게 힘이 되어 주자. 알겠지? 너와 나, 레오 아저씨 모두 아직 서투른 거야. 그렇지? 전부 괜찮아질 거야. 단지 시간이 필요할 뿐이고 다 잘될 거란다. 난 그렇게 될 거라고 믿어."

"네, 맞아요. 다 잘될 거예요."

"그래."

지니 이모는 흐르는 눈물을 닦고 마음을 추슬렀다.

"이제 강아지를 데리러 가자. 집에 가면 수프를 만들어 줄게. 너에게 꼭 그렇게 해 주고 싶어. 자 그럼, 네 휴대폰을 오디오에 연결해서 네가 가장 좋아하는 노래를 들려주렴."

나는 엄마가 좋아했던 랩 발라드 노래를 틀었다. 엄마는 밴조* 와 트럼펫 반주로 채워진 노래를 따라 부르며 의자에서 일어나서 춤을 추곤 했다. 나도 엄마를 따라 춤을 추었고, 우리는 서로 마주 보고 몸을 흔들었다. 후렴구의 가사는 이러했다.

뭘 걱정하는 거야, 뭘 서두르는 거야

지금 어딜 가고 있는 거니?

잠시 멈추고 춤을 추며 웃어 봐

우리는 솔직해질 자유가 있다는 걸 잊지 마

자유로운 우리. 언제나 우리. 너와 나 우리.

* 목이 길고 몸통이 둥근 현악기.

춤을 추며 크게 웃던 엄마의 모습을 떠올리니 행복해졌다. 나는 지니 이모의 얼굴을 살펴보았다. 이모는 또 울고 있었다.

33

신비로운 맨해튼 서점 나들이

레오 아저씨는 나와 지니 이모가 집에 도착했을 때도 여전히 잠을 자고 있었다.

"불쌍한 레오는 밤새 UPS로 보낼 상자들을 채워 넣었어."

지니 이모가 말했다.

"제 물건들은 미리 싸 놨어요. 제 말은 그러니까 저의 책들이요."

"기특하구나. 우리는 네가 낫는 대로 책이 든 상자들을 바닷가에 있는 스트랜드 중고 책방으로 가져갈 거야."

"제 몸 상태는 아주 좋아요. 정말이에요."

"그렇지 않아. 이제 쉬렴. 수프는 지금 만들 거란다."

나는 플립과 함께 뒤쪽 현관에 가서 앉았다. 가짜 대리석으로 만든 천사 조각상이 벌써 도착해 있었다. 천사의 얼굴은, 조금 놀랄 준비가 필요했는데, 눈물을 흘리는 모습이었다. 나는 헬리에게 전화를 걸었다.

"오늘 학교 가는 날인데 왜 집에 있어?"

핼리가 묻자, 나는 핼리에게 그동안의 일을 이야기했다. 핼리는 나에게 초콜릿이 묻은 프레첼 과자를 사 주고 싶어 했다.

"앉아만 있을 수는 없지. 시내로 나가자."

내가 제의했다.

로렌츠 아저씨의 자동차가 집 앞에 섰다. 지니 이모와 나는 책이 든 상자들을 로렌츠 아저씨의 자동차에 실었다.

"벤, 이렇게 움직여도 정말 괜찮겠니?"

지니 이모가 걱정스레 물었다.

나는 춤을 추고 싶은 기분이었다. 그날 핼리는 분홍색 호피 무늬가 들어간 금색 가발을 쓰고 왔다. 레오 아저씨는 머리가 심하게 헝클어진 채 집 밖으로 나왔다.

로렌츠 아저씨가 손을 내밀었다.

"마이클 로렌츠입니다."

"그래요, 그래요. 저는 레오 페티입니다."

레오 아저씨는 땀이 흥건한 반바지에 손을 닦고 로렌츠 아저씨와 악수했다.

"제가 하려고 했는데. 그러니까 벤을 서점에 데리고 가는 일 말입니다. 죄송하네요. 맥주 한 잔 드릴까요? 사실 맥주는 다 떨어졌고 커피는 많습니다."

"중고 책방이 1시에 문을 닫는 거 같아요."

내가 알려 주었다. 물론 정확히 언제 끝나는지는 나도 몰랐다.

"알았어, 알았어. 고마워요, 마이클. 벤을 도와줘서 고마워요."

레오 아저씨가 감사 인사를 전했다.

"언제 기회 되면 술 한잔 같이하시죠, 레오. 여기 계신 분들 모두 저녁 식사 같이해요."

로렌츠 아저씨가 다음을 기약했다.

"그거 좋죠."

지니 이모가 흔쾌히 대답했다.

로렌츠 아저씨는 책들을 중고 책방으로 옮겨 준 뒤에 자연사박물관으로 떠났다. 다음 주에 성인식을 치를 아이의 부모들을 만나서 이야기를 나누어야 한다고 했다.

중고 책방 직원이 나의 책 상자를 열어 보며 말했다.

"책 관리를 아주 잘했구나. 5시까지 가격을 정해서 알려 주마."

핼리와 나는 맥도날드로 가서 셰이크와 플립이 먹을 햄버거를 샀다. 핼리는 셰이크를 두 모금만 마시고는 남은 걸 전부 나에게 주었다. 나는 엄청난 설탕 폭격에 어지러워졌다.

"자, 그래서 《마법 상자》의 다음 줄거리로 이건 어때? 금빛 비행선의 조종대를 잡은 플립은 사고 한번 없이 달 리브리스를 향해 날아갔어." 내가 이야기를 시작했다.

"전문 조종사 플립이라니. 좋아, 계속해 봐."

헬리는 나에게 주었던 셰이크를 다시 가져가더니 컵에 조금 따라서 플립에게 건넸다. 플립은 컵에 고개를 박고 허겁지겁 셰이크를 마셨다.

"플립은 우주여행 도서관 분점에 있는 옥상에 금빛 비행선을 착륙시켰어. 당연히 페니는 도서관에서 칩스 아호이 한 접시를 놓고 기다리는 중이고."

"너 우리 엄마를 얼마나 좋아해? 엄마는 쿠키의 여왕이야."

"페니는 헬렌과 브루스, 플립을 데리고 별 무리 지도가 있는 방으로 갔어. 그리고 지도 하나를 펼쳤는데, 지도는 도서관 한쪽 끝에서 다른 쪽 끝까지 이어졌어. 플립은 잽싸게 지도로 다가가서 여러 경로를 살피며 코를 킁킁거렸어. 그리고 원하는 경로를 찾더니 그 위에 발로 긁어서 X자 표시를 했어. 페니는 걱정 가득한 얼굴로 '플립이 찾은 길은 가장 빠르면서도 가장 위험한 길이야'라고 말했어. '데이먼 벨트'를 곧장 통과해야 했거든."

내가 말하자, 헬리가 이어서 이야기를 펼쳐 갔다.

"반드시 지나쳐야 하는 곳이지. 페니는 또 말했어. '하지만 나는 사악한 마법사나 좀비, 통치자 데이먼보다 너희가 자초해서 겪게 될 일들이 더 걱정돼. 엉터리 처방 행성에 도착할 때까지는 절대로 마법 상자를 열어 보지 않겠다고 약속해 다오.'"

"좀 무서운데. 상자에 대체 뭐가 들어 있는 거야?" 내가 물었다.

"엄청 강한 거야."

"우와!"

"완전 강해."

맥도날드 직원이 우리에게 다가왔다.

"얘들아, 미안하지만 여기에 강아지를 데리고 들어올 수 없단다."

"이 강아지는 치료견이에요." 핼리가 설명했다.

"괜찮아, 핼리. 나가자."

우리는 밖으로 나왔다.

"벤, 너의 권리를 내세울 필요가 있어. 플럽의 권리도 당연히 그래야 하고."

핼리가 힘주어 말했다.

"서점들 구경이나 다니자. 책을 좋아하는 사람들은 강아지도 좋아할 거야."

"너는 책들을 되팔고, 또 새로운 책을 사고 싶구나. 일리 있네."

"엄마랑 나는 토요일마다 책을 네 권씩 샀어."

"그럼, 맥널리잭슨 서점*부터 가자. 신비로운 곳이거든." 핼리가 제안했다.

* 뉴욕에 위치한 독립 서점.

"신비롭다고?"

"공기가 울려. 마치 벼락을 동반한 폭풍우를 보고 있을 때처럼. 폭풍우가 멀리 있어서 네가 다칠 일은 없지만, 보라색 소용돌이 때문에 하늘은 온통 분홍빛으로 물들지."

우리는 서점에서 공상과학소설만 모인 구역으로 갔다. 헬리와 나는 바닥에 등을 맞대고 앉아서 책을 읽었다. 그러는 동안 어느 작은 아이가 와서 플립을 쓰다듬어 주었다.

"야, 헬리 네가 《아이, 로봇》을 좋아하다니."

"이건 순전히 《마법 상자》 이야기를 위한 연구일 뿐이야. 아주 형편없는 독서 취향을 가진 글쓰기 동료와 지내기 위해 내가 감당해야 할 몫이지."

그다음으로 찾아간 곳은 브로드웨이에 있는 스콜라스틱 서점이었다. 어린이 서점인 그곳에는 커다란 클리퍼드 더 빅 레드 도그** 그림이 걸려 있었다. 그림을 본 플립이 가방에서 나오려고 낑낑거렸다. 다음으로 찾아간 북스 오브 원더***의 주인 피터는 우리와 아는 사이였다.

"나는 너희가 서로 친구가 될 것 같았어. 책을 좋아하는 사람들

* 빨간 대형견 클리퍼드를 주인공으로 한 미국의 아동도서 시리즈.

** 뉴욕에서 가장 큰 어린이 서점.

에게 운명은 실제로 존재하거든."

피터가 말하며 간식을 사 주려고 우리를 빵집으로 데려갔다. 핼리는 초코 머핀을 두 입 정도만 먹고 나머지는 전부 나에게 주었다. 대형 서점인 반스앤노블 서점에서는 핼리가 로렌츠 아저씨에게 선물할 반짝이는 보라색 독서용 안경을 샀다. 서점 나들이의 마지막은 하우징 웍스 서점*이었다.

"여기서 일하는 사람들은 모두 자원봉사자야. 서점의 수익금은 전부 에이즈 환자들, 특히 집을 잃은 사람들에게 기부돼. 벤, 너와 나는 정말 행운아야."

"우리 엄마도 자주 그렇게 말했어. 엄마는 이 서점을 가장 좋아했지."

우리는 계산대로 갔다.

"주문해 둔 책을 사 가려고요."

내가 서점 직원에게 말했다. 나는 일주일 전에 미리 전화로 책을 주문했었다.

"내가 어떤 책인지 맞혀 볼게. 네가 아까 바닷가 중고 책방에서 아끼던 책 세 권을 팔았으니 이제 만화《스타워즈 4: 새로운 희망》을 살 거 같은데."

* 뉴욕의 중고 서점으로 판매 중인 책 대부분은 기부 받은 책이다.

서점 직원이 나에게《희망은 깃털처럼》을 꺼내 주었고, 나는 그 책을 핼리에게 건넸다. 책에 붙은 노란 스티커를 본 핼리의 두 눈이 커졌다. 스티커에는 '사인본'이라고 적혀 있었다. 핼리가 소리를 너무 크게 질러서 서점 안이 한순간에 조용해졌다.

"말도 안 돼! 내가 지금 작가님의 손길이 닿은 책을 갖고 있다니. 내가 재클린 우드슨 작가님과 손을 잡고 있는 거나 마찬가지야! 플립, 나와 주먹을 부딪쳐 줘! 벤, 너는 이 세상에서 가장 멋진 아이야!"

우리는 카페로 들어가서《희망은 깃털처럼》에서 인상 깊은 부분을 번갈아 읽었다. 핼리는 '특별한 순간들'에 대한 구절을 읽었다.

"'우리가 함께하는 순간은 영원할 거야.' 또 그 표정이네."

핼리가 나를 보며 말했다.

"내가 싫어하는 구절이야. 핼리 너도 나와 같은 생각일 것 같은데. 그건 거짓말이잖아. 우리는 과거로 돌아갈 수 없어."

"그렇지만《마법 상자》에서 주인공들은 과거로 시간 여행을……."

"그건 소설이잖아. 상상일 뿐이라고. 나는 지금 과학적 사실을 말하는 거야. 모든 것은 사라져. 그래야만 하고. 그게 바로 시간이 작동하는 원리야. 우리 엄마도 지금 내 곁에 없잖아. 맞지? 엄마를 다시 만날 수 없을 거라는 사실을 빨리 받아들일수록 내가 더 앞으로 나아갈 수 있어."

"네가 눈을 감고 엄마를 생각하면 그때마다 엄마를 만날 수 있어."

"하지만 엄마는 없어. 여기에 없다고. 지금 엄마의 유골은 가짜 대리석으로 만든 천사 조각상 아래에 묻혀 있어. 천사 조각상은 우리 집 작은 뜰에 있고, 그게 다야. 엄마에게서 남은 거라고는 그게 전부라고."

"제발, 그렇지 않아, 벤. 그렇게 생각하기 싫어. 네가 그렇게 생각 안 했으면 좋겠어. 정말로, 정말로 우리가 영원하다는 걸 믿게 해 주고 싶어."

핼리가 얼굴을 찌푸렸다. 붉어진 얼굴이 눈물로 젖어들었다.

나는 핼리의 모습에 무척 당황스러웠다. 핼리는 잠깐 동안 웃더니 누군가 죽은 것처럼 울기 시작했다. 그 순간 나는 깨달았다. 항암 치료를 받고 있는 친구에게 삶이 영원히 계속된다는 건 거짓이고 불가능하며 비과학적이라고 말을 해선 안 된다는 걸. 좋은 친구라면 사실이 아닌 말을 해 주어도 괜찮을 때가 있다.

"핼리, 내 생각이 틀렸어. 나에게 실망하는 중이야. 내가 잠깐 정신이 나갔었나 봐. 솔직히 말하자면 나도 네 말을 믿어. 핼리, 진심이야."

"아니야, 아니잖아."

핼리가 플럽을 안아 들자, 플럽이 핼리의 눈물을 핥아 주었다.

헬리는 플립을 내 무릎에 내려놓고 자리에서 일어났다.

"집에 가 봐야겠어."

"그래, 물론이지. 같이 가자."

"나 혼자 갈게, 벤. 생각할 시간이 필요해. 알겠지?"

"헬리……."

"안 돼."

헬리는 내 가슴에 두 손을 대고 더는 자신을 따라오지 못하게 막았다.

"이 남자애가 너를 괴롭히니?"

지나가던 어느 나이 든 남자가 헬리에게 물었다.

헬리는 버스를 탔고 사람들 속으로 들어갔다. 헬리가 더는 보이지 않았다.

34

내가 한 가장 바보 같은 짓

헬리에게 전화를 걸었지만 받지 않았다. 문자도 보냈지만 답장은 없었다. 엄마의 장례식을 치르던 며칠 동안 내가 헬리의 문자에 답장하지 않았을 때, 헬리가 느꼈던 감정을 너무 잘 알 것 같았다. 그때 휴대폰에서 삐 하는 소리가 났다. 발신인이 중고 책방이었다.

중고 책방에는 사람들이 많았다. 돈을 받으려고 대기 줄에 서 있던 나는 조금 정신없었다. 플립이 나를 보며 짖더니 앞발을 들어서 고개를 옆으로 돌렸다. 플립은 살며시 춤을 추었고, 자리에 있던 사람들이 모두 웃었다. 하지만 나는 웃음이 나오지 않았다.

계산대에서 내 차례가 되자, 직원이 나에게 600달러를 건네며 말했다.

"네가 가장 많이 벌었어. 정말이야. 책들이 전체적으로 상태가 아주 좋더구나. 대략 한 권당 가격이 1달러 50센트였어. 너는

400권 정도만 팔았고. 왜, 가격이 더 높길 바랐던 거니?"

"아니요. 너무 큰돈이에요. 예상보다 훨씬 많이 받았는걸요."

"그런데 왜 표정이 그런 거니……?"

"제 표정이 왜요?"

"누구한테 세게 얻어맞은 표정인데?"

나는 완전히 얼빠져서 예전에 엄마와 함께 살던 집으로 향하는 지하철을 타고 말았다. 마지막 정거장에서 모든 승객이 내릴 때가 되어서야 그 사실을 깨달았다. 나는 밖으로 나가서 햇빛 많은 곳을 거닐고 싶었다.

플립과 함께 바닷가의 산책길로 걸어갔다. 플립은 바닷가를 거닐면 기분이 좋아 꼬리를 높이 흔들었지만, 이번에는 그러지 않았다. 나의 우울한 마음이 플립에게 전해졌다. 반대편에서 휠체어를 탄 한 남자가 다가오고 있었다. 돈을 구걸하는 컵 두 개를 들고 있었는데, 양쪽 다리가 없었다. 남자는 나에게 돈이 필요한 사연을 이야기했지만, 귀에 들어오지 않았다. 나는 남자의 눈에 집중하고 있었다. 낯익은 얼굴이지만, 어디서 봤는지 기억나지 않았다. 나는 남자에게 50달러를 건넸다. 중고 책방 직원은 나에게 50달러 지폐로만 돈을 주었다.

휠체어를 탄 남자는 지폐를 보더니 나를 쳐다보았다. 그러고는 하늘을 올려다보며 "야호!" 하고 크게 외쳤다. 남자는 또 휠체어의 앞바퀴를 들고 한 바퀴 돌더니 주변에 있는 사람들에게 이렇게 말했다.

"이 아이는 천사예요! 정말입니다. 이 아이에게는 진실된 힘이 있어요. 이 어린 소년에게는 이해심과 지혜가 있습니다. 얘야, 너는 선물이란다. 알겠니? 너와 이 아름다운 강아지 말이다. 덕분에 오늘이 내 인생 최고의 날이 되었어. 형제여, 인생 최고의 날이라고. 맹세컨대 돈 때문이 아니야. 너의 마음 때문이야. 너에게 축복이 가득하길. 네가 가진 전부잖아. 너의 전부."

나는 그 말을 들었을 때, 남자를 보고 떠오르는 사람이 누구인지 알아차렸다. 엄마였다. 휠체어를 탄 남자의 눈이 엄마의 눈과 닮아 있었다. 엄마는 플립을 다른 사람에게 팔려고 했던 여인에게 돈을 주라는 그 슬픈 순간에도 웃음을 잃지 않았다. 나는 그 돈은 아무 의미 없는 종이 쪼가리일 뿐이라고 여겼다. 하지만 엄마는 내 눈을 보며 그 돈은 내가 가진 전부였다고 말해 주었다.

휠체어를 탄 남자는 틀림없이 마법사였다. 이 남자 덕분에 엄마의 영혼과 흔적이 여전히 내 곁에 있는 듯한 느낌을 받았다. 이 남자를 만나며 기분이 좋아졌고, 그건 플립도 마찬가지였다. 플립이 꼬리를 높이 들고 이리저리 세게 흔들었다. 나는 지금 이 기분을 계속 느끼고 싶었다. 내가 사랑하는 사람들이 내 곁에 영원히 존재할 수 있음을 느낄 때가 인생에서 아름다운 순간일지도 모른다. 내가 해야 할 일은 그들을 생각하고 기억하는 것뿐이다. 핼리가 말한 것처럼 말이다.

넵튠 거리에서 할머니의 모습이 눈에 들어왔다. 할머니는 쇼핑 카트를 밀고 있었는데, 카트에는 담요와 옷이 담겨진 채로 찢어진 비닐봉지가 가득했다. 나는 할머니에게 50달러를 건넸다. 돈을 받은 할머니는 휠체어를 탄 남자처럼 흥분하지는 않았지만, 무척 기뻐한다는 사실만은 확실히 알 수 있었다. 할머니는 이가 많이 빠진 것쯤은 신경 안 쓴다는 듯이 활짝 웃어 보였다. 할머니의 웃음이 춤추고 싶은 노래처럼 아름다웠다.

식품 판매점에서 마주친 어느 여인은 돈이 부족해서 사려는 음식을 다시 내려놓아야 했다. 나는 그 여인에게도 50달러를 건넸다.

수족관 앞에 자리한 핫도그 가게에는 손님이 없어서, 판매원이 무척 우울해 보였다. 나는 플립과 함께 먹을 핫도그를 몇 개 산 다음에 판매원에게 잔돈은 가지라고 말했다.

나는 50달러 지폐 한 장만 남기고 나머지 돈은 모두 사람들에게 나누어 주었다. 마지막 남은 지폐 한 장은 쿠폰 배달 아르바이트로 모은 돈과 함께 갖고 있기로 했다. 돈은 열여섯 살 때까지 보관할 것이고, 그때가 되면 나 혼자 힘으로 살아갈 수 있을 것이다.

하지만 대학교까지 핼리와 같이 다닐 수는 없을 것이다. 이 생각이 들자, 지난 30분 동안 사람들에게 돈을 나누어 주며 느꼈던 기쁜 마음이 수그러들었다.

다시 지하철을 타러 가려는 그때, 청키가 해 준 말이 떠올랐다. 지하철역 근처에 데이먼이 사촌과 함께 사는 집이 있다는 사실이었다. 나는 지하철역 쪽으로 몸을 돌렸다.

"혹시 너도 나랑 같은 생각이야? 플립?"

플립이 고개를 갸웃거렸다.

데이먼의 사촌 집은 청키가 말한 것보다 훨씬 더 상태가 좋지 않았다. 낡다 못해 닳아 있었다. 창문 절반은 깨져 있고, 작은 앞마당에는 잡초와 쓰레기가 넘쳤다. 플립이 나를 바라보았다. 마치 '너 정말 이 집에 들어가고 싶어?' 하고 묻는 듯한 얼굴이었다.

나는 현관문에 대고 노크를 했다. 머리가 기름진 한 남자가 옷을 입지 않은 채로 나왔다. 그날은 더운 날도 아니었다. 집 안에는 조명이 전혀 없고, 침대 시트가 창문을 가리고 있어서 햇빛이 들지 않는 것 같았다. 음식 썩은 냄새까지 진동했다. 남자는 '뭘 원하는 거야?'라는 듯한 얼굴로 고개를 까딱거렸다.

"안에 데이먼 있나요?"

"데이먼!"

데이먼이 눈을 가늘게 뜨고서 현관문 밖으로 나왔다. 데이먼의 눈 쪽으로 밝고 옅은 햇빛이 스며들었다. 데이먼은 앞에 있는 사람이 나라는 사실이 믿기지 않는다는 듯이 한쪽 눈을 비볐다.

"벤?"

데이먼의 모습이 꾀죄죄했다. 정말 꼴이 말이 아니었다. 내 기억보다 더 왜소하고 마른 모습이었다. 그리고 지저분했다. 머리에는 기름기가 가득했다. 나는 마지막으로 남은 50달러 지폐를 데이먼에게 건넸다. 다른 사람들에게 돈을 나누어 주던 때처럼 내 손에서 마지막 지폐가 떠나는 순간에도 별다른 마음은 들지 않았다.

데이먼은 지폐를 보더니 나를 쳐다보았다.

"너 왜 이러는 거야? 이게 무슨 짓이지?"

나는 집 안쪽으로 좀 더 들어갔다. 만일 천국이 있다면 엄마가 천국에서 나를 내려다보며 자랑스러워하고 있을 것 같았다. 하지만 지금은 엄마가 너무 멀게만 느껴졌다. 이제는 모든 게 다 부질없었다. 내가 가진 돈을 나누어 주면서 사람들을 행복하게 하고, 내 마음도 뿌듯했던 그 순간들조차 모두 의미 없게만 느껴졌다. 그렇지만 데이먼에게 꼭 해 주고 싶은 말이 있었다.

"네가 힘든 시간을 보내고 있다고 들었어."

나는 데이먼에게 그 말을 하고 계단을 내려왔다.

"무슨 일이야? 문제 있어?"

데이먼의 사촌이 데이먼에게 다가와서 물었다.

"저 녀석이 방금 나에게 50달러를 줬어."

데이먼이 대답했다.

"왜?"

"내 말이."

"너한테 반했나 봐. 강아지랑 저 남자애 말이야. 알고 보니 여자애였던 거지. 이봐, 너 왜 우리 데이먼한테 50달러를 준 거야?"

나는 서둘러 현관문으로 걸어갔다. 한쪽으로 기울어진 현관문이 바닥에 끌려서 잘 열리지 않았다. 집 안에서 또 다른 남자가 나왔다. 그 남자도 옷을 벗고 있었고, 몸에는 문신이 많았다. 그 집에 사는 남자들이 내 이름을 부르기 시작했다. 어떠한 대답도 할 필요가 없었다. 남자 중 한 명이 나를 향해 샌드위치 반쪽을 던졌다. 플럽과 내가 재빨리 몸을 피하자, 남자들이 아주 큰 소리로 웃어댔다. 어깨 너머 뒤를 돌아보니, 데이먼도 웃고 있었다. 데이먼은 그 남자들 앞에서 나약한 모습을 보일 수 없었다. 나를 놀리는 데이먼의 마음이 진심이 아니라는 것을 나는 느낄 수 있었다. 데이먼의 눈가에 금방이라도 울 것처럼 눈물이 고였다. 화가 나 보이던 데이먼은 잠깐 슬퍼 보였다. 그리고 다시 화난 표정을 지었다. 마치 그곳에서는 착한 모습을 보이면 안 된다는 것처럼. 나도 화가 났다. 스스로에게 너무나 화가 났다. 어쩜 이렇게 바보 같을까? 나는 잃고 있었다. 나의 마음, 돈, 모든 걸 잃고 나를 둘러싼 사람들마저 잃어 가고 있었다.

35

두 번째 가출

집 안쪽의 창문 너머로 레오 아저씨가 보였다. 아저씨는 부엌을 거닐며 통화 중이었다. 골목에 있던 나는 굳이 집 안으로 들어가지 않고 뒤뜰로 갔다. 그리고 바위에 앉았다. 바위 옆에는 가짜 대리석으로 만든 천사 조각상이 있었다. 나는 천사의 눈에 눈동자가 없다는 사실을 이제야 깨달았다. 레오 아저씨가 집 밖으로 나왔다. 아저씨가 입은 티셔츠와 반바지가 땀에 흠뻑 젖어 있었다.

"뛰고 왔어." 레오 아저씨가 말했다.

나는 고개를 끄덕였다.

"지니 이모는 아직 퇴근하지 않았단다. 그래, 어땠니? 책을 팔아서 이익은 남겼니? 책방 사람들이 너한테 바가지 씌우지 못하게 했지?"

"꽤 많이 받았어요."

"잘됐구나. 사람은 돈을 벌어야지. 그렇지? 장하구나."

레오 아저씨는 잘했다는 뜻으로 내 등을 한 번 치고 지나갔다. 안뜰로 나간 아저씨는 작은 틈새에 핀 잡초를 뽑으려고 허리를 구부렸다. 플립은 레오 아저씨 곁을 살금살금 지나서 나에게 다가왔다. 바로 그때, 아저씨가 자리에서 일어나서 뒤를 돌아보며 잡초가 담긴 양동이 쪽으로 곧장 걸어갔다. 걸어가던 레오 아저씨가 플립의 발을 밟자, 플립이 깩깩대며 비명을 질렀다. 아저씨는 플립의 발에서 껑충거리며 발을 떼다가 콘크리트 틈에 끼여 넘어졌다. 아저씨는 바닥에 떨어지지 않으려고 손을 뻗었다. 하지만 몸집이 커서 바닥에 아프게 떨어지면서 짜증을 냈다.

"플립 때문에 손목이 부러진 거 같아."

나는 레오 아저씨를 일으켜 세워 주려고 했지만, 아저씨는 내 손을 뿌리쳤다.

"이거 놔. 만일 내 손목이 부러졌다면 화가 날 거다."

레오 아저씨는 손목을 살펴보면서 말했다.

"죄송해요."

"정말 화가 나는구나"

레오 아저씨가 플립을 노려보았다.

"저런 바보 같은 개가!"

레오 아저씨가 플립을 아주 세게 발로 찼다. 너무 세게 차서 플립이 울타리로 날아갈 정도였다. 플립은 비명을 지르더니 비틀거렸다. 그러고는 이내 자리에 앉아서 숨을 헐떡거리면서 흐느꼈다. 내가 재빨리 플립을 들어 올리자 플립은 떨고 있었다.

"방금 하신 행동을 직접 보고도 믿을 수 없어요."

"떨떨한 작은 쥐 같은 녀석!"

"플립이 일부러 그런 게 아니잖아요."

"사람한테 걸리적거리지 않게 하는 건 안 가르쳤니?"

"플립의 무게는 고작 4킬로그램 정도예요. 레오 아저씨가 플립을 죽일 뻔하셨어요."

"드라마 좀 그만 써. 응? 플립은 괜찮아. 지금 한번 보렴. 빌어먹을 개자식."

레오 아저씨는 손목을 돌려 보았다.

"아무래도 맛이 간 거 같아. 그래, 손목이 부러진 거 같구나."

"정말로 부러졌으면 지금처럼 손목이 돌아가지 않을 텐데요."

나는 빈정거렸다.

"잠깐만, 방금 뭐라고 했니?"

"바보 천치."

"뭐라고?"

"아무것도 아니에요."

"어른한테 그런 식으로 말하는 건 어디서 배워 먹은 버릇이냐? 우리 집에서 너를 살게 해 주었더니 지금 나한테 그딴 식으로 말하는 거야?"

"죄송하다고 말씀드렸잖아요. 그럼 된 거 아닌가요?"

"아니, 난 그렇지 않아. 방금 나한테 뭐라고 했니?"

"기억이 안 나요."

"다시 생각해 봐. 나는 그 말을 들어야겠어. 내가 들은 말이 맞는지 꼭 확인해야겠구나. 이봐, 내가 말하고 있잖아!"

레오 아저씨는 무척 화가 났고, 나는 아저씨보다 더 화가 나서 고함에 가깝게 외쳤다.

"레오 아저씨한테 바보라고 했어요!"

그때였다. 레오 아저씨가 크고 묵직한, 어쩌면 부러졌을지도 모르는 손목에 붙은 손을 나에게 휘둘렀다. 나는 머리가 옆으로 꺾일 만큼 얼굴을 정면으로 세게 맞았다. 볼이 얼얼해지더니 곧 아무런 감각도 느껴지지 않았다. 주변의 모든 것이 아주 고요하고 조용했다. 새소리만 들릴 뿐이었다. 길 건너 공원에서 까마귀 소리가 들렸다. 이번에는 참새인지 아닌지 모르겠지만, 또다른 새가 높은 소리로 짹짹거렸다.

레오 아저씨의 손목은 정말로 부러지지 않은 것 같았고, 아저씨도 손목을 더는 매만지지 않았다. 레오 아저씨는 두 손으로 머리카락을 세게 밀어 넘겼다. 겁먹은 얼굴이었다. 레오 아저씨는 나만큼이나 겁이 난 모습이었다. 내가 해야 할 일은 경찰서에 전화를 하는 것뿐이었다. 그렇게 되면 나는 이 집에서 살지 못하고 아동 보호 시설로 보내질 것이다. 바로 그게 문제였다. 아동 보호 시설에는 애완동물을 데리고 갈 수 없으니 플립은 유기견 보호소에 맡겨질 것이다. 레오 아저씨는 목을 구부리더니 내 겨드랑이 쪽으로 머리를 대고 몸을 심하게 떨고 있었다. 나는 아저씨가 발작을 일으키는 줄 알았다.

나는 애완동물 운반용 가방을 들고 내 방으로 갔다. 9달러가 들어 있는 양말을 챙겼다. 나머지 돈은 지니 이모에게 부탁해서 은행 통장에 넣어 두었다. 나는 해변에서 엄마와 함께 찍은 사진을 손에 쥐었다. 가방에 로라 아주머니의 사진을 넣으려던 순간, 레오 아저씨가 방으로 들어왔다.

"벤."

나는 플립과 짐 가방을 챙겨서 레오 아저씨를 밀치고 뛰쳐나갔다. 하지만 천식 흡입기를 가지러 집으로 다시 가야 했다. 절망적이게도 레오 아저씨가 나를 쫓아 나왔다. 아저씨는 계속 나를 쫓아오며 이렇게 외쳤다.

"벤, 제발 멈춰서 나랑 얘기 좀 하자! 아주 잠깐이면 돼!"

당연히 나는 멈추지 않았다. 플립과 나는 그렇게 사라졌다.

36

네 마음 알아

지니 이모가 휴대폰으로 문자를 보내기 시작했다.

제발 집으로 돌아오렴. 우리는 너를 기다리고 있어. 네 전화를 기다릴게.

지니 이모는 절대 '가족'이라는 표현을 쓰지 않았다. 나는 핼리에게서 문자가 왔는지 확인해 보았지만 단 한 개도 없었다. 나는 휴대폰으로 내 위치 추적이 불가능하게 해 두었다. 아동 보호 시설을 전전하다가 만난 어느 해커 남자애가 알려 준 방법이었다. 그 아이는 늘 도망치기 바빴고, 돈이 떨어지거나 아플 때까지 잘 숨어 지냈다. 지니 이모가 경찰에 신고하면 경찰들은 분명히 나를 찾으러 다닐 것이다. 지니 이모는 결국 그렇게 해야만 할 것이고, 그때쯤이면 레오 아저씨가 나를 때렸다는 사실도 밝혀질 것이다. 나는 레오 아저씨가 감옥에 가길 바라지 않지만, 그렇다고 그 집

으로 다시 돌아가지는 않을 것이다. 절대 돌아가지 않을 것이다. 모든 게 엉망진창이다,

해가 지고, 공원의 바람이 쌀쌀해지더니 금세 추워졌다. 나는 플립과 함께 버스에 탄 뒤 플립을 꼭 껴안았다. 플립이 내 품에서 벗어나려고 하지 않는데도 그렇게 했다. 나는 몸을 심하게 떨었고, 그런 나 때문에 플립도 심하게 떨었다. 나는 제대로 할 줄 아는 게 아무것도 없다는 생각을 하지 않으려고 노력했다. 어쩌면 엄마가 더는 내 곁에 없어서 다행일지도 모른다. 내가 모든 상황과 주변 사람들을, 특히나 지니 이모와 레오 아저씨, 핼리를 망가뜨리는 모습을 엄마가 보지 않아도 되니까.

정신이 흐릿해지고 숨이 가빠지기 시작했다. 천식 흡입기를 꺼내서 세 번이나 들이마셨다. 몇 초 동안 약을 삼키기가 어려웠다. 왜냐하면 나는 울고 있었기 때문이다. 너무 두렵고 무서운 나머지 전력 질주를 했을 때보다 심장이 더 빠르게 뛰고 있었다. 물론 나는 당연히 전력 질주를 하지 않았다. 그저 자리에 앉아서 내 삶의 진정한 의미에 대해 진지하게 생각해 보려 했으나 그것이 실수였다. 이렇게 기분이 우울한 걸 보니 실수인 게 분명했다. 그 순간, 머릿속에 엄마가 죽었다는 사실이 번뜩 떠올랐다. 엄마가 세상에 없다는 걸 알고 있었지만, 이제 정말 실감 나기 시작했다. 테스 커핀이라는 사람은 정말로, 조금도 의심할 여지없이 이 세상 어디에도 없다. 만일 엄마가 어딘가 살아 있다면, 나와 플립이 이런 시련

을 겪도록 내버려 두지 않았을 것이다. 엄마는 당장 내게로 달려와서 내 마음에 옳은 말을 속삭이고, 무엇을 해야 하는지 알려 주었을 것이다. 나는 몇몇 아동 보호 시설에서 지낼 때 방황을 하긴 했지만, 이런 식은 아니었다. 지금 나는 전혀 보호받지 못하고 있으니 그때보다 더 심각한 상황이고, 플럽은 대체 어떻게 해야 안전하게 지킬 수 있을까? 나는 어디로 가야 할지 몰랐다.

휴대폰에서 엄마가 나오는 동영상을 찾아보았다. 슈퍼마켓에서 치즈 샘플을 맛보던 엄마는 가짜 영국식 억양으로 말하며 교양 있는 척 연기를 했다.

"이 치즈는 향이 아주 강하네요. 제가 한번 먹어 보죠. 좋네요."

헤어 망을 쓴 나이 든 여직원이 우울한 얼굴로 있다가 엄마의 연기를 보고 미소 지었다. 동영상을 다 본 뒤에 핼리와 내가 함께 찍은 사진들을 하나씩 찾아보았다. 핼리가 나에게 문자로 보낸 핼리의 사진, 그리고 우리가 서로 이마를 맞대고 찍은 사진도 보았다. 그 모든 사진에는 플럽도 함께 있었다. 거기까지만 보았다. 나는 눈을 너무 질끈 감아서 눈꺼풀이 아플 지경이었다. 플럽을 내 옷에 달린 모자 안으로 집어넣었다. 플럽은 몸을 떨던 걸 금세 멈추더니 모자 밖으로 머리를 내밀고는 내 목을 핥았다.

누군가 내 어깨를 흔들었다. 여자 버스 운전사였다. 멈춘 버스 안에 있는 승객은 나뿐이었다.

"12시란다."

운전사가 플립을 안고 있었다.

"강아지가 오줌을 눠야 해서 모자에서 꺼냈어."

"죄송해요."

"내가 봐서 다행이야. 다른 사람이었으면 강아지를 꺼내고는 그대로 데리고 갔을걸. 이 강아지 부릴 줄 아는 재주 있니?"

"플립, 서핑."

플립은 운전사 무릎에서 서핑하는 자세를 취하더니 운전사에게 입을 맞추었다.

"이리 와서 가까이 앉아 보렴. 지금 시간이 너무 늦었어. 경찰에 알려야 할 것 같지만 그러지 않을 거야."

"저는……."

"알아. 네 마음 알아."

운전사는 나에게 반 피트 정도 길이의 샌드위치를 건넸다. 나는 샌드위치 안에 들어 있는 고기를 플립과 나누어 먹었다. 운전사가 물 한 병을 건넸고, 플립은 내가 손바닥에 따라 준 물을 전부 마셨다. 운전사가 내 이마에 손을 얹더니 이렇게 말했다.

"네 마음 알아."

운전사는 종점으로 다시 버스를 몰기 시작했다. 버스 창밖으로 도시의 모습이 스쳐 지나갔다. 온통 불빛으로 반짝였다. 아파트 창문 너머로 보이는 사람들은 TV를 보거나 요리를 하면서 평범한 일상을 보냈다. 자동차에 탄 사람들은 몸을 지나치게 앞으로 숙이고 있었다. 이러다 정말 시간이 멈추는 건 아닐까 싶을 정도로 시간이 천천히 흘러갔다. 만일 돌보아야 하는 플립이 없었다면, 나 자신은 죽든 살든 상관없었을 것이다. 다른 사람들도 이제는 나를 그다지 신경 쓰지 않을 것이다.

새벽 1시가 되자, 다른 남자 운전사가 버스에 탔다. 우리를 돌봐 준 친절한 운전사가 그 운전사에게 조심스레 상황을 이야기했다. 친절한 운전사가 자신의 얼굴 왼쪽을 가리켰다. 레오 아저씨가 때린 내 얼굴 부위도 왼쪽이었다. 남자 운전사는 머리를 절레절레 흔들었다. 그리고 남자 운전사가 휴대폰을 꺼내 들자, 나는 플립과 함께 버스에서 내려서 도망쳤다. 버스가 시야에서 사라질 즈음, 나는 뛰던 발걸음을 멈추고 자동차 창문에 얼굴을 비춰 보았다. 상태가 그리 나빠 보이진 않았다. 입술이 약간 부었고, 레오 아저씨가 때린 볼이 불그레했다. 아주 심각한 상처는 아니었다. 하루 이틀 정도면 아물 것 같지만 결코 완전히 아물지는 않을 것이다. 아마 레오 아저씨의 지금 마음 상태도 마찬가지일 것이다.

나와 플립은 롱아일랜드로 가는 지하철역 대합실로 갔다. 대합실은 넓었으며 엄마와 함께 쇼핑을 마치고 브루클린으로 돌아오던 시절에 대합실에서 사람들이 자던 모습이 떠올랐다. 나는 앞으로 해야 할 일을 알아낼 때까지는 그곳에서 플립과 내가 나름 안

전할 거라 생각했다. 하지만 무엇을 해야 할지 몰랐고, 우리는 안전하지 않았다. 조금 이상해 보이는 남자가 다가와 내 옆자리에 앉았다.

"너 배고프니?"

"아니요."

"그래. 그렇겠지. 오늘 밤 잠잘 곳이 필요하지?"

"아니요."

나는 경찰을 찾아보았지만, 지금은 경찰과 마주치면 안 될 것 같았다.

남자가 미소 지으며 고개를 끄덕였다.

"네 강아지가 마음에 들어. 쓰다듬어도 될까?"

나는 플립을 품에 안고 그곳을 빠져나왔다. 그 이상한 남자가 나를 쫓아오며 계속 "잠깐만, 얘야, 멈춰 봐"라고 말했고, 나는 플립과 함께 뛰기 시작했다.

그렇다. 엄마는 이 세상에 없는 것이 확실했다.

37

플립의 슬픈 눈

나는 플립과 함께 청키네 집으로 와서 현관 계단을 올라갔다. 계단 맨 위에 이르렀을 때, 나는 무릎에 플립을 앉혔다. 우리는 눈을 마주 보았다. 플립의 눈에 비친 내 얼굴이 볼록하게 휘어져 있었다.

"여기라면 안전할 거야, 플립. 내가 너와 함께할 수 없더라도 네가 안전하길 바랄 뿐이야. 여기 있으면 행복해질 거야."

날씨가 너무 추워서 플립이 몸을 심하게 떨고 있었다. 나는 마지막으로 플립을 한 번 안아 주고, 끈으로 플립을 문에 묶어 두었다. 플립이 고개를 돌려서 내가 어서 그 말을 해 주기를 기다렸다. 청키네 집에 플립을 맡기고 갈 때마다 늘 하는 말이다. 다시 돌아올 것을 약속하는 말이었다. 내가 서둘러 뒤돌아 등을 보이자, 플립이 짖기 시작했다. 나는 모퉁이로 뛰어가서 청키에게 전화를 걸었다.

“벤, 이게 무슨 짓이야? 지금이 몇 시인지 몰라?”

“청키, 지금 플럽이 짖는 소리 들리지? 현관 계단에 있으니까 안으로 들여보내 줘. 잘 자.”

“벤, 잠깐만…….”

나는 청키가 현관으로 나와서 플럽을 데리고 들어갈 때까지 지켜보았다.

청키가 거리 주변을 두리번거렸지만, 나는 자동차들 사이에서 잘 숨어 있었다. 하지만 플럽이 나를 보았다. 플럽은 눈으로 나를 계속 쳐다보았고, 청키가 집 안으로 데리고 들어갈 때까지 미친 듯이 짖었다.

나는 모퉁이를 돌아서 구토를 했다. 그리고 건물 벽 맞은편에 있는 하찮은 쓰레기통 뒤에서 또 맥없이 주저앉았다. 머리가 지끈거렸다. 그냥 잠깐 눈을 감고 숨을 고르고 싶었지만, 잠이 들고 말았다.

38

독감에 걸리기 가장 쉬운 시기

잠에서 깨어났을 때는 날씨가 더웠다. 가을인데도 무척 더워서 마치 한여름 같았다. 거리에는 모퉁이 근처 쓰레기통에서 나오는 악취가 풍겼다. 해가 떠오르고 있었지만 뜨거운 햇빛과 바람 한 점 없는 날씨가 마치 늦은 오후와 같았다. 주변의 모든 것이 적당하게 활기 넘쳤다. 쓰레기통 뒤에 있던 나는 몸을 일으켜 모퉁이로 걸어갔다. 그리고 모퉁이 주변을 기웃거리면서 청키네 집을 슬쩍 보았다. 커튼은 걷어졌지만, 창문 안쪽으로 아무것도 보이지 않았다. 거리엔 학교 통학 버스와 급히 움직이는 배달 트럭들로 정신없었다. 경적 소리와 사이렌 소리가 크게 울렸다.

나는 청키 엄마가 딸 한 명을 데리고 집 밖으로 나올 때까지 기다렸다. 청키 엄마는 딸을 학교 버스에 태웠다. 플립도 집 밖으로 나와서 현관 입구에 털썩 앉았다. 청키 엄마는 절뚝거리며 현관 계단을 올라가서 플립 옆에 앉았다. 플립이 꼬리를 살짝 흔들었다. 나는 플럽이 며칠간은 괜찮을 거라고 확신했다. 그렇게 생각하자 기분이 나아지면서 동시에 외로워졌다. 청키 엄마는 플럽을 안아 뽀뽀를 해 주고 집 안으로 데리고 들어갔다.

장이 또 꼬이기 시작했다. 이번에는 토하지 않았다. 허기를 채워야 했다. 나는 거리로 나가서 던킨도너츠 가게에 들어갔다. 샌드위치와 아이스티를 하나씩 주문하니 돈이 4달러만 남았다. 계산대 점원이 나를 이상한 눈초리로 쳐다보았다.

"너 괜찮니?"

"네. 왜요?"

점원은 나에게 레몬이 들어간 뜨거운 차를 주면서 냅킨 여러 장을 건넸다.

"얼굴 좀 닦으렴. 콧물이 흐르고 있어."

이렇게 더운 날씨에 어떻게 감기에 걸릴 수 있을까? 하지만 점원의 말이 맞았다. 내 코는 콧물로 범벅이었다. 나는 몸이 덜덜 떨렸고 에어컨 때문에 더 심해졌다. 그래서 거리로 나간 뒤 조용히 샌드위치를 먹을 만한 장소를 찾아다녔다. 바깥 기온은 영상 37도쯤 되는 것 같았다. 어느 가게 유리창에 비친 내 모습을 흘끗 봤다. 밖에서 잠잔 사람처럼 푸석푸석한 모습이었다. 물론 실제로 밖에서 자긴 했지만 말이다. 머리카락은 기름기로 딱 붙어 있었다. 때가 묻은 옷은 구깃구깃한 채로 땀에 절어 있었다. 한쪽 눈은 열이 나면 그렇듯이 벌겋게 부어 있었지만, 곧 나을 증상이었다.

나는 자주 아프지 않았고, 아프더라도 심하게 아픈 경우는 한번도 없었다. 하지만 이번에는 달랐다. 배가 고팠지만, 샌드위치를 그만 먹었다. 음식을 먹을 생각만으로도 구역질이 났다. 나는 잠깐 걸어 다니면서 사람들과 계속 부딪쳤다. 고개를 들고 있기가 힘들었다. 핼리랑 플립과 자주 함께하던 우리만의 장소가 있는 바닷가 산책길로 갔다. 하지만 그곳은 이제 우리만의 장소가 아니었다. 어느 할아버지가 벤치에서 자고 있었다. 루나 파크에는 아무도 없고, 기구들도 멈춰 있었다. 바닷가에도 사람들이 없었다. 다들 학교나 일터에 갔기 때문이었다.

나는 모래사장으로 내려가서 산책길 아래 그늘에 앉았다. 몸이 오들오들 떨렸다. 이제는 샌드위치를 단 한입도 먹을 수 없었다. 샌드위치 냄새만 맡아도 구역질이 났다. 그랬다. 나는 아픈 게 틀림없었다. 저절로 나을 수 없어서 병원에 가야만 하는 아픔이었다. 갈매기들에게 샌드위치를 나누어 주고 몸을 웅크렸다. 내가 죽기 전에 여기 있는 나를 아무도 알아보지 않기를 바랐다. 왜냐면 내가 발견될 경우 경찰이 나를 병원으로 데려가서 아픈 건 나을 것이다. 그런 다음에 나는 뭘 해야 할까? 어디로 가야 할까? 이제는 어디에서도 살고 싶지 않았다. 플립이 없다면, 핼리가 없는 곳이라면 살지 않을 것이다.

갑자기 어디선가 핼리가 나타나서 내 어깨를 흔들었다.

"일어나, 벤."

헬리는 9개월 전 겨울방학에 나와 처음 만났을 때처럼 눈부시게 예뻤다. 이날 아침에 헬리의 가발은 구불구불하고 길어서 진짜 머리카락 같았다. 그리고 밝은 갈색이었다. 피부도 조금 태운 것 같았다. 헬리가 내 손을 잡았다. 헬리의 손은 부드럽고 따뜻했다.

"나를 어떻게 찾았어, 헬리?"

"나는 늘 너를 지켜보고 있어. 벤? 포기하면 안 돼. 우리의 소설을 완성해야지."

"우리 다시 친구로 지내는 거야?"

"우리가 친구가 아닌 적이 있었던가? 나는 마법 상자에 뭐가 들어 있는지 너에게 알려 주어야 해. 그렇지? 최고의 보물 말이야. 네가 그걸 알아낼 순간까지 거의 다 왔어. 벤, 계속 나아가야만 해. 조금만 더 가면 돼. 우리가 너를 완전히 낫게 해 줄게. 〈루퍼스에게 책 읽어 주기〉에 참여하는 아이들이 우리에게 의지하고 있어. 브라이언이 주저앉게 내버려 둘 수 없잖아. 그렇지요, 엄마?"

"브라이언이 마음 아파할 거야, 벤."

로렌츠 아주머니가 서둘러 우리에게 다가왔다.

"내 마음도 아플 거고. 가엾은 아이. 이리 오렴, 얘야. 체온 좀 확인해 보자."

로렌츠 아주머니는 내 머리카락을 쓸어 넘기더니 이마에 입을 맞췄다.

"이마가 불덩이야. 안아 줘야겠구나."

로렌츠 아주머니는 나팔절 때 그랬던 것처럼 나를 꼭 안아 주었다. 그리고 나를 살살 흔들면서 자장가 같은 노래를 흥얼거렸다. 지난해 겨울, 내가 아팠던 날에 엄마가 이렇게 자장가를 불러 주었다. 핼리도 같이 나를 안고서 노래를 흥얼거렸다. 산책길 그늘에서 우리 셋은 서로 꽉 안았고, 안전했다. 노래의 울림이 나에게 전해졌고, 그 떨림으로 기분이 좋아졌다. 플립을 향한 속상한 마음만 없었다면 웃음이 나왔을 것이다.

"제가 떠나 버려서 플립이 화났을 거예요."

"오, 플립이 너에게 화가 날 리 없어. 플립은 네가 뭘 하든 너를 사랑한단다. 이걸 보렴."

플립이 내 다리에 앞발을 얹고 안아 올려 달라고 하고 있었다.

"플립이 이렇게 꼬리를 빠르게 흔드는 건 처음 봐요. 이건 사람의 능력으로 가능하지 않아요. 그렇죠? 의도한다고 반드시 되는 건 아니니까요. 제 말뜻을 잘 아실 거라 생각해요."

하지만 로렌츠 아주머니와 핼리는 알지 못했고, 그럴 수 없었다. 두 사람의 모습이 보이지 않았다. 파도가 아직도 얼어 있었다. 주위의 어느 곳에도 어떠한 움직임조차 없었다. 공중에 떠 있는 갈매기들이 날갯짓을 하지 않았고, 끼룩거리며 울지도 않았다. 아무런 소리가 들리지 않았다. 아무것도 없었다. 더위와 햇빛까지 모든 것이 점점 사라져 갔다. 나는 혼자였다. 춥고 어둡고 조용한 가운데 플립이 훌쩍이는 소리만 들렸다. 그 소리는 사라지지 않고 점점 더 커졌다. 너무 커서 플립이 내 귀에 대고 우는 것만 같았다.

나는 의식을 잃었던 쓰레기통 뒤에서 깨어났다. 플립이 내 겨드랑이 안으로 기어들어 왔다. 그러고는 아이스크림이라도 되는 듯 내 얼굴을 핥아 댔다. 나는 눈이 휘둥그레졌다. 여전히 밤이었다. 휴대폰 진동이 울렸다. 청키가 보낸 문자 여섯 개가 와 있었다.

청키: 플립이 집 밖으로 나갔어. 돌아와서 같이 찾아보자.

모퉁이에서 청키네 집을 둘러보았다. 청키네 현관문 옆에 까꿍놀이를 하는 창문에 난 구멍이 닥터페퍼 박스 종이로 가려져 있었고, 플립은 그 박스 종이를 파헤쳐서 집 밖으로 달아난 것이었다.

나는 청키에게 플립이 나와 함께 있으니 걱정하지 말라고 문자를 보냈다. 플립이 내 곁에 있었다. 정말로 내 곁에 있었다.

39

쿠폰과 영화, 그리고 약속

플립과 함께 밤새 문을 여는 맥도날드 가게로 들어갔다. 햄버거를 하나 사서 쪼갠 뒤에 플립과 함께 나누어 먹었다. 그다음에는 밤새 문을 여는 약국에 가서 칫솔과 물병을 샀다. 이 시간에 약국에서 나오는 사람들의 겉모습은 전부 나와 플립과 비슷했다. 어딘가 수상해 보이는 그 사람들의 얼굴 표정은 금방이라도 뭔가 안 좋은 일을 일으킬 것만 같았다.

나는 배달할 쿠폰을 받는 장소로 갔다. 그리고 골목에서 이를 닦았다. 해가 떠오르기 시작했다. 나와 플립은 옹기종기 붙어 앉아서 기다렸다. 커다란 자동차에서 사장이 내렸다.

"평소보다 일찍 왔구나, 벤. 안색이 안 좋아 보이는데."

"신경 써 주셔서 감사합니다, 사장님."

"정말 괜찮은 거니?"

"10달러를 빌려주실 수 있을까요?"

나는 플립과 함께 쿠폰을 배달했다. 플립은 몸 상태가 아주 좋아져서 내 옆에서 빠르게 걸었다. 그리고 고개를 높이 들었다. 내가 플립을 바라볼 때마다 플립은 살짝 한 바퀴를 돌아서 내 운동화를 물었다. 우리는 영화관이 문을 열 때까지 맥도날드에 오래 있었다.

"지금 학교에 있을 시간 아니니?"

극장 매표소 직원이 물었다.

"저는 홈스쿨링해요."

"요즘은 학교에서 〈혹성탈출〉*을 보여 준다던데. 너라면 꽤 재밌게 봤을 거 같아."

"저는 그 영화 몰라요." 내가 대답했다.

학교라니, 전혀 생각하지 않고 있었다. 데이먼의 괴롭힘, 계단 아래에서 먹던 점심밥, 앤젤리나의 바보 같은 장난, 분수식 식수대에 붙어 있던 껌, 론다가 날 밀던 순간이 전부 아무것도 아닌 일처럼 느껴졌다. 헬리와 같이 대학교에 다닌다거나 지금 학교에 계속 다니는 것이나 나와 상관없는 일 같았다. 나는 실종된 아이들처럼 되어 가고 있었다.

상영관 뒤쪽에 앉자, 불빛이 모두 꺼졌다. 나는 짐 가방에서 플

* 프랑스 소설가 피에르 불의 《혹성탈출》을 원작으로 한 영화 시리즈.

립을 몰래 꺼냈다. 플립은 내 옷에 달린 모자 안에서 잠이 들었다. 나는 영화가 끝나기 조금 전에 휴대폰 진동이 울리도록 해 두었다. 그리고 진동이 울리면 몰래 다른 영화가 나오는 상영관으로 들어가서 똑같은 행동을 했다. 그렇게 계속하다가 오후 3시가 되었을 때 밖으로 나왔다. 이제는 핼리가 나와 친구로 지내지 않는다고 해도, 로렌츠 아주머니를 실망시키지는 않을 것이다. 내가 한 약속을 지킬 것이다.

40

도서관의 침입자

"벤, 내가 아끼는 벤. 너희 둘 사이에 대체 무슨 일이 있던 거니? 눈이 굉장히 피곤해 보여. 한 달 동안은 못 잔 얼굴이구나. 볼에 난 그 자국은 뭐니?"

로렌츠 아주머니가 말했다.

"핼리는 어때요?"

"울면서 밤을 지새웠어. 너 아직 내 질문에 대답 안 했는데. 핼리가 말해 준 데이먼이라는 아이가 또 너를 때린 거니?"

"정지 신호판이었어요."

로렌츠 아주머니가 팔짱을 끼고 눈살을 찌푸렸다.

"정지 신호판?"

"저도 당황스러워요. 휴대폰을 보면서 걸어가다가 정지 신호판 기둥에 정면으로 부딪쳤어요."

나는 예전에 길에서 그런 사람을 본 적이 있었다.

"다들 위층에서 저와 플립을 기다리고 있죠?"

정말 그랬다. 〈루퍼스에게 책 읽어 주기〉 프로그램에 참여하는 아이들이 전부 모여 있었다. 하지만 핼리는 보이지 않았다. 플립은 브라이언과 주먹을 맞대더니 브라이언의 무릎으로 뛰어들었다. 나는 플립과 함께 〈루퍼스에게 책 읽어 주기〉 프로그램을 계속해야 했다. 지금 내 마음을 좋게 하고, 안정시켜 주는 유일한 활동이었다.

"브라이언, 오늘은 플립에게 어떤 책을 읽어 줄 거야?"

내가 물었다.

"책 가져오는 걸 깜박했어요."

나는 짐 가방을 열어서 그저께 핼리가 하우징 웍스 서점에 두고 간 책을 꺼냈다.

"희, 희망은 깃털처럼?"

브라이언이 제목을 말했다.

"이제 정말 잘 읽는구나. 이 책도 슬프지만 행복한 결말이 있는 책이야."

"그러면 플립에게 이 책을 읽어 주는 것이 좋겠어요. 플립이 저를 기다리고 있네요."

브라이언은 영원한 순간이 나오는 문장을 읽었다. 그 문장을 듣고 있으니, 그저께 서점에서 그랬던 것처럼 핼리가 나에게 책을 읽어 주는 기분이 들었다. 핼리는 책을 읽는 동안 내 손을 잡고 있었다.

그리고 갑자기 헬리가 나타났다. 꿈속이 아니라 이곳에 있었다. 헬리는 실제로 존재하는 천사였다. 내 옆에 앉은 헬리는 내 어깨에 머리를 기대고 브라이언이 들려주는 이야기를 들었다. 내 볼에 닿는 부드러운 회색 베레모의 감촉이 좋았다. 헬리와 아이들, 로렌츠 아주머니, 그리고 플립과 함께 있던 그 순간에는 모든 것이 완벽하게 느껴졌다. 나는 너무 행복했고 앞날은 걱정되지 않았다. 어떠한 걱정도 없었다.

모두 작별 인사를 하며 헤어진 뒤에 로렌츠 아주머니가 플립을 안아 들었다. 그리고 헬리와 나만 남겨 둔 채 아래층으로 내려갔다. 우리는 '용의 숨결' 책장 뒤 조용하고 안전한 곳에 쪼그리고 앉았다.

"미안해."

나와 헬리가 동시에 입을 열었다.

"바닷가 산책길로 플립을 데리고 가서 《마법 상자》의 줄거리를 마저 이야기하자."

"나는 못 가. 엉터리 의사 선생님과 예약이 또 잡혔거든. 오늘 밤에 숙제 끝내고 문자 보내 줘. 그때는 이야기 작업을 할 수 있을 거야."

"고마워." 나는 진심으로 말했다.

"뭐가?"

"나를 해고하지 않아서."

나는 로렌츠 아주머니가 도서관 문을 닫는 것을 도와주었다. 그리고 골목으로 연결된 문에 달린 경보기가 작동하지 않도록 해 두었다. 문은 잠그지 않고 열어 두었다.

"얼굴이 너무 창백하구나, 벤. 이거 먹으면서 집에 가렴."

로렌츠 아주머니는 내 손에 오렌지와 에너지바를 쥐여 주었다.

"그나저나 집에서는 어떻게 지내고 있니?"

"아시다시피 잘 지내고 있어요."

"잘됐구나."

하지만 로렌츠 아주머니의 눈빛은 대답과는 다르게 나를 믿지 않고 있었다.

"저녁 먹으러 집에 가 봐야겠어요."

로렌츠 아주머니가 더 물어보기 전에 내가 말했다.

"정지 신호판 조심하고."

"네."

나는 비틀거리며 문으로 걸어가다가 문틀에 부딪친 척했다.

"가엾은 우리 벤. 어디 보자."

"저는 괜찮아요, 정말요."

나는 로렌츠 아주머니에게 고맙다고 인사했다. 그리고 지하철역 방향으로 걸어가면서 머리가 조금 멍한 척 연기를 했다. 내가 10대에 죽지 않고 계속 살아간다면, 연기자가 될지도 모른다고 생각했다.

나는 모퉁이 근처 사탕 가게 뒤에서 기다리다가 로렌츠 아주머니가 도서관을 떠났을 때, 다시 도서관 안으로 몰래 들어갔다. 플립과 나, 단둘만 있었고 우리는 안전했다. 나는 많은 책을 조금씩 읽어 보았다. 천국이 정말로 있다면, 그곳은 나만을 위한 도서관일 것이다. 나는 책등에 손가락 끝을 대고 줄줄이 늘어선 책들을 따라 걸었다. 해가 질 때가 되자, 책에서 마법의 힘이 느껴졌다. 책들이 내게 속삭였다. '나를 집어 봐. 엄청난 비밀이 궁금하지 않니?'

해가 완전히 저물자 나는 휴대폰 불빛에 기대어 책을 읽었다. 도서관 조명은 전혀 켜 두지 않았기 때문이다. 1층에 가로등 불빛이 스며드는 곳이 있어서 그쪽으로 걸어갔다. 그곳에서 실크 스크린 기법으로 그려진 루나 파크의 금빛 탑 그림을 빤히 들여다보았다. 그 그림은 청소년 도서 구역에서 솟아 나와 있었다. 나는 기구를 타는 사람들의 비명과 웃음소리를 분명히 들었다.

짐 가방에 강아지 사료 통조림 두 개가 들어 있었다. 맛이 그렇게 나쁘진 않았다. 나는 쓰레기통에서 뜯지 않은 케첩 팩 몇 개를 찾아서 챙기고, 개수대에서 뜨거운 물을 받아 왔다. 그러자 조금 따뜻해졌다. 휴대폰을 확인했다. 지니 이모가 보낸 문자 메시지를 무시하려고 했지만, 끝없이 이어져서 계속 그럴 수는 없었다. 지니 이모는 내가 너무 걱정되어 학교에 전화했고, 핀토 교장 선생님이 경찰에 알렸다. 지니 이모와 레오 아저씨는 자신들에게 무척 화가 나 있었다. 왜 지니 이모는 내가 천식 발작이 났을 때 나를 병원으로 데려간 친절한 아주머니의 번호를 알아보려고 하지 않았을까?

제발, 제발 부탁이니 집으로 전화해 다오.

나는 지니 이모에게 답장을 썼다.

저는 괜찮아요. 생각할 시간이 필요해요. 걱정 끼쳐서 죄송해요.
생각이 정리되면 전화할게요.

또 다른 하고 싶은 말을 떠올려 보았지만, 사랑한다는 말 이외에는 떠오르지 않았다. 하지만 그 말은 지니 이모를 불편하게 할 게 뻔했다. 답장을 보내고 지니 이모의 번호를 차단했다. 이모가 나에게 문자로 보낼 온갖 슬픈 감정을 견딜 수 없을 것 같았다. 그날 밤 도서관에서 지내는 건 괜찮았다. 플립이 내 곁에 있고, 여기라면 우리가 정말로 안전할 것 같았다. 나는 우울해지기 싫어서 핼리에게 문자를 보냈다.

나: 병원 진료는 어땠어?

헬리: 그냥 피 검사만 받았어. 우리 《마법 상자》의 다음 이야기를 생각 해 볼까?

나: 좋아. 데이먼이 몰래 우리 비행선에 탑승했어. 금빛 비행선 말이야.

헬리: 그럴 줄 알았어! 골칫덩어리 데이먼! 그리고 어떻게 됐어?

나: 플립이 냄새로 데이먼의 위치를 알아냈어. 데이먼은 창고에 있었어. 마법 상자를 훔쳐 가던 중이었지.

헬리: 좋았어, 플립! 데이먼은 출구로 도망쳤고, 거기에는 비겁하게 투명으로 된 데이먼의 우주선이 있었어. 데이먼은 마법 상자를 가져가려는 계획이 헬렌과 브루스 때문에 방해받는다면, 데이먼은 광선검을 뽑아서 비행선 창문에 큰 구멍을 내려고 했어. 그렇게 되면 기압이 빠져나가서 금빛 비행선과 비행선 안에 있는 모든 것이 멀리 날아가 버려. 데이먼을 보내 주어야 할까?

나: 그럴 수 없지. 헬렌과 브루스는 마법 상자를 테스에게 가져다줘야 하잖아. 헬렌이 데이먼에게 이렇게 말했어. "잠깐만! 너 열쇠가 필요할 텐데?" 데이먼이 자물쇠를 확인하더니 낄낄거리며 웃었어. 상자는 단 한 번도 잠겨 있지 않았어!

헬리: 이런, 아니야. 거짓말하지 마. 머큐리오스가 불꽃으로 만든 열쇠로 잠갔단 말이야!

나: 그냥 그런 체했던 거야! 머큐리오스는 헬렌과 브루스가 마법을 부릴 수 있게 돼서 지금처럼 곤란한 상황에 처했을 때 자신들을 지킬 수 있기를 바랐어. 로렌츠 아저씨가 한 말이기도 한데, 진정한

마법사는 마법에 깃든 비밀을 절대로 혼자만 간직하지 않아. 나눠 준다는 뜻이지. 그러니 마지막으로 물을게. 그 대단한 상자에 대체 뭐가 들어 있는 거야?

헬리: 데이먼에게 물어봐. 상자를 열고 있어!

나는 헬리가 마저 이야기를 생각할 동안 기다리고 또 기다렸다. 마침내 내가 문자를 보냈다.

"그리고?"

헬리: 데이먼은 울음을 터뜨렸어. "이게 최고의 보물이라는 거야? 말도 안 돼. 이건 완전히 무의미하잖아." 데이먼은 의식을 잃었어.

나: 이게 대체 무슨 일이야? 상자 안에 뭐가 있었는데???

헬리: 플립이 데이먼의 손에서 상자를 낚아챘어. 그리고 상자 위에 앉아서 헬렌과 브루스가 상자에 들어 있는 걸 보지 못하게 했어. 플립이 물지는 않지만, 그렇다고 플립을 재촉하면 안 돼. 이제 헬렌과 브루스는 데이먼에게 어떻게 복수해야 할까? 네가 이 잔인한 부분을 다루도록 해 줄게.

나: 헬렌과 브루스는 데이먼을 부축해서 남아 있는 잠자는 공간으로 데려갔어. 그리고 그곳에 저음의 멋진 랩을 들려주면서 엉터리 처방 행성에 도착할 때까지 안정을 취하라고 했어. 헬렌과 브루스가 테스에게 마법 상자를 전해 주고 나면, 테스는 데이먼을 꽤 괜찮은

인간 로봇으로 만들어 줄 거야.

헬리: 이래서 내가 너를 사랑하는 거야. 세상에 나쁜 사람은 없다는 걸 알고 있잖아. 좋아, 정말 멋진 이야기는 즉흥적으로 나오는 거지. 그런데 '에헴' 나는 밤새 한숨도 못 잤어. 그래서 지금 자러. 가야만. 해. 잘 자. ;0)

"네가 글을 읽을 수 있으면 좋겠어, 플립. 내가 보는 걸 너도 보고 있다면 한번 물어볼게. 윙크 말이야. 헬리가 나에게 문자로 윙크 이모티콘을 보냈어. 그냥 괜찮은 농담이겠지? 그렇겠지. 하하."

나는 정말로 헬리가 내가 생각하는 의미로 윙크를 보낸 건지 확인하기 위해 마지막 문자를 여러 번 훑어보아야 했다.

"헬리는 정말로 나를 사랑하고 있어, 플립. 그러니까 친구로서 말이야, 아직은."

플립은 내 코를 한 번 물더니 내 옷에 달린 모자 안에 들어가서 꿈틀대는 지렁이처럼 누웠다.

우리는 도서관 뒤편에 있는 사무실로 들어가서 소파에 누웠다. 나는 마법 상자 안에 들어 있는 것이 궁금해서 잠이 오지 않았다. 창문을 조금 열어서 바람이 들어오도록 했다. 기분이 한결 나아졌다. 숨을 쉬고, 또 쉬고, 그렇게 숨을 여러 번 쉬고 난 뒤에야 잠이 들었다.

잠에 든 지 고작 몇 분도 안 지났을 때였다. 플립의 으르렁대는 소리에 잠에서 깼다. 도서관 안은 아주 어두웠고, 내 앞에 서 있는 어느 키 큰 남자의 실루엣이 유독 더 어두워 보였다. 남자는 엉덩이 근처에서 뭔가를 꺼내더니 내 쪽으로 겨누었다. 철커덩거리는 소리가 들리고, 아주 짧은 순간에 나는 금빛 봉처럼 보이는 것으로 얼굴을 맞았다.

41

나를 데리러 온 남자

"얘야, 네 휴대폰을 잠깐 확인할게."

여자 경찰이 말했다.

경찰서에는 사람들이 많아서 시끄러웠다. 경찰들은 나를 복도 끝에 있는 방으로 들여보냈다. 방 안은 더웠지만 플립은 내 옷 주머니 안에서 나오려 하지 않았다.

"그럼 이렇게 하자. 네 이름만이라도 알려 줘."

"안 돼요. 그곳으로 돌아갈 수 없어요."

내가 거부했다.

"어디를 말하는 거니?"

"제발 저희를 그냥 보내 주세요. 부탁드려요. 정말 우리는 괜찮을 거예요."

"얘야, 나도 부탁할게. 그냥 너와 강아지를 도와주려는 것뿐이야. 알겠지? 지금 긴급 상황에 대비한 사회복지사가 이쪽으로 오고 있어. 5분 후면 도착할 거야. 그때까지 네 이름을 말하지 않으면, 사회복지사는 너를 아동 보호 시설로 데리고 갈 거야. 그곳에는 강아지를 데리고 들어갈 수 없어."

"저도 알아요."

"네 친구인 강아지는 유기견 보호소로 보내질 거야."

"저도 알아요. 그런데 뭘 해야 할지 모르겠어요."

플립은 고개를 돌려서 내 얼굴을 핥고 있었다.

"제발, 네 이름만 알려 주면 돼."

경찰이 말을 끝내자, 누군가 방문에 기대며 알렸다.

"그 아이를 데리러 온 사람이 밖에 와 있어."

경찰이 다시 고개를 돌려 나를 바라보았다.

"마지막 기회야."

"알겠어요. 핼리에게 전화를 걸어서 제 강아지를 맡길 거라고 약속해 주세요."

"핼리?"

"제 친구예요. 단짝 친구요."

"잘됐구나. 그렇게 하자. 핼리에게 전화할게. 이 작은 친구를 내가 직접 핼리에게 맡길 거야. 만일 핼리가 강아지를 데려갈 수 없는 상황이라면 우리 집으로 데려갈게. 약속해."

"정말 그렇게 해 주실 거예요? 강아지 키우세요?"

"두 마리 키운단다."

경찰은 나에게 휴대폰으로 영상 하나를 보여 주었다. 경찰이 키우는 뚱뚱한 강아지들이 꼬리를 마구 흔들고 있었다. 경찰이 강아지들에게 치즈볼을 먹여 주었기 때문이다. 나는 이 경찰이 마음에 들었다.

"알겠어요. 제 이름은……."

"벤."

누군가 나를 부르는 소리에 고개를 들자, 로렌츠 아저씨가 서 있었다. 로렌츠 아저씨는 나를 안아 주며 이제 괜찮다고 말해 주었다. 모든 것이 좋아지고 있었다.

42

한밤중 회의

시곗바늘이 자정을 지났고, 이제 10월로 접어들었다. 우리는 식탁에 둘러앉았다. 플립은 핼리의 무릎에서 코를 골며 잠이 들었다. 로렌츠 아주머니가 주문한 피자가 도착했지만, 아무도 먹지 않았다. 나는 로렌츠 가족에게 모든 이야기를 털어놓았다. 하지만 레오 아저씨가 나를 때렸다는 사실은 말하지 않았다. 레오 아저씨에 관한 이야기는 플립을 발로 찼다는 것만으로도 충분했다. 내가 그 이야기를 끝냈을 때, 로렌츠 아주머니가 이렇게 말했기 때문이다.

"알겠다. 앞으로 여기서 우리와 함께 지내자꾸나."

"그렇게 간단한 문제가 아니에요, 아주머니."

나는 난처했다.

"벤, 제발. 나는 도서관 사서야."

"미디어 전문가이기도 하고."

헬리도 한마디 보탰다.

“뭐가 됐건 나를 아주머니라고는 부르지 마.”

“벤이 엄마한테 윙크를 보내는 것보다는 나아요.”

나는 입을 다물라는 의미로 째려보았지만 헬리는 계속 말했다.

“엄마는 그게 무슨 뜻인지도 모를걸.”

“이모티콘 말하는 거니? 그거라면 참 다정하구나, 벤. 보내고 싶으면 언제든 윙크 이모티콘을 보내 주렴. 그러면 나도 너에게 윙크 이모티콘을 보낼게. 우리는 완전히 윙크 친구가 되겠구나. 재밌네!”

헬리는 마치 ‘우와, 이번만큼은 엄마가 너보다 훨씬 순진하네’라는 듯한 표정으로 나를 쳐다보았다.

“너는 반드시 우리 가족과 함께 지내야 해. 너와 엄마는 아주 잘 지낼 거야. 그리고 너를 놀리는 것도 아주 재밌겠지.”

“벤, 네가 이모한테 전화하고 싶을 거 같아.”

그렇게 말하며 로렌츠 아주머니는 금방이라도 눈물을 쏟을 듯한 표정을 지었다. 레오 아저씨와도 이야기를 나눠 보라고 했지만, 그건 내가 감당할 수 없었다. 나는 머리가 터질 지경이라 잠시 쉬고 싶었다.

“지니 이모에게 저 대신 전화해 주시겠어요?”

“가엾기도 해라. 알겠으니 이모 전화번호를 알려 주렴. 오후에는 네가 이모에게 전화해 보고.”

로렌츠 아저씨가 나와 플립을 불렀다.

"벤, 플립이랑 잠잘 준비 하자."

로렌츠 아저씨의 서재에 있던 소파가 펴지더니 침대로 변신했다. 벽에는 은하수와 별 그림들이 가득했다. 천장에는 행성과 모형 비행기가 걸려 있고, 사방을 둘러싼 책장에는 책들이 빽빽이 꽂혀 있었다. 로렌츠 아저씨는 반짝이는 담요를 걷어 내서 1905년의 루나 파크가 담긴 도시의 모형을 보여 주었다. 밤에 만난 꿈의 나라였다. 절반만 완성된 상태였지만, 금빛 탑은 거의 다 지어져 있었다. 로렌츠 아저씨는 뾰족한 탑부터 그 탑을 둘러싼 작은 탑들까지 작은 전구들을 길게 이어서 둘렀다. 건물들은 반짝이는 종이로 만들어져 있었다.

"방의 조명을 꺼 주겠니."

로렌츠 아저씨가 말했다.

작은 전구의 불빛이 플립에게 반사되어 플립의 눈이 금빛으로 빛났다.

"핼리의 생일 선물이란다. 열네 번째 생일에 선물할 거야."

43

지니 이모

아침에 내가 잠에서 깰 무렵이었다. 로렌츠 아주머니는 식탁에 서류 다발을 펼쳐 두고 로렌츠 아저씨와 함께 그 내용을 읽고 있었다. 핼리는 소파에서 담요를 덮고 누워 있는데, 머리에는 분홍색 사슴뿔이 박힌 밝은 분홍색 털모자를 쓰고 있었다. 플립이 핼리의 무릎에 껑충 뛰어올랐다. 그리고 앞발을 들더니 핼리와 주먹을 맞부딪치며 인사했다. 플립은 하품을 한 번 한 뒤에 살이 도톰한 배를 간지럽혀 달라며 몸을 뒤집었다.

"플립이 여기를 자기 집처럼 편하게 여기면 좋겠어."

핼리가 말했다.

"잠은 잘 잤니, 벤?"

로렌츠 아저씨가 물었다.

"너무 잘 잤어요."

나는 진심을 담아 말했다. 너무 푹 잔 나머지 어떠한 꿈도 꾸

않은 밤이었다.

"지니 이모와 오랜 시간 통화했단다."

로렌츠 아주머니가 말했다.

"벤, 네가 부딪쳤던 정지 신호판에 대해 얘기를 나눠야겠구나. 이리 가까이 와 봐."

로렌츠 아주머니는 내 얼굴을 잡고 불빛에 비춰 보았다. 레오 아저씨가 때린 부위를 살피기 위해서였다. 상처 자국은 거의 남아 있지 않았다. 나는 잠에서 깼을 때 가장 먼저 화장실로 가서 얼굴을 확인했다. 로렌츠 아주머니는 눈살을 찌푸렸다.

"목이 다쳤니? 숨김 없이 솔직하게 말해 주렴."

"저는 괜찮아요. 정말로요."

"네 얼굴을 사진으로 찍어 놓아야겠어."

"안 돼요. 저는 이 일을 크게 만들고 싶지 않아요."

내가 애원했다.

"이건 큰일이야. 정말 큰일이라고. 이 일을 숨길수록 더 심각해질 뿐이야."

"지니 이모와 레오 아저씨가 집으로 다른 아이를 데려오려는 건 아니에요. 제가 그 집에 살기 전엔 두 분은 잘 지내셨어요. 지니 이모 말인데요, 저는 이모의 인생을 망치고 싶지 않아요."

"그렇지 않아. 넌 아무 잘못 없어. 확실한 건 레오 아저씨가 너와 있었던 일을 지니 이모에게 털어놓았단다. 그렇게 한 건 레오 아저씨에게 많은 도움이 될 거야. 레오 아저씨는 상담을 받을 거고, 그래야만 해. 레오 아저씨는 전문적인 상담이 필요해. 네 덕분에 필요한 도움을 받게 된 거란다."

"저는 그렇게 생각하지 않아요."

"벤, 너는 그 집으로 다시 돌아갈 수 없어. 아동 보호 시설에서 허락하지 않을 거야. 이제 자세히 검토해야 할 것이 많아졌어. 조금 있으면 사회복지사가 와서 우리가 사는 아파트에 대해 알아볼 거고, 나와 로렌츠 아저씨에 대해서도 자세히 알아볼 거야. 그러고 몇 시간 내에 우리가 위탁 보호자로서 예비 승인을 받을 수 있는지 알게 될 거란다. 내 생각에는 받을 수 있을 거 같아. 너와 내가 2년 동안 서로 알고 지냈다는 부분도 도움이 될 거야. 오늘 오후에 지니 이모가 오기로 했어. 지니 이모는 오직 너의 행복만을 중요하게 생각하는 분이란다. 무엇보다 네가 안전하길 바라셔. 이 집이라면 안전하지. 그렇지? 우리와 함께 있으면 안전할 거야. 그렇다고 한 번 정해지면 되돌릴 수 없다는 의미는 아니야. 너는 이 집에 얽매이는 것이 아니고, 원한다면 떠나도 돼. 레오 아저씨가 필요한 상담을 모두 받고 너의 보호자가 될 자격이 충분해지면, 다시 지니 이모 집으로 돌아가도 돼. 네가 원한다면."

"저는 돌아가지 않을 거예요. 저와 플립은 안 그럴 거예요."

"엄마, 진심이에요? 왜 벤이 그 집으로 돌아가고 싶겠어요?"

헬리가 따져 물었다.

"그냥 벤에게 선택권을 주는 거야. 우리는 이 과정을 천천히 진행할 거란다. 벤, 우리는 네 선택을 따를게. 그래도 괜찮겠니?"

나는 고개를 끄덕이기 전까지 잠깐 생각할 시간이 필요했다. 결정을 내리는 것에 익숙하지 않았고 선택권을 가지는 것도 익숙하지 않았다. 나는 거의 들떠 있었다. 이건 마치 보기 전에는 그저 그럴 거라고 생각했던 영화가 막상 보니 너무 재밌을 때 느껴지는 그런 기분이었다.

로렌츠 아저씨가 나를 바라보며 고개를 끄덕였다. 핼리가 플립을 꼭 껴안고 말했다.

"다 괜찮을 거야, 플립. 모든 게 잘되고 있어."

"그러면 여기 계신 분들 모두 벤이 당분간은 여기서 지내는 게 더 낫다고 여기시는 거죠?" 사회복지사가 말했다.

사회복지사는 지니 이모를 바라보며 다시 물었다.

"확실히 동의하시는 거 맞나요?"

지니 이모는 화장을 아주 많이 한 모습이었다. 이모는 나를 보지 않고 탁자 한가운데를 쳐다보면서 물었다.

"벤, 내 확신이 맞는 걸까?"

나는 지니 이모 대신 핼리를 바라보면서 고개를 끄덕였다. 핼리는 조금 슬프게 미소 지으며 플립을 껴안았다.

사회복지사가 서명이 필요한 부분을 알려 주자, 지니 이모는 서명했다. 지니 이모는 펜을 내려놓은 뒤에 여전히 나를 보지 않으면서 말했다.

"벤, 나를 자동차가 있는 곳까지 바래다주겠니? 너에게 줄 작은 선물이 있어."

아름다운 오후였고, 나는 지니 이모와 이야기를 나눌 기회가 생겨서 기뻤다.

"그동안 전부 다 감사드려요."

"아니야, 벤." 지니 이모는 마스카라가 번지지 않도록 솜으로 눈을 가볍게 두드리면서 말했다.

"나는 로렌츠 부부의 집에 아주 잠시 머물 수밖에 없었어. 내가 너를 얼마나 실망시켰는지 깨달았거든. 테스 언니도 실망시켰고."

"그렇지 않아요."

"네가 왜 로렌츠 부부와 함께 지내려고 하는지 알 것 같구나. 정말 훌륭한 사람들이야. 어떻게 해야 하는지 알고 있어."

"뭘 어떻게 해요?"

"핼리는 대단한 아이야. 로렌츠 부부는 핼리와 함께 아름다운 일을 한 거란다. 나는 그저 네가 행복하길 바랄 뿐이야. 정말 미안하구나. 다 미안해. 차 안에 앉아서 잠깐 얘기하자꾸나."

나는 자동차 안에서 지니 이모와 잠깐 이야기를 나누었다. 이모는 운전석 도구함에서 작은 선물 꾸러미를 꺼내서 나에게 건넸다. 너무 예쁘게 포장되어 있어서 포장지를 뜯고 싶지 않을 정도였다.

"리본은 챙겨 두렴. 비싼 거니 다음에 또 써도 돼."

나는 포장지를 접어 두고 선물로 눈길을 돌렸다. 사진이 담긴 액자였다.

"네가 이 사진을 간직했으면 좋겠어. 내가 가장 좋아하는 테스 언니 사진이야. 우리 셋이 함께 나온 사진."

엄마는 세 사람 중 가운데에 있었다. 두 팔로 지니 이모와 로라 아주머니의 어깨를 감싸 안은 모습이었다. 세 사람 모두 진심으로 웃고 있었다. 산타 모자를 쓴 세 사람은 조금 취한 것 같기도 했다.

"사진 속에 그 여인, 정말 아름답지 않니? 세상에서 가장 사랑스러운 미소를 지닌 여인이지. 네 엄마 테스 언니 말이야. 네 엄마. 벤, 언젠가 나를 용서해 주겠니?"

"용서할 게 있나요? 지니 이모는 저를 도와주셨잖아요."

"레오 아저씨는 그렇게 자랐어. 매를 아끼면 아이를 망친다고 배웠지. 레오 아저씨가 너를 때릴 줄 알았다면 나는…… 잘 모르겠지만 너를 보호하려고 뭔가 조치를 취했을 거야. 나는 레오 아저씨가 폭력적인지 전혀 몰랐어. 아저씨는 자신이 부모가 될 자격이 없다고 말하더구나. 그런 사람들이 있어. 레오 아저씨를 미워하지 말아 줘."

"미워하지 않아요."

내 대답은 사실 거짓말이었다. 하지만 거짓말이 아닐 수도 있고 나도 잘 모르겠다. 레오 아저씨를 불쌍하게 여기는지도 모른다. 확실한 건 레오 아저씨를 좋아하지는 않는다는 것이다.

"마음이 참 넓구나. 테스 언니는 항상 네가 특별하다고 했어. 말도 안 되게 특별하다고 말했지. 짧지만 우리가 함께 보낸 시간 속에서 나도 그렇게 느꼈어. 하지만 너는 감정을 잘 숨겨. 너무 조용하고. 그래서 네가 나를 싫어하는 줄 알았단다."

"저는 지니 이모를 좋아해요. 정말로요."

"우리가 함께 지냈던 몇 주 동안 너를 사랑하는 내 마음을 보여 주고 싶었어. 단지 그 방법을 몰랐을 뿐이야. 난 포기하지 않을 거야. 알았지? 나는 계속 그럴 거고 네가 바라는 만큼 너의 곁에 있을게."

지니 이모는 나를 안아 주더니 어깨를 밀면서 말했다.

"내가 무슨 짓을 한 거지. 네 옷에 화장이 묻었구나."

"괜찮아요."

"내가 울기 전에 어서 가 보렴. 마스카라를 번지게 하고 싶지 않아."

그러기에는 이미 늦은 듯했다. 나는 지니 이모의 자동차에서 내렸다.

"내일 나에게 전화해 줘. 그럴 수 있지? 전화해서 괜찮은지 알려다오. 네가 바라는 만큼만 우리 서로 만나자. 그래도 되지? 나는 너에게 일어나는 모든 아름다운 순간을 함께하고 싶어. 그래. 모든 아름다운 순간을 말이야."

지니 이모는 자동차를 몰고 출발하면서 마지막 말을 덧붙였다. 나를 보지 않고 부드러운 목소리로 말했다. 빠른 속도로 분명히 이렇게 말했다.

"사랑해."

지니 이모의 자동차가 길에서 점점 멀어져 갔다. 아주 깨끗한 자동차는 햇빛에 반짝이더니 모퉁이를 돌아 사라졌다. 나는 지니 이모가 선물해 준 사진을 자세히 들여다보았다. 지니 이모와 엄마, 로라 아주머니 모두 무척 어려 보였다. 아무런 걱정이 없어 보이는 세 사람은 나쁜 순간도 없이, 늘 이렇게 함께 지낼 것처럼 환하게 웃고 있었다.

선선한 바람이 부는 화창한 날씨였다. 이런 날씨에는 할머니 한 분이 가끔 꽃을 팔러 나왔다. 할머니는 바닷가 산책길 맞은편 끝에 있었다. 나는 할머니가 밀고 있는 카트 쪽으로 빠르게 걸어갔다. 햇빛이 내 마음을 비추는 듯했다. 길 위로 몸이 붕 떠서 하늘로 날아오르고, 너무 높이 올라서 도시 전체를 내려다볼 수 있을 것만 같았다. 할머니에게 5달러를 주고 빨강, 보라, 분홍색 꽃이 섞인 예쁜 꽃 한 다발을 샀다. 그러고는 로렌츠 부부에게 꽃을 주려고 집으로 달려가다시피 했다. 내가 아파트에 도착했을 때는 사회복지사는 이미 떠난 뒤였다. 로렌츠 아주머니가 나를 끌어안았다.

"벤, 우리와 함께 살게 되어서 무척 기쁘구나."

"정말 감사해요."

로렌츠 아주머니는 꽃다발을 받아 들고 꽃병을 꺼내기 위해 진열장으로 걸어갔다.

"이제 가서 네 방을 꾸미자."

44

츄바카

로렌츠 아저씨의 서재에 있던 물건들이 모두 식탁 근처로 옮겨져 있었다. 나는 로렌츠 아저씨에게 이러지 말아 달라며 부탁했지만, 사회복지사가 집으로 오기 전에 짐을 서재에서 모두 꺼냈다고 말했다. 로렌츠 아저씨는 방에 은하수 그림이나 모형 비행기처럼 멋진 물건들을 몇 개 남겨 두었다. 나는 반짝이는 담요를 걷어서 로렌츠 아저씨가 핼리의 생일 선물로 만들고 있는 1905년의 루나 파크 모형을 살짝 엿보았다. 조금 더 지어진 모습이었다. 탑의 가장 아래층에 해안선을 따라 금색 포일이 깔려 있고, 포일은 잔잔한 파도가 일렁이는 바다처럼 구겨져 있었다.

모형 위쪽의 벽에 붙은 코르크판에는 아무것도 없이 깨끗했다. 로렌츠 아저씨는 그 자리에 붙어 있던 마법 설계도와 밑그림들을 치워 버렸다. 곧 자연사박물관에서 큰 축제가 열리고, 로렌츠 아저씨는 그곳에서 선보일 마법을 준비 중이었다. 나는 벽에 츄바카 포스터를 걸고 압정으로 고정해 두었다. 압정을 다시 뽑아야 하는 날까지 시간이 얼마나 걸릴지 궁금해하면서 말이다.

헬리가 플립을 안고 방으로 들어왔다. 그리고 침대에 털썩 앉아서 내가 벽에 압정 꽂는 모습을 지켜보았다.

"이제 정말로 같이 살게 됐구나, 벤."

"근데 너 기분이 별로 안 좋아 보여."

헬리는 왠지 슬퍼 보였다.

"나는 지금 엄청 긴장한 상태야. 다음 주에 항암 치료가 있어서 특히 더 긴장돼. 한 달에 한 번뿐이지만, 치료받고 며칠 동안은 기분이 별로 안 좋거든. 네 기분도 덩달아 안 좋아질 수 있어. 그렇게 내가 너에게 영향을 주게 될 거야. 나는 그냥 네가 우리 집에 같이 살게 되어 너무 잘됐다고 말해 주고 싶었어. 우리는 서로 응원해 줄 테니까."

"약은 얼마나 더 오래 먹어야 해?"

"잘 모르겠어. 아마 111퍼센트 다 나을 때까지는 몇 달 더 먹어야 할 거야. 내일 피 검사 결과가 나오면 의사 선생님께 다시 여쭤보려고. 치료의 성공 여부를 결정하는 가장 중요한 순간이 될 거야. 내 팔에 멍이 생길 일도 없겠지."

헬리는 팔에서 피를 뽑은 부위들을 보여 주었다. 노란색, 갈색, 녹색, 보라색의 온갖 멍들이 자리하고 있었다. 헬리가 반창고를 떼자, 검은색에 가까운 멍이 드러났다.

"밖에 날씨가 좋아."

내가 말했다.

"바다로 가서 연을 날리자."

핼리가 대답했다.

우리는 그렇게 했다. 보라색 연에 금색 꼬리가 달려서 반짝거렸다.

45

무지개 소녀와 공중그네

다음 날 학교가 끝나고 집으로 돌아오는 길에 나는 꽤 들떠 있었다. 금요일이라서가 아니라 헬리와 《마법 상자》 이야기를 써 나갈 생각 때문이었다. 헬리에게 마법 상자에 무엇이 들어 있는지 알려 주지 않는다면, 나는 더는 친구로 지내지 않을 거라며 겁을 줄 작정이었다. 상자 안의 보물이 행성 전체를 구할 수 있다면, 그건 반드시 널리 퍼져야만 했다. 들으면 감정이 풍부해지는 좋은 노래처럼 말이다. 그 순간 휴대폰 불빛이 깜박였다.

지니 이모였다. 지니 이모는 문자로 앞발을 흔드는 고양이 이모티콘을 보냈다. 나는 멍해 보이는 강아지 이모티콘을 답장으로 보냈다. 지니 이모는 다음 주에 저녁 식사를 같이하자고 했다. 나는 지니 이모와 자리를 같이하는 것이 조금 걱정되었다. 레오 아저씨가 어떤 일을 겪고 어떤 상담을 받았는지 레오 아저씨와 관련된 소식은 전혀 궁금하지 않았다. 그런 생각들과 레오 아저씨가 플립을 발로 차던 모습을 떠올리고 싶지 않았다. 하지만 나는 "좋아요"라고 지니 이모에게 문자를 보냈다.

헬리와 플립이 아파트 바깥에 있는 계단 위에서 나를 기다리고 있었다. 미소 짓는 헬리의 모습은 피곤해 보였다. 헬리는 자신의 옆자리를 살며시 두드렸고, 나는 헬리 옆에 앉았다.

"집에는 엄마가 무척 놀라서 있고, 아빠는 엄마를 진정시키고 있어. 나는 밖으로 나와야만 했어. 왜 그런지는 알지? 벤, 지금 네가 어떤 상황에 처했는지를 봐. 드라마 속으로 들어온 걸 환영해."

"내가 어떻게 하면 돼?"

"왜 너는 항상 너 때문이라고 생각하는 거야?"

"거의 매번 그랬으니까."

"이번에는 아니야."

헬리는 휴대폰을 꺼내서 화면을 보여 주었다. 화면에는 숫자들로 가득한 도표들이 나타났고, 도표 열에는 'T세포'와 '알파태아단백'*이라는 이상한 제목이 적혀 있었다.

"이게 무슨 말이야?"

내가 물었다.

"재발한 거야. 그렇다고 놀라지는 마. 나는 예전으로 돌아가지

* 태아에 의해서만 생성되는 유일한 단백질. 간암의 감시 검사에 이용된다.

않을 거고, 이 골칫덩이들을 열심히 쫓아내고 있어. 정말이야, 벤."

"네가 그러는 거 잘 알지."

대답은 그렇게 했지만, 사실 나는 아무것도 알지 못했다.

"방금 의사 선생님이 전화를 주셔서 재발 사실을 확실히 알게 됐어. 그런데 나는 우리가 책방 나들이를 간 날에 이미 알고 있었어. 그날 아침에 일어났을 때 기분이 평소와 달랐거든. 등 아래가 이상하게 따뜻했어."

"지난겨울에 증상을 처음 느꼈을 때 기분이었어?"

"아니. 그 당시에는 소변에 피가 고여 있었어. 복통이 사라지지 않아서 바로 수술을 받아야 했지. 종양 무게가 2킬로그램 정도 나갔어. 나는 의사 선생님께 종양 사진을 보여 달라고 했고, 내 몸 안에 그런 게 있다는 사실이 믿기지 않았어. 마치 검은 혈관이 보이는 거인의 회색 주먹처럼 생겼달까. 아무튼 이번 항암 치료에서는 새로운 약이 쓰여. 안 좋은 것들을 완전히 태워 버리는 약이라서 놀랄 정도로 아주 독하대. 당분간은 평소보다 많이 아플지도 몰라. 당장 내일부터 항암 치료를 시작해야 해. 그러니 오늘 나를 루나 파크로 데리고 가 줘."

"지금 당장?"

"플립은 집에 두고 가자. 지금이 가장 좋은 시기야. 벌써 10월이고 내가 111퍼센트 나을 때 즈음에는 루나 파크가 개장하지 않을 거야. 나는 너랑 함께 하늘을 날고 싶어."

"하늘을 난다고?"

핼리가 활짝 웃으며 말했다.

"우리 '산책길 비행기'를 타러 가자."

그건 기본적으로 스카이다이빙과 슬링샷이 섞여 있는 기구였고, 사람을 60미터 높이로 쏘아 올렸다. 시간당 96킬로미터의 속도였다. 기구 안내원은 우리에게 안전 조끼를 단단히 입으라고 했다.

"이 말을 미리 안 했던 것 같은데, 나 고소공포증 있어."

핼리가 걱정스레 말했다.

"그래서 《마법 상자》의 여주인공이 공중그네 곡예사인 거구나. 이해됐어."

"그래. 그 말은 곧 내가 네 온몸에 토할 수 있다는 뜻이야."

"기구를 타기 전에 그 사실을 알았으면 좋았을 텐데."

발목에 묶인 케이블 선이 우리를 탑 꼭대기까지 올려 주었다. 핼리는 소리 지르며 웃었다.

"아이고, 내 배야!"

"맙소사."

"내 손 놓지 마, 벤!"

"놓지 않겠다고 약속할게. 네가 내 손가락을 부러뜨리는 한이 있어도. 어, 이제 간다!"

우리는 산책길까지 내려갔다가 태양을 향해 올라갔다.

"나를 날아가 버리게 하지 마! 손잡아 줘!"

"나 여기 있어! 네 손 잡았어!"

"나도 네 손 잡았어! 벤?"

"핼리?"

"우린 날고 있어! 정말이야! 말로 표현이 안 될 정도로 굉장해!"

정말 그랬다. 핼리의 말 그대로였다.

46

겁먹지 마

우리는 아무 말도 하지 않고 바닷가 산책길을 천천히 걸었다. 얼굴에 비치는 햇살이 따사로웠다. 핼리가 웃으며 다리를 뒤로 젖히더니 내 엉덩이를 치려고 했다.

"그 자세는 뭐야?" 내가 물었다.

"겁먹지 마. 알았지? 모든 게 잘될 거야." 핼리가 말했다.

"나도 너에게 겁먹지 말라고 해야겠어."

"나는 겁먹지 않았어, 벤. 정말이야. 날 봐."

핼리가 유령의 집에 있는 거울을 가리켰다. 거울 속에서 몸이 길게 늘어난 우리의 모습을 보니, 커다란 눈과 머리를 가진 외계인이 생각났다. 핼리와 나는 겁먹은 모습을 들키지 않으려 애쓰고 있었다. 핼리가 휴대폰을 거울에 대고 우리의 모습을 찍었다. 그 순간 핸드폰에서 나온 불빛이 내 눈에 반사되어서 잠을 자려고 누웠을 때도 눈가에 어른거렸다.

토요일 아침 식사 시간이었다. 우리 네 사람이 모두 손을 맞잡자, 헬리가 기도를 시작했다.

"하느님 일용할 양식을 주셔서 감사합니다. 이 자리에 함께한 분들도 감사합니다. 여기 있는 여러분 모두 다가올 모든 날들에도 삶이 힘들다고 포기하지 않길 바랄게요. 이제 하루하루가 최고의 날이 될 테니까요."

헬리가 기도를 마치고 눈을 떴다.

"벤, 내 몸 상태가 아주 좋을 동안 너와 플립이랑 〈루퍼스에게 책 읽어 주기〉 프로그램을 계속하자. 이대로 멈출 수는 없어. 그것만큼 날 화나게 하는 건 없거든. 플립, 우리 하이파이브 대신 하이포를 하자."

플립은 헬리와 손을 마주치더니 헬리의 무릎에서 서핑하는 자세를 취했다.

"엄마, 플립의 눈 좀 보세요. 해리랑 닮았어요. 그렇죠?"

해리는 세상을 떠난 헬리의 개 이름이었다.

"해리는 우리에게 무슨 말이 하고 싶은 걸까요? 보세요. 엄마도 보이시죠? 무슨 말을 하는 걸까요?"

아침 식사가 끝나고 나는 로렌츠 아주머니를 도와 설거지를 했다. 갑자기 로렌츠 아주머니가 젖은 고무장갑을 낀 채로 나를 안아 주었다.

"지금 네가 없었다면 우리가 어땠을지 모르겠구나."

"헬리는 이 순간을 잘 이겨 내고 있어요."

"나도 알지."

하지만 로렌츠 아주머니도 모르기는 마찬가지였다.

플립과 나는 쿠폰 배달 아르바이트를 끝내고 교회에서 로렌츠 아저씨를 만났다. 로렌츠 아저씨는 어린아이들과 마법 수업을 마무리하고 있었다. 한 여자아이가 바닥에 넘어져서 울음을 터뜨렸다.

"무릎이 다쳤어요."

로렌츠 아저씨는 여자아이를 의자에 앉혔다. 그리고 여자아이의 무릎에 마법 가루를 뿌려서 아픔을 잊도록 했다.

"이제 괜찮아요." 여자아이가 말했다.

"그래. 이제 다 나았단다."

로렌츠 아저씨가 여자아이의 머리를 쓰다듬으며 말했다.

로렌츠 아저씨는 반짝이는 보라색 자동차에 나와 플립을 태우고 고속도로로 출발했다. 나는 조수석에 앉아서 무릎에 플립을 앉혔다.

"플립이 어젯밤에 헬리와 잤어요."

"우리 부부도 헬리와 같이 잤어. 오늘 새벽 3시쯤에 플립이 방문을 긁으며 들어오더구나."

“죄송해요.”

“뭐가? 그게 플립의 역할이잖니. 온기를 나눠 주는 것. 그렇지?”

우리는 음악을 듣지 않고 아무런 말도 하지 않았다. 하늘은 맑고 날씨가 화창했다. 헬리와 로렌츠 아주머니는 우리보다 더 일찍 출발했다. 헬리의 가슴 속에 포트*를 넣기 위해서였다. 이름이 정확히 포트가 맞는지는 잘 모르겠다. 로렌츠 아저씨는 목적지까지 자동차로 20분 정도 걸릴 거라고 했다.

“벤? 우리 곁에 있어 줘서 고맙구나. 네가 없었다면 이 순간을 견디기 힘들었을 거야.”

* 케모포트. 항암 치료 시 치료제를 중심 정맥에 투여할 때 사용되는 중심정맥관.

47

시리우스 별

나는 좀 더 병원처럼 생긴 장소를 생각했었다. 우리는 고속도로를 벗어나자마자 상점들이 늘어서 있는 곳으로 들어섰다. 진료 대기실로 들어가자 말과 숲이 나온 사진들이 보이고, 커다란 꽃밭 사진도 보였다.

"플립!" 핼리가 불렀다. 핼리는 연한 주황색 베레모를 쓰고 있었다.

플립은 진료 대기실에 있는 사람들 앞에서 서핑과 권투하는 재주를 보여 주더니 어느 남자아이의 무릎으로 뛰어들었다. 남자아이는 핼리 옆에 앉아 있었다.

"벤, 이 아이는 프랭코야. 아주 멋진 아이지."

프랭코도 머리카락이 없었다. 프랭코는 플립에게 입을 맞추고 이렇게 말했다.

"강아지 입 냄새가 별로네요."

“우리도 알아.” 헬리와 내가 말했다.

남자 간호사 선생님이 진료 대기실로 나왔다.

“그럼 헬리, 마음의 준비가 됐니?”

로렌츠 아주머니가 헬리를 안아 주었다.

“엄마, 진정하세요.”

“난 괜찮아. 괜찮아. 쉬잇.”

로렌츠 아주머니가 말했다.

“제 친구들도 같이 들어가도 돼요? 키 큰 애랑 털뭉치요.”

“물론이지.”

간호사 선생님이 나에게 손을 내밀었다.

“난 제리야.”

“얘 이름은 벤이고, 보기보다 똑똑해요.”

헬리가 내 소개를 했다.

“내가 보기에는 꽤 똑똑해 보이는데.”

제리 간호사 선생님이 익살맞게 대꾸했다.

헬리가 내 손을 잡았다. 온몸을 떨고 있었다. 우리는 안락의자 두 개와 커다란 TV가 있는 작은 방으로 들어갔다. 헬리가 의자에 기대어 앉자, 플립이 헬리의 무릎으로 뛰어들고 하품을 했다. 나는 강아지들이 피곤할 때뿐만 아니라 긴장할 때도 하품을 한다고 배웠다.

간호사 선생님은 헬리의 옷을 아래로 살짝 내렸다. 헬리의 쇄

골 바로 아래에 있는 포트는 가슴 정중앙을 향하고 있었다. 겉모습은 자전거 바퀴에 연결하는 공기 펌프랑 비슷했지만, 포트는 흰색 플라스틱이었다. 간호사 선생님이 포트에 관을 연결했다. 관은 벽에 걸린 비닐 주머니와 연결되었고, 비닐 주머니에 액체가 담겨 있었다. 액체는 깨끗해서 마치 예전부터 마셔 온 맑은 물과 같았다.

"이제 시작할게, 핼리. 처음에는 조금 차가울 수 있어."

간호사 선생님은 관 중앙에 있는 작은 플라스틱 고리를 뽑았다. 그리고 방의 조명을 어둡게 한 후에 TV를 켰다. TV 소리는 들리지 않게 해 두었다. 간호사 선생님이 나에게 리모컨을 건넸다.

"그럼 모두 30분 후에 만나자."

우리는 TV에서 〈저스티스 리그〉*를 보았다.

"우리가 지난번에 우주 여행자들 브루스와 헬렌, 플립 이야기를 했을 때, 이들은 엉터리 처방 행성의 근처까지 왔었어."

핼리가 소설 이야기를 시작했다.

"거의 다 도착한 거야. 엉터리 처방 행성은 은하수에서 가장 아름다운 행성이야. 분홍색이고 깨끗해. 무척 조용하고. 우리는 이제 시리우스 별 바로 옆을 날아가는 중이야. 우리 눈앞에 시리우스

* DC 코믹스의 대표적인 슈퍼히어로 팀이 등장하는 애니메이션.

별만 보일 정도로 굉장히 가까이 왔어. 시리우스는 대기가 없고 육지만 있는 별이야. 시리우스 별을 들여다보아도 전혀 다칠 일은 없어. 별이 멋지게 푸른빛으로 타오르는 모습은 데이먼의 슬픔조차 멈추게 했어. 선선한 바람이 불어오고 어디선가 속삭이는 소리가 들리기 시작해. 테스의 목소리였어. '이제 거의 다 왔구나. 아주 가까이 왔어.' 테스가 말했어. 벤? 나는 걱정하지 않아."

"나도 마찬가지야." 내가 말했다.

"털뭉치 이 작은 녀석이 발로 나를 건드려서 잠을 제대로 못 잤어. 나 잠깐만 눈 감고 있을게. 알았지? 우리 모두 낮잠을 자자."

헬리는 두 눈을 감았다. 플럽도 두 눈을 감고 헬리의 두꺼운 옷 안으로 들어갔다. 헬리가 미소 지었다.

"이 강아지 말이야."

헬리는 여전히 눈을 감은 채로 말했다.

"믿을 수 없이 놀라운 존재야."

헬리는 건강해 보였고, 볼에 붉은빛까지 감돌았다. 말도 안 되는 일이었다.

"너 그거 알아?"

헬리가 물었다.

"생각해 보니까, 음악 채널을 찾아보는 것이 좋겠어. 그리고 랩 소리 좀 크게 키워 줄래?"

48

나는 늘 뱀파이어가 되고 싶었어

집으로 돌아오는 길에 핼리가 자동차 안에 구토를 했다. 나는 자동차 뒷좌석에서 비닐 주머니를 들고서 핼리 옆에 앉아 있었다. 플립은 토한 냄새를 신경 쓰지 않고, 핼리의 품으로 들어간 뒤 꼬리를 흔들었다.

아파트에 도착하자, 로렌츠 아주머니가 말했다.

"이 아이는 생명의 은인이야. 그렇지, 핼리?"

"잘했어. 플립." 내가 말했다.

핼리가 나에게 곁눈질을 했다.

"또 그러네. 엄마는 너를 말하는 거야. 바보 같기는."

집에 들어오자마자 핼리가 또 구토를 했다. 핼리는 변기 앞에서 몸을 숙였고, 나는 핼리의 등을 두드려 주었다. 핼리가 쓴 연한 주황색 베레모가 변기에 빠졌고, 내가 다시 꺼냈다.

"미안해." 핼리가 말했다.

"괜찮아."

"안 돼. 이상한 대머리를 보는 눈길로 날 바라봐야지. 그래도 내 두상이 예뻐서 다행이야."

"맞는 말이야."

"오, 나도 알고 있어. 있잖아, 나는 늘 뱀파이어가 되고 싶었어."

"네가 누군가의 목을 물고 피를 빨아 먹는 모습을 볼 수 없어."

"나는 안 그래. 착한 뱀파이어로 살면서 의학 실험실 연구원이 될 거야. 그래서 실험실 사람들이 버리려는 걸 내가 마실 거야. 곧 그렇게 되겠지만."

"실험실 연구원이 된다고?"

"뱀파이어처럼 된다고. 너도 곧 알게 되겠지만, 내가 지금보다 살이 더 빠지면 뱀파이어처럼 보일 거야. 나 지금 눈물이 나올 것 같아. 나는 6학년 때 반에서 머릿결이 가장 좋은 학생으로 뽑혔었어. 그 사실이 기록된 입학 지원서면 하버드대학교에 합격할 수 있을 거야. 장담해. 이제 됐어. 사실은 나 울지 않을 것 같아. 휴."

헬리는 나에게 기댄 채 방으로 들어갔다. 방에 들어온 헬리가 침대에 털썩 주저앉았다.

"이불 좀 빨리 덮어 주라. 고마워, 벤. 지금 나는 냄새가 나고 더러워. 그러니까 플립만 이 방에 있을 수 있어. 알겠지? 너만 있어 줘, 플립. 플립의 눈을 봐, 벤. 보여?"

나는 헬리와 플립을 방에 남겨 두고 나왔다. 로렌츠 아주머니가 두 팔로 눈을 감싸 안고 소파에 기절한 듯이 쓰러져 있었다. 로렌츠 아저씨는 수프를 만드는 중이었다.

"제가 뭐 도와드릴까요?"

"지금도 충분하단다."

로렌츠 아저씨가 말을 이었다.

"다시 생각해 보니 이 수프 맛 좀 봐 주겠니."

"건강한 맛이 나요."

로렌츠 아저씨가 조금 웃었다. 미소에 가까울 정도로 아주 조용한 웃음이었다. 마치 영화가 끝날 때쯤, 다시 온 세상이 평화로워졌을 때 슈퍼히어로가 보이는 그런 미소였다.

"내가 보기에는 이 수프가 너와 나에게 무척 건강한 맛일 거 같구나. 우리 피자를 시켜 먹는 것이 어때?"

"제가 피자를 받아 올게요. 어차피 플립이랑 산책해야 해서요."

나는 피자집으로 가는 길에 지니 이모에게 저녁 식사를 뒤로 미루어야 할 것 같다는 문자를 보냈다. 다음 주는 아주 바쁠 예정이었다.

헬리는 다음 날 아침까지 한 번도 깨지 않고 잠을 잤다. 로렌츠 아주머니가 헬리에게 조금 차가운 페퍼민트 차를 만들어 주었지만, 헬리는 모두 토해 내고 다시 잠이 들었다. 일요일 오후 4시에 헬리가 일어났다. 헬리는 몸이 너무 뻐근해서 침대에 있을 수 없었다. 하지만 《마법 상자》 이야기를 완성하기에는 너무 지쳐 있었다. 그래서 우리는 비디오 게임을 했다. 핼리의 휴대폰에 문자가 도착해서 진동이 울렸다. 정말로 한 번도 멈추지 않고 계속 울려 댔다.

"지금 다들 나를 보고 싶어 하는 거야. 학교 친구들이 보낸 문자거든. 맞아. 네가 믿을지 모르겠지만 나는 끝내주게 인기가 좋아서 친구들이 너무 많아. 친구들은 지난겨울에 내가 처음으로 응급실로 실려 간 뒤부터 지금까지 계속 나를 보고 싶어 해. 하지만 나는 계속 답장을 하지 않고 있어. 나쁜 행동이라는 걸 알아. 날 위로하지 말라는 뜻이 아니라 내가 지금 친구들을 만날 수 없어. 너도 이해하지? 나는 111퍼센트 회복한 뒤에 친구들을 만나고 싶어. 내가 보는 내 모습 때문이 아니라 친구들이 보게 될 내 모습 때문이야. 걱정으로 슬퍼 보이는 친구들의 눈빛. 그게 두려워. 너랑 플럽은 나를 절대 그렇게 바라보지 않아. 너는 조금 슬퍼 보이지만, 그렇다고 나를 걱정하지는 않잖아."

핼리의 말이 맞았다. 나는 핼리가 걱정되지 않았다. 핼리는 뭐든 감당할 수 있을 만큼 강인했다. 걱정되는 건 나 자신이었다. 핼리가 없는 세상은 어떤 곳일까. 궤도를 잃고 우주에 버려진 행성 같지 않을까. 그래서 온통 춥고 숨도 못 쉴 것이다.

"핼리, 너에게 줄 선물이 있는데. 지금 다른 방에 있어."

"네 방에?"

"금방 돌아올게."

선물은 무지개 줄무늬가 새겨진 모자였다. 나는 이 모자를 지하철역 근처 거리에서 샀다. 양말과 휴대폰 케이스를 파는 곳이었다. 핼리는 모자를 머리에 쓰더니 거울로 자신의 모습을 확인했다.

"이 모자 무척 마음에 들어, 벤. 내 머리카락이 다시 자라도 이 모자는 절대로 안 벗을 거야."

49

헬리 누나는 어디에 있어요?

"헬리는 요즘 어때?"

월요일 점심시간에 청키가 물었다. 우리는 학교 식당에서 늘 앉던 자리에 앉아 있었다.

"헬리는 잘 지내고 있어." 내가 답했다.

창문이 열려 있고, 바람은 아직 여름 같은 초가을 날씨였다. 도시의 파리들이 이날 오후에 회의라도 할 예정인지 쓰레기통 근처에 바글거렸다.

"헬리를 만나고 싶어. 헬리의 궁둥이를 보려는 게 아니야. 지금은 그러면 안 되지."

"청키, 지금뿐만이 아니라 다른 때에도 그러면 안 돼."

"벤, 나는 열세 살이야. 네가 내 나이가 되면 이해할 수 있을 거다. 헬리에게 고맙다고 인사를 하려는 것뿐이야."

"뭐 때문에?"

"글쎄. 나한테 친절하게 대해 주었거든."

"핼리는 지금 밖에 못 나가. 조금 더 나으면 그때 만날 수 있을 거야."

"나 오늘 〈루퍼스에게 책 읽어 주기〉 프로그램 또 보러 갈래. 혹시 어떻게 될지 모르니까. 미안해. 그런 뜻으로 한 말은 아니야. 나는 핼리가 나을 거라고 믿어."

"저기, 청키. 다음에 다시 얘기하자. 핼리와 먼저 얘기해 봐야 할 거 같아. 우리는 곧 만날 수 있을 거야, 알겠지?"

앤젤리나가 내 옆에 앉더니 칩스 아호이 쿠키를 뺏어 먹었다. 론다는 앤젤리나 뒤에서 팔짱을 끼고 서 있었다.

"데이먼이 벤 네 머리가 이상해졌다고 하던데."

앤젤리나가 입안을 쿠키로 가득 채운 채 말했다.

"데이먼이 기막히게 잘 알아봤네."

내가 빈정거렸다.

"나한테 그따위로 말하면 안 되잖아. 벤, 너 머리가 정말 어떻게 됐어?"

"그러면 안 된다는 법이라도 있어?"

나는 핼리를 통해 나 자신을 지키는 법을 배웠다. 핼리가 암에 맞서는 방식과 같았다. 물론 나는 스스로 통제할 수 있지만, 핼리의 암은 그럴 수 없는 차원이지만 말이다. 나는 휴대폰을 꺼내서 앤젤리나를 사진으로 찍었다.

"교장 선생님이 너 눈에 띄지 않게 조심하래. 그만 꺼져 줄래? 안 그러면 교장 선생님께 네 사진을 메일로 보낼 거야."

"너 정말 하찮은 얼간이구나. 내가 정학이라도 당하면……."

"전혀 관심 없어."

나는 단호하게 받아쳤다.

"가자." 론다가 앤젤리나를 끌어당겼다.

앤젤리나가 자리에서 일어나며 한마디 던졌다.

"네 바지한테 미안한걸."

나는 눈을 깜빡이며 물었다.

"왜 내 바지한테 미안한데?"

"네가 껌을 깔고 앉은 거 같아서."

나는 자리에서 재빨리 일어났다. 당연히 의자와 내 엉덩이 사이에 길게 늘어난 껌이 묻어 있었다. 과일 향이 나는 껌 같았다.

"정말 똑똑하네, 앤젤리나."

"고마워."

"아니, 나는 진심이야. 너는 아주 창의적이야. 누군가 앉을 자리에 껌을 붙여 두다니? 나는 한번도 생각해 본 적 없어. 이렇게 기발한 생각은 어떻게 하는 거야? 그러니까 내 말은 네가 천재라고."

"어쨌든 껌 뭉텅이에 앉지 않을 만큼은 똑똑하지."

앤젤리나는 내가 껌으로 골탕 먹어서 진심으로 행복하다는 듯이 연신 웃어 댔다.

"그만해, 앤젤리나."

론다가 나섰다.

"싫어. 벤은 진짜 세상에서 가장 멍청한 애 같지 않아?"

"앤젤리나, 너 그거 알아? 벤의 말이 맞아. 너는 기가 막힌 천재고 이제 나한테 붙어 다닐 생각 마."

론다는 앤젤리나를 밀치고 뒤돌아서 걸어갔다.

앤젤리나는 론다를 뒤쫓아 가며 외쳤다.

"내가 너한테 붙어 다니지 말라고? 네가 나한테 붙어 다닌 거지, 론다!"

"나는 앤젤리나가 싫어. 진짜야. 앤젤리나가 암에 걸렸어야 하는데 왜 헬리가 걸렸을까?"

청키가 내뱉었다.

"청키? 바보 같은 소리 그만해."

"뭐라고?"

"왜 두 사람 중 한 명이 암에 걸려야 하는데?"

나는 변기에 떠다니던 헬리의 주황색 베레모 모습이 잊히지 않았다.

나는 〈루퍼스에게 책 읽어 주기〉 프로그램을 하기 위해 도서관에 도착했다. 로렌츠 아저씨와 플립이 있었고, 로렌츠 아주머니와 헬리의 모습은 보이지 않았다.

"헬리는 괜찮나요?"

"열이 조금 있어. 너는 괜찮니?"

로렌츠 아저씨가 말했다.

"그럼요."

"헬리가 오늘 프로그램 활동을 사진으로 찍어 달라고 했어. 그리고 사람들에게 다음에는 꼭 참석할 거라고 말해 달래."

우리는 헬리가 부탁한 대로 했다. 그런데 브라이언이 물었다.

"헬리 누나는 어디에 있어요? 왜 우리와 함께하지 못하죠?"

플립도 혼란스러워 보였다. 헬리가 있어야 할 공간을 계속 맴돌았다.

나는 집에 도착해서 헬리에게 찍은 사진들을 보여 주었다. 헬리는 사진을 보고 또 보았다.

"몸이 낫는 기분이야. 약이 효과가 있는 것 같아. 무슨 말인지 알지? 느껴져. 나 다음에는 도서관에 갈래. 그럴 거야, 벤."

"오, 당연히 그래야지."

"반드시 그럴 거야."

"응, 반드시 그럴 거야."

50

혀를 깨물었을 때랑 비슷해

화요일 아침 식사 시간에 핼리는 말도 거의 하지 않고 밥도 먹지 않았다.

"얘야, 토스트라도 몇 개 먹어 봐."

로렌츠 아주머니가 권했다.

"괜찮아요."

"상태가 좋아진 줄 알았는데."

"그랬죠. 하지만 지금은 몇 시간 뒤에 정신 나간 사람처럼 토할 것 같아요. 음식 낭비 안 할래요."

핼리는 오후에 두 번째 항암 치료를 받을 예정이었다.

"핼리." 로렌츠 아주머니가 핼리를 불렀고, 거기까지만 말할 수 있었다.

"엄마, 잠깐만 아무 말도 하지 말아 주실래요?"

핼리가 식탁을 밀치고 바닥을 세게 밟으며 방으로 걸어가더니 문을 쾅하고 닫았다. 핼리는 플립이 방문을 긁어 대자, 방으로 들어오게 했다.

핼리가 로렌츠 아주머니에게 그렇게 말하는 모습을 보니 기분이 이상했다. 로렌츠 아주머니가 핼리를 걱정한다는 생각이 들자, 나도 핼리가 정말 걱정되기 시작했다.

"핼리가 항암 치료를 받으러 갈 때 저도 같이 갈까요?"

"아니. 네가 학교에서 사회 과목 시험을 잘 보는 게 핼리를 도와주는 것이란다."

로렌츠 아주머니가 말했다.

나는 학교가 끝나고 곧장 집으로 왔다. 핼리가 항암 치료를 마치고 도착하기 조금 전이었다. 핼리는 집에 오자마자 또 화장실로 가서 구토를 했다. 핼리가 토하는 동안 나는 또 핼리의 등을 두드려 주었다. 핼리의 입에서 나오는 건 없고 그저 토하는 소리만 들릴 뿐이었다.

"내 머리에 모자를 다시 씌워 줄래?"

핼리는 모자를 거꾸로 쓰는 걸 좋아했다.

핼리와 변기 사이에 있던 플립이 우왕좌왕하다가 주저앉아 한숨을 쉬었다.

"이게 바로 진정한 우정이지."

핼리가 말했다.

"플립은 정말 놀라워."

내가 대꾸했다.

"벤, 나는 네 얘기를 하는데 어쩜 그렇게 모를 수가 있어? 바보네. 나는 내일 〈루퍼스에게 책 읽어 주기〉 프로그램을 보러 갈 거야. 꼭 그럴 거야."

헬리가 다시 토하는 소리를 냈다.

나는 헬리를 침대까지 데려다주었다. 헬리가 침대에 눕자 헬리의 양말을 벗겨 주고 이불을 여러 개 덮어 주었다. 그리고 헬리의 곁에 플립을 남겨 둔 채 방을 나왔다. 나는 잠들기 직전까지 내 방에만 있었다. 아직 플립과 해야 할 산책이 남아 있었다. 플립을 밖으로 꺼내기 위해 다시 헬리의 방문을 살짝 열어 보았다. 헬리가 괜찮은지 방 안을 잠깐 살펴보니, 로렌츠 아주머니가 헬리 곁에서 책을 읽어 주고 있었다. 헬리는 잠들어 있었다. 로렌츠 아주머니가 플립을 안고 방 밖으로 나왔다. 우리는 함께 산책하러 나갔다.

"지니 이모한테 전화가 왔었어."

로렌츠 아주머니가 입을 열었다.

"내가 헬리의 사정을 말하기 전까지 지니 이모는 네가 이모를 피한다고 생각하더구나. 벤, 지니 이모를 피하고 있는 거니?"

"아니요. 아마 아닐 거예요."

"네가 지니 이모 집에서 저녁 식사를 하면 좋겠어. 나도 지니 이모를 우리 집에 초대하고 싶지만, 너도 알다시피 헬리가 많이 아프잖니. 헬리가 좀 나아지면 파티를 열 거란다. 그때 지니 이모도 초대하고 싶은데, 그래도 괜찮지?"

"괜찮아요."

"그럼 지니 이모에게 전화해 주겠니? 제발, 나를 위해서 그렇게 해 줘. 벤, 그렇게 해 줄 수 있지?"

수요일 아침, 잠에서 깬 헬리는 나보다 먼저 옷을 갈아입었다. 그리고 플립의 아침 식사를 준비하고 있었다.

"나 플립이랑 같이 산책하러 갈 거야."

로렌츠 아주머니가 눈살을 찌푸리더니 헬리의 이마에 손을 얹었다.

"앉아 보렴." 로렌츠 아주머니가 말했다.

"엄마……."

"헬리 로렌츠, 앉아. 네 체온이 괜찮아야 플립이랑 산책하러 갈 수 있어."

로렌츠 아주머니는 헬리의 의료 기구들이 놓인 쟁반을 살펴보았다. 쟁반에는 혈압 측정 띠와 청진기, 헛구역질을 덜 하게 하는 약들, 그리고 두통을 완화하는 약과 체온계 몇 개가 놓여 있었다. 로렌츠 아주머니는 불쑥 헬리의 혀 밑에 체온계를 넣었다.

"엉덩이에 쓰던 건 아니죠?"

헬리가 물었다.

"당연히 아니지. 쉿."

"엄마도 확실히 모르고 있어."

헬리가 나에게 일렀다.

우리는 체온계 온도가 더는 올라가지 않을 때까지 기다렸다. 플립이 자신을 봐 달라며 헬리의 다리를 코로 톡톡 쳤다. 플립은 뒷발로 서서 뒤로 미끄러지듯이 걷는 문워크 재주를 선보였다. 헬리는 기분이 안 좋았지만, 플립을 보고 웃었다. 헬리가 체온계를 꺼내 들었다.

"봤죠? 완벽해요."

헬리는 플립의 목 끈을 잡고 밖으로 뛰쳐나갔다.

로렌츠 아주머니가 체온계를 확인하더니 눈살을 찌푸렸다.

"벤, 헬리를 따라가서 빌어먹을 산책로 한가운데서 쓰러지지 않도록 해 줘."

물론 로렌츠 아주머니는 '빌어먹을'이라고 하진 않았다.

내가 엘리베이터에 도착했을 때 헬리가 보이지 않았다. 계단을 내려가서 1층에 도착했다. 아파트 정문에도 헬리가 없었다. 헬리는 플립과 함께 우체통 근처의 벤치에 앉아 있었다. 나도 벤치에 앉았다. 헬리는 몸을 떨고 있었다.

"아무 말도 하지 마."

헬리가 말했다.

"안 할게."

"나는 두렵지 않아."

"알아."

"이건 그냥 약 효과일 뿐이야. 약이 너무 세니까 기운이 없는 거라고."

"알아."

"그래."

핼리가 숨을 가다듬고는 이어서 말했다.

"오늘 아침에 플립이 입을 맞춰 주어서 잠에서 깼어."

"플립이 그런다니까."

"음, 여긴 너무 조용해서 마음에 걸리지만 이제 말할 때가 된 것 같아."

"뭐를?"

"이 녀석의 이름은 횡문근육종*이야. 자, 내 병명에 대해 말했어. 이름만 들어도 속이 메스꺼워서 토할 거 같지? 사악한 느낌이 들지? 하지만 그렇지는 않아. 그렇다고 좋은 것도 아니야. 그저 살아 있는 모든 것이 그러하듯 이 녀석도 내 몸에서 살아남으려 발버둥 치는 것뿐이지. 이게 뭔지 간단히 설명하자면, 배 속부터 천

* 신체 모든 부위의 연조직에서 발생할 수 있는 소아암.

천히 퍼져 나가서 그릇의 넘치는 스파게티처럼 몸 전체로 퍼지는 그런 종양이야. 지난겨울에 내 몸에서 제거됐던 녀석이 보이는 증상이야. 아무도 나에게 말해 주지 않았지만, 인터넷 채팅방에서 그 사실을 알게 됐어. 나보다 나이가 조금 많은 어떤 오빠도 종양이 있는데, 나랑 증상이 같다고 말하더라. 너도 이게 어떤 느낌일지 궁금하지? 대체로 느껴지지 않다가 어느 순간에 느껴져. 화상을 입는 것처럼 너무 뜨겁다가 곧 괜찮아져. 가끔은 완전히 다른 느낌이야. 어젯밤에는 살며시 찾아와서 못살게 굴더라. 너 혀를 깨문 적 있어? 그때 느낌이랑 비슷해. 다만 이건 몸 전체가 깨물어지는 기분이야. 이런 얘기 해서 미안해. 이런 얘기를 할수록 이 녀석은 더 강해지거든. 소중한 것들에 집중해야겠어. 가자."

"핼리."

"그러니까 집으로 가자는 말이야. 집으로 돌아가자. 침대에 누워야겠어. 너무 추워. 미안해, 플립."

엘리베이터 안에서 핼리는 나에게 몸 전체를 기댔다.

"벤, 어떤 말도 하지 마. 지금 아무 말도 하지 말고 그저 내 손을 잡아 줘. 고마워. 네 손은 따뜻해. 기분이 좋아졌어."

51

플립의 마법

헬리는 이번에도 〈루퍼스에게 책 읽어 주기〉 프로그램에 함께하지 못했다. 프로그램이 끝난 뒤에 나는 아이들과 학부모, 그리고 선생님들까지 모두 데리고 바닷가로 갔다. 날씨가 정말 좋았다. 우리는 헬리의 회복을 기원하는 동영상을 찍었다. 헬리를 웃게 할 만한 모습들을 모두 동영상에 담았다. 한 아이가 웃긴 표정을 지으면서 눈꺼풀을 뒤집었다. 그리고 종이를 씹어서 만든 가짜 콧물 덩어리를 코에서 뚝뚝 떨어뜨렸다. 오래전에 체조 선수였던 어떤 선생님은 입고 있던 바지가 엉덩이까지 찢어지는 동작을 했다. 한 아이가 다른 아이 뒤에 숨어서 두 팔만 내밀자, 앞에 있던 아이의 팔이 네 개로 보였다. 네 살짜리 여자아이의 아빠는 딸과 함께 빙빙 돌다가 멈추었다. 딸은 너무 어지러워서 낄낄대며 웃었다. 그러다가 술 취한 사람처럼 균형을 잃고 비틀거리며 걸었다. 플립은 헬리가 자신과 춤을 추고 싶을 거라 생각했는지 뒤로 미끄러지듯 걷는 문워크를 보여 주었다.

모두 "얼른 나아", "보고 싶어"라고 말하며 영상 편지도 함께 남겼다. 브라이언도 핼리에게 영상 편지를 남겼다.

"제가 책 읽는 모습을 핼리 누나가 또 보고 싶어 한다고 벤 형이 말해 줬어요. 핼리 누나가 돌아오면 오래 안아 줄 거예요. 제 볼에 뽀뽀도 하게 해 줄게요. 저는 이미 여자친구가 있지만요."

나는 도서관으로 돌아가서 컴퓨터에 영상을 올리고 편집했다. 집으로 돌아왔을 때 잠에서 깬 핼리가 침대에서 그림을 그리고 있었다. 그림 속 금빛 비행선은 엉터리 처방 행성에서 가장 높은 건물의 안테나에 닿기 직전이었다.

"핼리, 나야."

"왔니."

"오늘은 엄청난 하루였어."

"그렇겠지."

"다들 너를 보고 싶어 해."

나는 핼리에게 내 휴대폰을 건넸다.

"너를 위한 동영상을 찍었어."

핼리가 나에게 아이패드 화면을 보여 주었다. 더 많은 도표와 숫자들이 보였다.

"이게 뭐냐면 항암 치료 효과가 없다는 뜻이야. 전혀 없대."

핼리가 몸을 웅크렸다.

"잠을 자야겠어."

내가 핼리의 어깨에 손을 얹자, 핼리는 어깨를 움츠리며 내 손을 뿌리쳤다. 서럽게 우는 핼리를 보며 나는 핼리가 숨이 차서 죽는 건 아닐지 걱정했다. 플립이 핼리의 품으로 들어가서 핼리의 턱을 살며시 밀었다. 그러자 핼리가 진정하기 시작했다. 핼리는 플립의 귀에 무언가를 속삭이더니 조용해졌다. 눈물을 닦고 플립을 안아 주었다. 플립은 핼리의 품으로 더 파고들었다. 나는 둘을 그대로 남겨 두고 방에서 나왔다.

로렌츠 아주머니가 부엌을 이리저리 거닐며 통화 중이었다.

"그러면 시험용 항암약은 어떨까요? 가망이 있어 보인다고 말씀하셨잖아요. 그러면 아직 희망은 있어요."

로렌츠 아저씨는 식탁 근처에서 1905년의 루나 파크 모형을 만들고 있었다. 나는 로렌츠 아저씨 옆에 앉았다.

"이 작업에는 도움이 필요하구나. 나를 조금 도와주겠니?"

"물론이죠."

우리는 루나 파크 모형을 함께 만들었다. 금색 점이 찍힌 작은 건물에 페인트를 칠하고 맨 꼭대기에 깃발을 꽂았다. 로렌츠 아저씨는 초승달을 매달고 있었다.

다음 날 아침에 나는 쿠폰 배달을 혼자했다. 플립이 핼리와 시간을 보내고 있어서 기분이 좋았다. 핼리는 플립이 함께 있을 때면 차분해지고 더 많이 웃었다.

찬바람이 불어서 빠르게 걸었고, 해가 뜨기 전에 배달을 끝냈다. 집에 도착하자 핼리와 플립이 아침 식사 중이었다. 핼리는 여전히 많이 아파 보였지만, 입가에 미소를 머금었다. 플립은 계속 핼리의 양말을 벗기려 했고, 핼리는 내가 찍은 동영상을 보고 있었다.

"나 다음번에는 도서관에 꼭 갈 거야, 벤."

"그래야지."

"그나저나 내일 저녁에 네가 아빠를 좀 도와줘야겠어. 자연사 박물관에서 아주 거대한 유대교 성인식 축제가 열리거든. 내가 원래 아빠를 돕기로 했는데, 엄마가 새로운 종류의 항암 치료를 받기 전에는 쉬래. 아빠는 너에게 아빠를 도울 수 있는지 물어보라고 하지 않으셨어. 아빠도 마법사가 보여 주는 마법이 너를 많이 놀라게 할 수 있다는 것을 아시거든. 하지만 내가 아빠한테 너는 자신의 두려움을 맞설 준비가 된 용감한 남자애라고 했어. 그리고 아빠를 돕는 일을 네가 아주 좋아할 거라고도 말했어. 아빠는 새로운 마법을 공개할 예정이야. 지난 몇 년간 연구해 온 마법이지. 아주 볼만할 거야. 축하해. 너는 마법사의 조수로 승진했어."

핼리가 두 손가락으로 딱 하고 소리를 냈다. 그러자 수평선 너머로 보이는 태양이 금색 빛줄기를 내뿜으며 우리를 사로잡았다.

"어떻게 한 거야?"

나는 놀라서 물었다.

헬리는 아이패드를 돌려서 나에게 보여 주었다. 화면에 날씨가 나와 있었다. 날씨 화면에는 '일출 시간: 오전 6시 55분'이라고 되어 있고, 바로 그 위에는 '현재 시간: 오전 6시 55분'이라고 나와 있었다.

"나 정말로 오늘 아침에는 와플 반쪽 정도는 먹을 수 있을 것 같아."

"다행이야."

나는 말을 끝내자마자 우리가 먹을 와플을 만들었다.

그날 오후에 나는 지니 이모와 함께 저녁 식사를 하러 나갔다.

"지니 이모가 저를 챙겨야 한다는 부담감을 갖지 않으셨으면 좋겠어요. 엄마가 이러길 바란다고 생각하시는 거겠죠."

"내가 원해서 그러는 거야. 벤, 너도 그렇지?"

나는 고개를 끄덕이며 억지로 미소를 지어 보였다.

지니 이모는 내 손을 쓰다듬은 뒤에 자신의 손을 거두었다.

"있잖아, 음, 레오 아저씨가 너에게 미안하다는 말을 전해 달라고 했어. 아저씨가 정말로 미안하대. 정말로."

나는 고개를 끄덕였다.

"레오 아저씨는 어떻게 지내세요?"

"오, 벤. 정말 다정하구나. 감동이야. 레오 아저씨는 잘 지내고 있단다. 네가 아저씨의 안부를 물었다고 전해 줄게."

지니 이모는 잠깐 아랫입술을 깨물더니 조심스레 말했다.

"요즘 핼리가 어떤지 물어봐도 되니?"

"그럼요. 되고말고요. 핼리는 아주 잘 지내고 있어요. 정말로요. 핼리는 새로운 치료를 받고, 이건 효과가 있을 거예요."

"그렇겠지." 지니 이모가 맞장구쳤다.

"물론이죠. 정말이에요."

"오, 당연히 나도 그렇게 생각해."

52

헬리의 작은 별들, 그리고 무지개 눈

금요일 오후였다. 로렌츠 아저씨와 나는 교회 지하에 있는 연구실에서 마지막 축제 리허설을 마쳤다.

"준비됐니?" 로렌츠 아저씨가 물었다.

"약간 긴장되지만 해낼 수 있어요."

"약간의 긴장은 도움이 되지. 이제 준비할 게 하나만 남았구나."

로렌츠 아저씨는 나에게 반짝이는 보라색 운동복을 건넸다.

축제는 박물관이 문을 닫은 직후에 열렸고, 나와 로렌츠 아저씨도 그때쯤 박물관에 도착했다. '바다 생명' 전시관 복도는 사람들로 꽉 들어차 있었다. 로렌츠 아저씨와 나는 어젯밤에 미리 무대 설치를 해 두었다. 이제 우리가 해야 할 일은 저녁 식사 시간이 끝날 때까지 기다리는 것뿐이었다. 그때가 되면 마법사 머큐리오스가 지금껏 보지 못한 아주 환상적인 마법을 선보일 예정이었다.

성인식을 맞이한 남자애가 자신을 소개하더니, 자기 친구들이 받은 선물 가방과 똑같은 가방을 나에게 선물했다. 가방에는 오래된 만화책과 불빛이 나오는 스톱워치 손목시계, 그리고 무게가 4킬로그램 정도 되는 사탕까지 전부 내가 좋아하는 것들로 가득했다. 그 아이는 내가 저녁 식사를 꼭 하길 바란다며 뷔페에 데리고 갔다.

"너희 아빠를 만날 생각을 하니 너무 떨려."

남자애가 말했다.

나는 로렌츠 아저씨에 대해 나의 아빠가 아니라고 굳이 말하지 않았다. 로렌츠 아저씨는, 음, 마법사 머큐리오스이기도 하니까.

"왜 떨리는데?"

"이봐, 벤. 머큐리오스는 엄청 유명한 마법사잖아. 그럼 너도 곧 마법사가 되겠네? 매일 저녁마다 축제에 나타나겠구나."

정말 어마어마하게 멋진 축제였다. 박물관에서 피자를 먹으며 친구들에게 레이저 총을 쏘고 뛰어노는 모습을 상상해 보시라. 그리고 드디어 마법 공연을 시작할 시간이 되었다.

조명이 꺼진 뒤에 나는 비디오 프로젝터가 있는 좁은 공간에 들어가 앉았다. 마법사 머큐리오스가 홀의 무대 한가운데로 등장했다. 아무런 소리도 들리지 않았다.

"존, 이리 올라와 볼래? 너의 수호천사를 소개해 주고 싶어."

"저에게 수호천사가 있는지 몰랐어요."

성인식을 맞이한 존이 말했다.

"우리 모두 그렇게 알고 있지. 너의 인생에서 마법 같은 다음 단계를 시작할 때, 항상 너를 지켜 주는 존재가 있다는 사실을 기억하렴."

마법사 머큐리오스가 존의 어깨를 두드리자, 아주 자그마한 가짜 헬리가 나타났다. 내가 1년 전에 도서관에서 헬리를 처음 만났을 때와 거의 같은 모습이었다. 그때 헬리는 접수대 뒤에서 책 대출을 도와주었다. 내가《아이, 로봇》을 내밀자, 헬리는 두 눈을 크게 떴다. 하지만 지금 박물관에 나타난 헬리는 길고 밝은 갈색 머리카락을 한 갈래로 땋아서 동그랗게 뒤로 말아 올렸다. 머리카락은 은빛 머리끈으로 묶고, 천사 날개가 달린 무지갯빛 옷을 입고 있었다.

마법사 머큐리오스가 시키는 대로 존이 손바닥을 펼쳐 보이자, 자그마한 헬리가 존의 손바닥에 파닥거리며 내려앉았다. 헬리는 자신의 손바닥에 있는 작은 별들을 존의 얼굴 쪽으로 불었다. 그러자 자그마한 헬리가 사라지고, 길이가 28미터 정도 되는 파란 고래 모형 위에서 실물 크기의 헬리가 다시 나타났다. 실물 크기의 헬리는 고래의 지느러미 근처에서 무릎을 꿇고 입으로 작은 별들을 불었다. 그러자 천장에서 사람들 머리 위로 작은 별들이 쏟아지다가 은빛, 분홍빛, 금빛 그리고 에메랄드빛 눈이 되어 내렸다. 눈보라가 치던 어느 날에 엄마가 같이 해변가로 가자고 한 일이 떠올랐다. 박물관에서 사람들은 모두 옷을 따뜻하게 입고 보온

병에서 코코아를 따라 마셨다. 그때 이상한 일이 일어났다. 여전히 눈이 내리고 있는 가운데 잠시 해가 뜨고, 눈송이들이 일곱 색깔 무지갯빛으로 변했다.

누군가 나를 부르는 목소리가 들렸다. 라디오 잡음 같은 목소리였는데, 마법사 머큐리오스이자 로렌츠 아저씨의 목소리였다.

"벤, 내 목소리 들리니?"

로렌츠 아저씨는 휴대용 무전기에서 우리만 쓰는 번호를 누르고 말했다.

"들린다, 오버. 머큐리오스."

"너희 엄마가 지금 너를 본다면 자랑스러워할 거라고 말해 주고 싶구나. 우리 모두 네가 자랑스러워. 고맙구나, 아들. 오늘 공연에 꼭 네가 필요했어."

나는 바닥에 떨어진 작은 별들을 바라보았고, 로렌츠 아저씨는 고개를 들어 희미해진 핼리의 모습을 올려다보았다. 로렌츠 아저씨의 뺨에 눈물이 구불구불 흘러내렸다. 나는 놀라지 않으려 애썼다. 그러니까 로렌츠 아저씨가 눈물을 흘린다는 것은 그만큼 걱정할 만한 이유가 분명히 있다는 뜻이었다.

로렌츠 아저씨와 나는 비디오 프로젝터들을 아저씨의 자동차에 실었다.

"손바닥을 펼쳐 봐."

로렌츠 아저씨는 그렇게 말하고 내 손바닥에 500달러를 올려 놓았다.

"이건 말도 안 돼요."

"너의 몫이야."

"제가 한 거라고는 아이패드를 가지고 놀았던 것뿐인데요."

나는 비디오 게임을 하는 기분이었다. 핼리의 모습을 이리저리 움직이고, 비디오 프로젝터가 시간에 맞춰서 켜졌다가 꺼지는지 확인했다.

"이렇게 많은 돈을 받기에는 너무 즐거웠어요."

"벤, 이렇게 해야 맞아."

"저 질문 두 가지만 할게요. 첫 번째는 이 돈을 제 대학 등록금에 보태 주시겠어요?"

"좋은 생각이구나. 또 다른 질문은?"

"다음 공연은 언제 하나요?"

플립이 문에서 우리를 맞이했다. 로렌츠 아주머니도 문 가까이 와 있었다. 얼마 전까지 울던 로렌츠 아주머니는 지금은 웃으며 우리를 맞이했다.

"기분은 어떠니, 벤?"

로렌츠 아주머니가 물었다.

"너무 좋아요. 핼리는 어때요?"

"너무 좋아. 정말로. 말도 안 되게 놀라울 정도야."

로렌츠 아주머니는 그 말을 마치고 로렌츠 아저씨와 대화를 나누었다. 로렌츠 아저씨가 눈살을 찌푸렸다.

"들어가서 핼리에게 인사해 줘, 벤. 아까부터 너를 기다리고 있어. 오늘 밤에 있던 일을 전부 듣고 싶어 해."

로렌츠 아주머니가 말했다.

플립은 핼리의 방으로 나를 데리고 들어갔다. 그리고 핼리의 침대에 껑충 뛰어올라서 하품을 했다.

"나 뭘 하면 돼? 모든 남자애들이 내가 너무 멋있다고 말하지? 선물 가방 좀 보자."

핼리는 만화책을 치우고 불빛이 나오는 손목시계를 자신의 손목에 채웠다.

"네가 박물관에서 나를 날게 해 주던 동안 나는《마법 상자》의 다음 내용을 떠올렸어."

"그래?"

"뭐냐면 금빛 비행선이 엉터리 처방 행성으로 천천히 가고 있는데, 갑자기 아주 작은 소행성들이 연이어 나타났어."

"늘 그런 식이지. 그럴 땐 광선 방패를 쓰면 돼."

"안타깝게도 지금은 광선 방패들이 제대로 작동하지 않아. 이 소행성들은 작지만 교활하고 치명적이거든. 이들은 아무에게도 들키지 않고, 몰래 비행선의 경로를 따라 빠르게 움직이기 시작했어. 얼어붙은 콩들이 소리보다 더 빠른 속도로 움직이는 모습을 상상해 봐. 소행성들은 비행선에 부딪쳤을 때, 광선 방패를 정통으로 맞히고 폭파시켰어. 비행선 뒷부분은 주저앉더니 완전히 날아가 버렸어. 이제 비행선 앞쪽을 살펴볼게. 데이먼은 안전하게 잠자는 공간 안으로 들어갔어. 플립도 우리의 영웅 브루스가 메고 있는 가방 안으로 들어갔고, 브루스는 금빛 빛줄기에 사로잡혀서 움직이지 못하고 있어. 반면에 헬렌은 소행성들이 비행선에 부딪쳤을 때부터 무중력 상태에서 떠다니면서 우주선 밖으로 빨려 나가고 있어. 진공상태인 우주로 말이야. 그때 마법 상자가 헬렌의 눈에 들어왔어. 헬렌은 마법 상자를 붙잡고 비행선의 갈라진 틈새로 밀어 넣었어. 끝없이 펼쳐진 별들 속으로 헬렌이 날아가기 직전이었지."

"브루스가 같이 가 주면……."

"아니, 브루스는 비행선에서 벗어날 수 없어."

"그건 절대로 안 돼. 받아들일 수 없어. 브루스가 헬렌을 따라서……."

"브루스는 마법 상자를 테스에게 가져다줘야 하잖아. 최고의 보물을 전달하고 엉터리 처방 행성인들을 구해 줘야지. 계속해서 앞으로 나아가야 해."

"하지만 헬렌 없이는 할 수 없다면?"

"브루스는 무리를 해서라도 자신이 얼마나 강하고, 대단한 사람인지 깨달아야 해. 테스가 늘 말했듯이 브루스는 여행자잖아. 여행자가 되기 위해 태어난 거야. 어쨌든 핼리는 언제나 벤과 플립 곁에 있을 거야. 내 말은 헬렌이 그럴 거라고. 헬렌은 늘 이들을 지켜 줄 거야."

"어떻게? 비행선이 엉터리 처방 행성에 도착했을 때, 늘 제멋대로인 핼리가 어떻게 이들과 함께할 수 있는지 설명해 봐. 그러니까 핼리, 내 말은 그게 아니라……."

핼리가 내 손을 잡았다.

"항암 치료를 또 하고 싶지 않아, 벤. 더는 아프기 싫어. 나랑 엄마는 어제 의사 선생님과 밤새 통화를 했어. 병원에서 고민 중인 새로운 항암 약은 너무 실험적이라서 내가 앞으로 세 달 더 살게 될 확률이 20퍼센트, 3일 안에 죽게 될 확률이 50퍼센트, 그리고 내가 느껴 보지 못한 고통을 겪게 될 확률이 100퍼센트라고 하셨어."

"수술이나 다른 방법은 없는 거야?"

"그건 불가능해. 벤, 종양은 내 혈관 안에 있어. 몸 전체로 전이되는 건 시간문제일 뿐이야."

"네가 무슨 말을 하는지 모르겠어."

"나도 모르겠어, 정말로."

핼리가 내 눈을 덮고 있는 머리카락을 뒤로 넘겨 주었다.

"정말 이상해. 그러니까 내 말은, 지난겨울에 수술을 받고 나서 내 몸에 악성 종양이 있다는 사실을 알게 됐어. 그렇지만 나는 정말로 이겨 낼 수 있을 거라 생각했어. 열네 살 미만이면 5년 더 살 수 있는 확률이 30퍼센트였거든. 세 명 중 한 명만 그렇다는 셈이지. 내가 그 한 명이 될 수 있을 거라 생각했고, 믿어 의심치 않았어. 심지어 다른 두 명이 세상을 떠날 때 살아남는 한 명이 되는 것이 마음 아프기도 했어. 너는 궁금한 적 없어? 왜 누군가는 죽어야 할까? 왜 우리 모두 죽게 되는 거지? 이건 말이 안 되잖아."

플립이 쓰다듬어 달라는 듯 핼리에게 앞발을 얹었고, 핼리는 그렇게 해 주었다.

"의사 선생님이 나는 이제 항암 치료를 하지 않을 거래. 얼마간은 몸이 조금 나아질 거야. 벤, 나는 포기하지 않을 거고 너도 포기하면 안 돼. 내가 얼마나 더 살 수 있을지 모르겠어. 50일, 30일, 70일은 될까. 하지만 우리가 함께 하는 모든 순간을 행복하게 보내기 위해 노력할 거야. 지금 우리가 행복할수록, 앞으로의 우리는 더 행복해질 거야. 네가 나를 잊지 않는다면 말이야. 이 부분에서는 네가 내 편을 들어주면 좋겠어."

"그래. 그럴게."

"약속해?"

"맹세해."

우리는 새끼손가락을 걸고 약속했다.

"좋아." 핼리가 만족스러워했다.

헬리는 조만간 자신이 죽을 수도 있다는 사실을 알고 난 뒤부터 아주 차분해졌고, 나는 그런 헬리의 모습이 이해되지 않았다. 하지만 헬리는 차분해진 것이 아니라 너무 지친 것뿐이었다. 헬리의 무거운 눈꺼풀이 어두워서 누군가에게 맞은 것처럼 보였다.

"너 지금 나한테 뭔가 물어보고 싶은 얼굴인데."

헬리가 말했다.

나는 헬리에게 묻고 싶은 말이 많았다. 예를 들면, "나는 누구한테 화를 내야 해?" 같은 질문이었다. 진심으로 하는 말인데, 왜 암을 만든 존재를 찾을 수 없을까? 다스 시디어스* 같은 정신 나간 악당이나 누군가 있다면, 내가 찾아내서 한 대 치고 심장에 광선검을 꽂을 것이다. 그런데 그 녀석이 심장이 없다면 어떻게 해야 할까? 무엇보다 내가 가장 하고 싶던 말은 "헬리가 아니라 내가 그 고통을 겪을 수는 없는 것일까"였다.

"마법 상자 말인데. 마지막으로 물을게. 마법 상자 안에 뭐가 들어 있는 거야?"

헬리는 내 머리카락을 조금 헝클어뜨렸다. 아까 내 머리를 정돈해 놓고도 그랬다.

"계속 기다리게 하지 않을 거라고 약속해. 곧 알게 될 거야."

* 〈스타워즈〉에 나오는 인물.

53

샐버도어 간호사 선생님과 공작새 깃털

헬리는 항암 치료에서 비롯된 피로감을 조금도 떨쳐 내지 못했다. 계속 잠을 잤고, 더는 구토를 하지 않았다. 헬리는 하루 중 대부분은 아프지 않다고 말했다. 하지만 10월 중순 즈음에 병원에서 헬리에게 덜 아프게 해 주는 약을 처방했다. 로렌츠 아주머니는 나와 로렌츠 아저씨에게 원래 계획대로 지내라고 했다. 그 말은 즉 내가 학교에 다니고, 숙제를 하고, 쿠폰 배달 아르바이트를 하고, 〈루퍼스에게 책 읽어 주기〉 프로그램을 하고, 지니 이모와 계속 연락하며 지내라는 뜻이었다. 솔직히 말하자면 지니 이모와 계속 연락하며 지내는 것은 나에게 가장 힘든, 어쩌면 두 번째로 하기 힘든 일이었다.

로렌츠 아주머니는 헬리를 돌보는 동안 도서관 사서 일을 잠시 쉬기로 했다. 헬리네 집으로 간호사 선생님이 와서 하루 중 몇 시간은 로렌츠 아주머니를 도왔다. 샐버도어 간호사 선생님은 무척 친절한 여자분으로, 핼리에게 책 읽어 주기를 좋아했다. 샐버도어 간호사 선생님은 뉴욕시티칼리지대학에서 문학을 전공했고 그런 이유로 로렌츠 가족의 집으로 오게 됐다. 핼리는 샐버도어 간호사 선생님이 《희망은 깃털처럼》을 읽어 주는 시간을 좋아했다. 샐버도어 선생님은 책을 읽다가 직접 연기를 하거나 성대모사도 했다.

핼리가 잠이 든 동안, 나는 샐버도어 간호사 선생님과 잠시 이야기를 나누었다.

"그걸 어떻게 견디세요? 어떤 환자와 작별을 하고 나서 그 과정을 또 겪을 수 있나요?"

"새로운 환자를 만나는 건 매번 선물 같은 일이야."

샐버도어 간호사 선생님이 대답했다.

플립은 핼리의 품에 있으려는 의무감에서 벗어나 우리 곁에서 쉬는 시간을 가졌다. 그러다가 샐버도어 간호사 선생님의 무릎에 올라가서 배를 간지럽혀 달라며 몸을 뒤집었다. 샐버도어 선생님이 자신이 원하는 행동을 해 줄 때까지 플립은 꼬리를 흔들고 깽깽거리며 짖었다.

"그나저나 핼리의 몸에 있는 못된 녀석들이 떠날 생각을 안 하는구나. 그렇지, 플립?"

10월 셋째 주 주말이었다. 로렌츠 아저씨와 나는 코스트코 마트에서 기나긴 계산 줄에 서 있었다. 카트에는 핼리가 좋아하는 탄산음료 진저에일과 창턱에 놔둘 산뜻한 식물들이 잔뜩 담겨 있었다. 핼리는 스케치북을 펼치고 앉아서 바닷가와 루나 파크를 바라보는 것을 좋아했다. 카트에는 다른 물건도 많았다. 화장지와 물티슈 여러 개, 그리고 물론 기저귀도 있었다. 우리 뒤에 서 있던 어느 할아버지도 우리와 같은 물건들을 카트에 담아 두었다. 할아버지의 표정이 우리와 같았다. 마치 이 상황이 믿기지 않는다는 얼굴이었다.

"두 분은 어떻게 만나셨어요?"

"페니와 나 말이니? 우리는 도서관학 수업을 같이 들었어."

"아저씨는 왜 마법으로 바꾸신 거예요?"

"나는 그걸 바꿨다고 생각하지 않아. 그런데 벤, 혹시 배워 볼 생각 없니? 도서관학 말이다. 네가 아주 잘할 거 같아. 너는 분석적이고 넓은 마음을 가졌잖니."

내가 나중에 하고 싶은 일에 대해 이야기하는 것이 이상하게 느껴졌다. 나의 단짝 친구에게 나중은 없을 테니까.

"저는 아저씨처럼 되고 싶어요."

"축제 마법사 말이니?"

로렌츠 아저씨가 의심스러운 듯이 쳐다보았다.

"멋진 남자요."

"벤, 너는 더 대단한 사람이 되어야지."

로렌츠 아저씨가 말했다. 엄마가 나에게 해 주던 말과 똑같았다. 하지만 엄마는 더 대단한 사람이 정확히 어떤 사람인지 절대 말해 주지 않았다.

집에 도착했을 때 헬리의 기분이 아주 좋아 보였다. 헬리는 플립과 창가에 앉아 있었다. 그리고 나와 로렌츠 아저씨에게 창가에 꽃을 가져다 놓으라며 명령하듯이 말했다. 나와 로렌츠 아저씨는 루나 파크 모형을 헬리의 방으로 옮겼다. 모형은 거의 완성된 단계였다. 사람들이 금빛 탑 안으로 들어가려면 길이 필요했다. 로렌츠 아저씨는 길 위에 행성과 별들을 걸어 두려 했다. 로렌츠 아주머니는 가짜 공작새 깃털을 헬리의 무지개 모자에 붙였다.

한밤중이었다. 나는 땅콩버터와 젤리, 우유를 먹으려고 부엌으로 가다가 소파에 뻗어 있는 로렌츠 아주머니와 아저씨의 모습을 보았다. 소파에는 사진 앨범도 있었다. 살짝 열린 창문 사이로 바다 내음이 번졌다. 나는 로렌츠 아주머니와 아저씨가 추워 보여서 이불을 덮어 주었다.

54

친구들과 연 날리기

문자와 전화가 너무 많이 오자, 핼리는 날을 정해서 친구들을 모두 집으로 초대했다. 친구들이 오는 날에 핼리는 문 앞에 종이 한 장을 붙여 두었다. "눈물 금지, 웃음 환영"이라는 문구가 적혀 있었다. 막상 친구들이 왔을 때는 모두 문구와 정반대로 행동했지만.

다들 핼리가 단 음식을 좋아하는 사실을 알고 케이크와 쿠키, 곰 모양 젤리 한 통을 가져왔다. 하지만 핼리는 거의 식사를 하지 못하는 상황이라 친구들이 가져온 선물 중에서 아무것도 먹을 수 없었다. 핼리의 친구들은 동물 인형도 가져왔다. 플립은 방 한쪽 구석에 동물 인형들을 모아 두고 애인처럼 대했다.

청키는 꽃을 가져왔다.

"벤, 너도 이게 선물로 괜찮다고 생각하지? 잡화점에만 파는 꽃이야. 나는 열두 송이를 사고 싶었는데 배가 너무 고팠어. 미트

볼 파마산 치즈 요리를 먹지 않으면 굶어 죽을 것 같더라. 음식을 사 먹고 나니 여섯 송이를 살 돈만 남았어."

"이게 뭔데?"

"꽃다발. 아마 제비꽃일걸. 잘 모르겠어. 나 원예가 같지 않니?"

"너 곧 울 것 같아. 청키, 울면 안 돼."

"울지 않을 거야, 벤. 진정할게."

나는 청키를 데리고 핼리의 방으로 들어갔다.

"오늘은 볼펜 주머니가 달린 옷을 안 입었네?"

핼리가 청키에게 말했다.

"나는 학교 행사가 아닐 때는 그 옷을 입지 않아, 핼리. 특별한 경우는 예외지만."

"어떤 경우?"

"예를 들어 볼펜이 많이 필요한 자리에 있을 때야. 가끔 사인회에 가면 사인회 주인공이나 누구든 눈에 보이는 볼펜을 가져가거든. 네가 처음이었어, 핼리. 나를 얼간이라고 부르지 않는 여자애는."

청키는 울면서 핼리에게 꽃다발을 건넸다.

"양귀비꽃이네."

핼리는 그렇게 말을 하고 울었다.

"청키, 잠깐만 벤과 얘기할 수 있게 자리를 비켜 줄래?"

청키는 흐느끼면서 방을 나갔다.

"모두 그만 내보내 줘, 벤. 미안하지만 내가 감당이 안 돼. 친구들에게는 페이스북에 작별 인사를 올릴 거야. 이제부터 너랑 플립, 엄마 아빠, 〈루퍼스에게 책 읽어 주기〉 프로그램에 참여한 아이들하고만 지내고 싶어. 이 아이들에게는 내가 직접 만나 작별 인사를 할 거야. 마지막으로 남은 일이 그것이라면."

"괜찮지 않나요? 엄마, 지금 제가 더 심하게 추위를 탈까 걱정하는 것이 말이 돼요?"

"다시 한번 재 보자."

샐버도어 간호사 선생님은 전자 체온계를 헬리의 귀에 넣어 체온을 쟀다.

날씨가 환상적인 10월의 어느 오후였다. 깊고 파란 하늘이 펼쳐지고, 바닷물이 흰 파도를 일으켰다. 하늘에는 여기저기 연들이 날아다녔다. 헬리는 밖으로 나가서 이 광경을 보고 싶어 했다.

샐버도어 선생님이 체온계 온도를 보더니 눈살을 찌푸렸다.

"밖으로 나가면 안 돼, 헬리. 엄마는 나쁜 사람이 되고 싶지 않아."

로렌츠 아주머니가 당부했다.

"그러면 나쁜 사람이 안 되면 되잖아요."

"오늘 같은 날에 밖으로 나가면 네 삶이 거기서 끝나 버릴 수도 있어."

"어째서요? 엄마는 모든 사소한 일에 꼭 정신 나간 사람처럼 구셔야겠어요?"

"그거 알아? 난 너의 버릇없는 태도에 질렸어. 올바른 대화 예절이 생각날 때까지 방에 들어가 있어라."

"그러죠."

헬리는 방으로 들어가 최대한 세게 문을 닫았다. 방에서 헬리가 계속 "미워요"라고 외치며 우는 소리가 밖으로 새어 나왔다. 로렌츠 아주머니도 그 말을 듣고 눈물을 터뜨렸다. 그러자 샐버도어 간호사 선생님이 이렇게 말했다.

"자, 자, 다들 심호흡을 크게 한 번 하시죠."

"벤?" 헬리가 방에서 나를 불렀다.

"벤!"

나는 헬리의 방으로 들어갔다. 헬리는 침대에서 벽을 보고 있었다. 플립은 헬리에게 바닥에 있는 동물 인형들을 물어다 주었다. 헬리는 뒤로 손을 뻗어서 내가 헬리의 손을 잡도록 했다.

"나를 마지막으로 밖으로 한번 데리고 나갈 거라고 약속해 줘."

"약속해."

"암이 있어도 바보가 되는 길은 피할 수 없나 봐. 엄마한테 나도 바보인 걸 안다고 말해 줘."

55

입맞춤

10월 넷째 주 수요일은 날씨가 따뜻했다. 로렌츠 아주머니는 헬리를 자동차에 태워서 도서관까지 데려다주려 했지만, 헬리는 걸어가길 바랐다. 로렌츠 아저씨가 헬리 편을 들면서 〈루퍼스에게 책 읽어 주기〉 아이들과 도서관에서 만나기로 했다고 말했다. 나는 만약을 대비해서 휠체어를 챙겼다. 헬리는 휠체어에 앉기 전까지 몇 블록을 걸어갔고, 아주 신이 나서 브라이언을 빨리 만나고 싶어 했다. 브라이언의 담임 선생님이 헬리에게 메일로 브라이언이 이제 초등학교 1학년 수준으로 책을 읽는다고 전했다.

로렌츠 아주머니와 샐버도어 선생님은 헬리의 목에 알록달록한 스카프를 단단히 매 주었다. 헬리는 그 스카프들을 아이들에게 둘러 주었다. 브라이언이 헬리와 플립에게 책을 읽어 주었다. 헬리는 브라이언을 안아 주고 볼에 뽀뽀를 했다. 다른 아이들도 헬리에게 다정했고, 핼리를 슬프게 하지 않았다. 아이들은 핼리가 세상을 떠날 거라는 사실을 알았지만, 다음 주에 또 만날 것처럼 핼리에게 작별 인사를 했다. 분명 아이들은 자신들이 건네는 작별 인사의 뜻을 알고 있었다. 나도 그들처럼 담담해지고 싶은 마음이 간절했다.

아이들과 만난 뒤에 핼리는 바닷가 산책길로 가고 싶어 했다. 나와 플립만 같이 가자고 하면서 휠체어를 더 빨리 밀어 달라고 했다.

"세게 밀어 봐, 벤. 더 세고 빠르게. 그래, 바로 그거야. 야호!"

핼리의 방에 들어왔다. 저녁노을이 질 무렵이었다. 우리는 1905년의 루나 파크 모형을 함께, 아니 나 혼자 만들고 핼리는 그 모습을 지켜보았다. 나는 금빛 탑에서부터 로렌츠 아저씨가 천장에 걸어 놓은 별까지 전구가 달린 줄을 연결했다. 플립은 핼리의 무릎에서 코를 골며 자고 있었다.

"《마법 상자》의 마지막 이야기를 들을 준비가 됐니?"

핼리가 입을 열었다.

나는 핼리가 그 말을 꺼내기를 오래전부터 기다려 왔고, 어쩌면 마지막 순간이 오지 않길 바랐던 것 같기도 하다. 그만큼 우리의 이야기를 끝내고 싶지 않았다.

"준비됐어." 내가 말했다.

"테스가 말했어. '네가 엉터리 처방 행성을 구했어, 브루스. 너와 플립이 마법을 보여 준 거야. 이 상자에는 모든 병을 낫게 할 치료법이 있어. 데이먼의 슬픔도 치유해 줄 거야. 그리고 평화가 찾아와서 행성인들이 우리는 피를 나눈 가족이고 형제이며 친구라는 사실을 다시 떠올리게 될 거야. 어서 상자를 열어서 최고의 보물을 네 눈으로 직접 확인하렴.' 테스가 브루스에게 마법 상자를 건넸고, 브루스는 상자를 열어 들여다보았지. 브루스가 '이게 끝인가요?'라고 말했고, 테스는 '전부야'라고 대답했어."

"그리고?" 내가 물었다.

"이게 다야. 이야기가 끝났어."

헬리가 말했다.

"아, 안 돼. 나와 플립이 엉터리 처방 행성에 도착하면 마법 상자에 뭐가 들어 있는지 말해 주기로 했잖아."

"벤, 진심이야? 너 아직도 상자에 뭐가 들어 있는지 모르겠어? 그나저나, 네가 언젠가 나한테 입맞춤할 계획이라면 빨리하는 게 좋겠어. 말하자면 지금이 적당한 때라는 거지."

"내가 시시한 상자에 뭐가 들어 있는지 못 물어보게 하려고 내 관심을 딴 데로 돌리는 거지? 그리고 너는 우정이 최고라고 했던 것 같은데."

"내가 했던 말은 잊어."

나는 헬리에게 입을 맞췄다. 헬리의 심장 박동이 입술까지 전해졌다. 까칠했던 핼리의 입술이 매끈해졌다. 내가 상상했던 대로 불꽃이 튀는 느낌이었다. 우리의 바로 옆에 있던 플립은 몸을 뒤집어서 날다람쥐 자세를 취한 채 자고 있었다.

"우와." 내가 말했다.

"우와. 우리 너무 떨고 있는 것 같아. 그렇지?"

"나는 계속 이가 맞부딪쳐서 딱딱 소리가 나."

"너 입맞춤이 처음이야?" 핼리가 물었다.

"너도 그래?"

"난 세 번째야. 하하. 좋았길 바랄게."

"나는 잘했어? 이전 두 명에 비해서 서투르진 않았니?"

"입맞춤을 다시 해 주면 알려 줄게."

"핼리?"

"벤?"

"말로 표현 못할 정도로 너를 사랑해."

"나도 마찬가지야."

다음 날 아침, 핼리와 로렌츠 아주머니의 비명소리에 잠에서 깼다. 플립도 짖고 있었다. 나는 로렌츠 아저씨 바로 옆에 서 있었지만, 아저씨가 119에 전화해서 하는 말을 거의 알아듣기 힘들었다. 핼리는 쥐며느리 벌레처럼 이불에 돌돌 쌓인 모습이었다.

"추운데 타들어 가는 느낌이에요. 등 한가운데를 누군가 때리는 것 같아요."

헬리가 고통스러워했다.

구급차가 도착했고, 헬리는 들것에 실렸다.

"내 모자, 무지개 모자를 주세요. 제발요."

구급차는 경광등을 켜고 사이렌을 울리면서 병원으로 이동했다. 로렌츠 아주머니는 헬리가 탄 구급차에 함께 탔다. 병원에 구급차가 도착하고 몇 분 뒤에 로렌츠 아저씨와 내가 도착했다. 헬리는 수술실에 들어간 상태였다. 헬리의 신장이 모두 막혀서 소변을 눌 수 없었고, 이 때문에 응급 수술이 필요했다. 하지만 수술을 받기 전 수술대 위가 헬리의 마지막이었다. 간호사 선생님은 헬리가 몇 주 더 삶을 이어 가지 않은 것이 축복이라고 했다. 헬리는 이미 약을 많이 복용해서 거의 죽은 상태나 다름없었기 때문이다. 그렇게 보면 헬리가 잠든 사이에 세상을 떠난 것은 축복이었다. 하지만 나는 그렇게 생각하지 않았다. 전혀 그렇지 않았다. 엄마와 함께 살았던 시절을 되풀이하는 기분이었다. 나는 몹시 화가 났다. 결국 헬리에게서 마법 상자에 무엇이 들어 있는지 듣지 못했다.

56

잠시만 안녕

집에 돌아왔을 때 현관에서 플립이 나를 기다리고 있었다. 플립이 가지고 있는 더러운 양말이 핼리의 것인 줄 알았지만, 내 양말이었다.

"플립."

내가 부르자, 플립이 꼬리를 휙 하고 움직였다. 내가 몸을 웅크리고 앉자, 플립이 내 무릎 안으로 기어 왔다. 나는 플립을 로렌츠 아저씨의 서재로 데리고 들어가서 소파에 앉혔다. 그리고 츄바카 포스터를 바라보았다. 로렌츠 아주머니와 아저씨가 서재로 들어왔다. 두 사람은 내 양쪽 옆자리에 앉았다. 로렌츠 아주머니가 내 이마에 입을 맞췄다.

"플립이 여기에 살아도 될까요?"

"무슨 말을 하는 거니?"

로렌츠 아주머니가 물었다.

"제가 사랑하는 사람들이 모두 사라졌어요. 저는 그 사람들을 다시 데려올 방법을 알지 못하고, 이제 제가 떠나야 해요."

"뭐라고?"

"저를 보면 핼리가 떠오르실 거예요. 그러면 아주머니가 더 슬퍼질 뿐이에요."

"벤, 핼리를 떠올린다는 건 핼리가 우리 곁에 여전히 살아 있음을 느끼는 거란다. 어떻게 우리한테 그런 말을 할 수 있어? 네가 있어야 할 곳이 여기라는 걸 어떻게 모를 수 있니? 너와 플립 둘 말이야. 우리 부부는 너희까지 잃고 싶지 않아. 잃지 않을 거야. 우리 벤. 오, 제발 떠나지 마. 부탁이야. 우리는 서로가 필요해. 정말 그래. 여보, 벤한테 무슨 말이라도 해 줘요."

로렌츠 아주머니가 안타까워 했다.

로렌츠 아저씨는 내 어깨에 팔을 두르더니 나에게 포옹 같은 헤드록을 했다. 엄마도 나한테 그렇게 해 주곤 했다.

"핼리가 너에게 남겨 둔 것이 있어. 이리와 보렴, 아들."

나는 로렌츠 아저씨를 따라서 핼리의 방으로 들어갔다. 플립도 나를 쫓아왔다. 우리는 핼리의 책상을 가득 채운 1905년의 루나 파크 모형 앞에 섰다. 작업은 거의 마무리 단계였고, 세부 장식 하나만 남아 있었다. 나는 탑의 꼭대기에 사람들을 앉히고 싶었다. 도시와 바닷가의 모습을 내려다보는 가족 말이다.

로렌츠 아저씨가 책상 서랍을 열어서 핼리의 휴대폰을 꺼냈다. 그리고 밝은 분홍색 케이스로 덮인 헬리의 휴대폰을 나에게 건넸다. 아저씨는 내 등을 쓰다듬더니 잠깐 손을 얹고 있다가 이내 거두었다. 휴대폰을 열자 메모장이 열렸다. 나는 책상 의자에 앉아서 헬리가 적어 둔 메모를 읽었다. 메모는 3일 전에 쓰인 것이었다.

벤에게!

우리가 함께 만든 《마법 상자》 이야기가 정말 경이롭지만, 너만큼 경이롭지는 않아. 이 말을 너에게 꼭 해 주고 싶었어. 마법 상자에 대해 말하자면…… 바로 거기에 있어. '밤에 만난 꿈의 나라' 모형 말이야. 아빠가 그 안에 몰래 넣어 놨어. 금빛 탑을 잘 보면 탑의 밑받침이 보일 거야. 탑을 지탱하는 게 뭔지 알겠니? 그 안을 살펴보면 돼, 벤. 그래, 그 안에 최고의 보물이 있어.

네가 여태 그걸 찾지 못했다는 사실이 믿기지 않아. 크고 빛나는 플립의 눈이 줄곧 보물을 말해 주었어. 너희 엄마도 그 보물을 아셨을 테고. 그게 너를 선택하신 이유야.

나 대신 우리 엄마와 아빠를 잘 돌봐 줘. 내 책들은 하우징 웍스 서점에 기부해 주고.

너를 영원히 사랑하는,

무지개 소녀가.

나는 1905년의 루나 파크 모형에서 금빛 탑을 들어 올렸다. 탑 아래에 나무 상자가 보였다. 책 한 권이 들어갈 정도의 크기였다. 상자를 열어 보니, 안에 거울이 있었다. 나는 거울을 들여다보았다. 눈앞에 보이는 건 오로지 나의 모습뿐이었다.

57

여행자와 마법사

헬리는 나를 볼 때면 아주 오랜만에 만난 것처럼 꽉 안아 주었고, 나는 헬리의 그런 모습을 언제까지나 기억하고 사랑할 것이다. 헬리가 잡아 주던 손도 절대 잊지 못할 것이다. 떨고 있는 헬리의 손은 차가웠고, 다음 날까지 내 손가락이 아플 정도로 꽉 잡아 주었다. 《희망은 깃털처럼》에 등장하는 프래니의 선생님이 했던 말이 결국 맞았다. 영원히 사라지지 않는 것도 있다.

1년이 지난 지금 나는 과학을 좋아하는 학생들을 위한 학교에 새롭게 다니고 있다. 모두 경쟁이 치열한 분위기 속에서 나만은 예외다. 그 부분만 제외한다면 학교는 굉장히 좋은 곳이다. 나는 수업 시간에 졸은 적이 없고, 내 뒤통수를 치는 사람도 없다. 내가 참여한 유일한 다툼은 중력이 지구에 있을 때보다 111배 강해진 환경에서 뢴트게늄이 자연 발생을 할 수 있느냐 없느냐에 관한 논쟁이었다. 지금처럼 계속 학교생활을 잘해 나간다면, 대학교에 있는 미래 엔지니어를 위한 프로그램에 지원해 볼 만하다. 아니면 그냥 물 미끄럼틀 평가사가 될지도 모른다. 무엇보다 나는 마법사 머큐리오스와 함께하는 일이 좋다. 어쩌면 낮에는 로켓과 롤러코스터를 만들고 밤에는 마법사로 지낼 수도 있다.

지니 이모는 한 달에 여러 번 만난다. 지니 이모는 메이시스 백화점에서 파는 좋은 물건들을 항상 나에게 선물해 준다. 그중에는 후드나 청바지처럼 내가 좋아하는 옷들도 있다. 나는 이모에게 내 선물을 사는 데 돈을 쓰게 해서 미안하다고 했다. 그러자 지니 이모는 할인으로 아주 싸게 샀으니 전혀 걱정하지 말라고 했다. 지니 이모는 내가 먼저 하지 않으면 레오 아저씨 이야기를 꺼내지 않는다. 내가 가끔 레오 아저씨에 대해 물으면, 레오 아저씨는 술을 마시지 않고 살을 빼는 중이라고 했다. 지니 이모는 내 마음을 잘 알아서 레오 아저씨를 만나 보겠냐고 묻지 않는다. 하지만 나는 레오 아저씨가 잘 지내길 바란다. 진심으로 그렇다.

지니 이모가 사 준 스웨터 하나는 아주 모범생 스타일이다. 나는 플립과 함께 〈루퍼스에게 책 읽어 주기〉 프로그램을 하러 갈 때면 그 스웨터를 입는다. 브라이언은 이제 초등학교 1학년보다 책을 잘 읽고, 책을 들고 다니면서 읽는 것을 두려워하지 않는다.

이야기를 올리는 웹사이트 몇 군데에 헬리와 함께 만든《마법 상자》이야기를 올렸다. 지금까지 1,100개가 넘는 감상평이 올라왔다. 여자애들 몇 명과 남자애 한 명은《마법 상자》의 스핀오프

* 이야기를 새롭게 썼다. 스핀오프는 좀 더 위험한 내용이었다. 어쨌거나 핼리가 원했던 것이 바로 이거였다. 사람들에게 《마법 상자》 이야기를 보여 주는 것. 나는 이야기를 올릴 때면 핼리가 그린 그림도 함께 올렸다. 가끔은 핼리가 휴대폰에 목소리로 녹음해 둔 메모도 듣곤 한다. 나는 핼리의 목소리를 좋아했고, 지금도 약간 쉰 듯하면서도 크고 순수한 핼리의 목소리가 좋다.

토요일에 나는 플립을 데리고 농구 코트에서 청키를 만났다. 갑자기 덩치 큰 녀석들이 나타나더니 우리를 농구 코트에서 쫓아냈다. 그래도 괜찮았다. 나는 천식 증상이 나타나려 했고, 청키는 도넛을 많이 먹어서 나보다 더 숨을 가쁘게 내뱉고 있었다.

"내 여동생 생일 파티에 올래?"

"못 가. 마법사 머큐리오스를 도와줘야 하거든. 그런데 동생 누구? 몇 살이야?"

"벤, 진심으로 묻는 거야? 내가 여동생들 이름을 다 알고 있으면 다행이게."

나는 마법사 머큐리오스와 함께 병원에 가서 소아과 병실로 들

* 오리지널 영화나 드라마를 바탕으로 새롭게 파생되어 나온 작품.

어갔다. 병실에 모인 아이들은 "우와, 깜짝 놀랐어, 너도 봤어?"와 같은 말을 하게 될 것이었다. 천사 헬리가 나타나서 날개를 파닥거리며 병실 주변을 날아다녔다. 그리고 아이들 볼에 뽀뽀를 해 주었다. 마법사 머큐리오스가 환상적인 공연을 위해 비디오 조종기 뒤에서 나를 불렀다. 오래된 마법이었지만, 아이들은 놀라서 까무러쳤다. 나는 은색 마법 모자를 벗어서 탁자에 내려놓고, 광선검으로 모자를 두드렸다. 그러자 플립이 토끼 같은 귀를 쫑긋 내밀며 모자에서 튀어나왔다. 플립은 아이들 앞에서 서핑하는 재주를 선보이고, 아이들과 주먹을 마주쳤다. 플립이 아이들과 손뼉을 치자, 아이들 모두 깔깔대며 웃었다. 병실 구석에서 로렌츠 아주머니가 울고 있었다. 하지만 눈물보다 더 많은 웃음을 보였다.

공연은 끝났고, 기분 좋은 저녁이었다. 너무 기분이 좋아서 집 안에만 있기 싫을 정도였다. 나는 플립과 밖으로 나와서 슈퍼마켓에 갔다. 점원 누나가 나에게 체더치즈 샘플 몇 개를 주었다. 플립과 처음 만났을 때 우리를 이어 준 바로 그 치즈였다. 나는 이번에는 진짜로 치즈를 샀다. 그리고 플립과 잡기 놀이를 하기 위해 바닷가로 걸음을 옮겼다.

해가 지려고 했다. 우리는 산책길을 걸으며 루나 파크를 보러 갔다. 수없이 많은 조명에 불이 들어오기 시작했다. 나는 열심히 상상에 빠져들어서 1905년으로 시간 여행을 떠났다. 어딘가에 루나 파크의 모습이 보였다. 전기 기사 제자와 마법사는 서서 공중그네를 타고 밤하늘 높이 날아가는 여자애를 바라보고 있었다. 전기 기사 제자와 마법사는 여자애가 무사하길 기도했다. 루나 파크 중앙에 금빛 탑이 보였다. 플립과 구불구불한 계단을 올라가서 탑 꼭대기에 이르렀을 때 나는 거의 숨을 쉴 수 없었다. 그곳에 그 여인이 있었다. 정말로 우리 엄마였다. 엄마의 옆에는 로라 아주머니가 있고, 당연히 지니 이모도 함께 있었다. 레오 아저씨가 있어도 괜찮았다. 나는 레오 아저씨가 전혀 신경 쓰이지 않았다. 그리고 플립을 40달러에 팔고 후회한, 플립에게 대단한 재주를 가르쳐 준 여인도 있었다. 나에게 음식을 건네준 버스 운전기사, 핼리에게 항암 치료를 해 준 제리 간호사 선생님, 프랭코, 샐버도어 간호사 선생님, 케일라, 산타 마법사, 심지어 데이먼도 있었다. 당연히 핼리도 있었다. 누구보다 핼리가 눈에 들어왔다.

플립이 핼리에게 뛰어들었다. 반가운 나머지 냄새가 고약한 혀로 핼리의 입술을 핥았다. 핼리는 내 손을 잡고 바닷가로 이끌었다. 경치가 정말 아름다웠다. 눈앞에 펼쳐진 광경은 더 이상 과거의 모습이 아니었다. 미래이자 지금이고, 내가 만났거나 만나게 될 사람들 모두였다. 나는 오랫동안 그 모습을 보고 또 바라보았다. 그렇다. 핼리는 언제나 내 곁에 있다. 내가 할 일은 그저 두 눈을 감고 핼리를 떠올리는 것뿐이었다.

결핍과 결핍이 만나 하나가 되기까지

얼마 전 어느 유튜브 채널에서 영화 〈메기〉로 유명한 이옥섭 감독이 출연해 본인이 감명 깊게 본 영화 이야기를 했다. 그때 들었던 말 중에 "결핍과 결핍이 만나면 절대 떨어질 일이 없다."는 문장이 꽤 인상 깊게 다가왔다. 아마도 이 책을 번역하며 가장 많이 들었던 생각이라 그럴 것이다. 가족에게 외면받았다는 공통된 결핍을 지닌 플립과 벤, 그리고 또 다른 결핍을 지닌 아이 핼리까지. 이 어린 존재들은 자신들을 둘러싼 주변에도 놀라운 변화를 선물했다. 더는 이 세상에 없는 존재가 되더라도 영원한 이별이 아니라, 다시 만나게 되리라는 것이 작가가 전하는 가장 큰 메시지라고 생각한다. 힘든 순간에도 유머와 웃음을 잃지 않길 바라는 작가의 의도를 최대한 잘 전달하기 위해 이 부분을 가장 신경 쓰며 번역했다.

원서의 제목은 〈When friendship followed me home〉으로 직역하자면 '우정이 내가 사는 집까지 따라왔을 때' 정도가 된다.

이 제목에서 우정은 책 속의 플립을 뜻할 것이다. 집으로 가는 벤을 따라왔던 플립과 그런 플립과 친구가 되어준 벤. 플립이라는 새로운 반려견이 나타난 이후 벤에게 벌어지는 기적 같은 일들이 정말 생생하게 다가왔다. 원서를 우연히 처음 접했을 때는 제목이 주는 신선함에 읽기 시작했고, 마침 그 시기에 관심 있던 유기견과 위탁 아동이 주인공인 내용에 이끌려 이 책을 꼭 한국 독자들에게 소개하고 싶어졌다.

책의 저자인 폴 그리핀 작가의 경우 이미 아동과 청소년 도서로 다수의 수상 경력을 보유한 작가지만, 안타깝게도 국내에 소개된 저서가 없는 상태였다. 그런 까닭에 폴 그리핀 작가의 저서를 국내에 처음 소개하게 되어 굉장히 영광이고 기쁘게 생각한다. 주인공 벤처럼 작가 또한 실제로 반려견을 키우고 있어서 그런지 이야기가 더욱 실감 났고, 아동과 반려견을 바라보는 그의 시선 또한 느낄 수 있었다. 작가가 반려견과 특별한 우정을 나누는 관계라는 생각도 들었다.

개인적으로 반려견(또는 묘)을 키워본 경험이 없기에 이들과 함께 사는 삶이 어떤 것인지 정확히는 알 수 없지만, 내가 정말 사랑하고 아끼는 존재들을 떠올려 본다면 반려동물과 주인이 서로에게 어떤 의미인지 가늠이 간다. 책 속의 벤과 플립처럼 둘도 없는 친구이자 가족, 어쩌면 그 이상의 의미일 것이다. 반려동물뿐만 아니라 본인의 자녀들을 아낌없는 사랑으로 키우는 부모도 많지만, 너무도 쉽게 책임감을 저버리는 부모 또한 많다는 것을 최근에 정말 많이 느끼고 있다. 무책임한 사람들로 인해 왜 죄 없는 어린 생명체들이 상처받아야 하는 것일까. 그래서인지 벤과 플립의 이야기가 마냥 책 속의 이야기로만 느껴지지 않았다. 어쩌면 이런 아픔을 가진 존재들이 주인공으로 등장하는 이야기를 기다리고 있었는지도 모르겠다.

벤과 플립, 그리고 헬리는 삶을 만들어 가는 여행자로서 본인들의 여행을 독자들에게 보여준다. 독자는 그 여정에 함께하며 어느 순간에는 벤이 되었다가 어떨 때는 플립, 또는 헬리가 되기도 할 것이다. 이야기 속 마법사 머큐리오스가 보여주는 마법처럼 세상에는 믿기 힘들 정도로 놀랍고 기쁜 일들이 일어나곤 한다. 힘든 순간에는 잘 보이지 않는 빛이 삶의 어느 순간에 반드시 나타난다. 그때 가장 큰 힘이 되어주는 건 마법 상자 속 보물일 것이다.

2023년 무더운 어느 여름날,

옮긴이 김소연

도토리숲 알심문학 05
나와 플립과 헬리 그리고 우정에 대해서

초판 1쇄 펴낸 날 2023년 8월 15일

지은이 폴 그리핀
옮긴이 김소연

펴낸이 권인수
펴낸곳 도토리숲
출판등록 2012년 1월 25일(제313-2012-151호)

주소 03949 서울특별시 마포구 모래내로7길 38, 202-5호(성산동 137-3, 서원빌딩)
전화 070-8879-5026 | 팩스 02-337-5026 | 이메일 dotoribook@naver.com
인스타그램 @acorn_forest_book | 블로그 http://blog.naver.com/dotoribook

기획편집 권병재 | 디자인 황수진 | 교정 김미영

ISBN 979-11-85934-95-2 03840

지은이 폴 그리핀Paul Griffin

대학에서 영화를 공부하고, 희곡과 시나리오, 소설을 쓰고 있습니다. 개를 좋아해 작품에 주요 소재로 자주 등장합니다. 청소년 소설로 여러 상을 수상했습니다. 청소년 독자를 대상으로 쓴 첫 청소년 소설《나와 플립과 핼리 그리고 우정에 대해서》는 '뉴욕타임스 북 리뷰 에디터스 초이스'와 '퍼블리셔스 위클리 올해의 최고의 책'으로 선정되었습니다.
지금 뉴욕에서 장난기 많은 강아지들과 인내심 많은 아내이자 영화감독인 리사 모리모토(Risa Morimoto)와 함께 살고 있습니다.
지은 책으로《텐마일강Ten Mile River》,《오렌지 하우스The Orange Houses》,《내 곁에 있어줘Stay With Me》,《버닝 블루Burning Blue》들이 있습니다.

옮긴이 김소연

1992년 광명시에서 태어났습니다. 대학에서 영어영문학과 아동가족학을 전공했습니다. 영화 칼럼니스트, 다음웹툰 어시스턴트 PD, 영상 번역가 등 콘텐츠 다루는 일을 업으로 삼아 왔으며, 지금은 좋아하는 책을 우리말로 옮기고 있습니다. 기획하고 옮긴 책으로《고집쟁이 작가 루이자》가 있습니다.

인스타그램: www.instagram.com/mozji_k__/
브런치: brunch.co.kr/@mozji